TREIBTS ZUA!

Lisa Brandstätter wurde 1972 in Bad Reichenhall geboren und ist mit Clemens Wenger verheiratet. Sie ist niedergelassene Internistin und schreibt seit ihrem Medizinstudium Krimis, die in der oberbayerischen Region spielen. Mit ihrem Mann lebt sie in Berchtesgaden und beschäftigt sich auch mit der Geschichte des Berchtesgadener Landes.

Clemens Wenger wurde 1970 in Salzburg geboren und ist von Haus aus Volkskundler. Seine Leidenschaft für das Schreiben entwickelte er über die Beschäftigung mit dem regionalen Brauchtum, das er in Lokalzeitungen in Form von Geschichten aufbereitet. In seinen Kriminalgeschichten transportiert er die Kultur seiner Heimat.

LISA BRANDSTÄTTER/CLEMENS WENGER

TREIBTS ZUA!

Kriminalroman

emons:

Bibliografische Information der Deutschen Nationalbibliothek
Die Deutsche Nationalbibliothek verzeichnet diese Publikation in der Deutschen Nationalbibliografie; detaillierte bibliografische Daten sind im Internet über http://dnb.d-nb.de abrufbar.

FSC
www.fsc.org
MIX
Papier aus verantwortungsvollen Quellen
FSC® C083411

Umschlagmotiv: shutterstock.com/Melanie Hobson
Umschlaggestaltung: Nina Schäfer, nach einem Konzept von Leonardo Magrelli und Nina Schäfer
Umsetzung: Tobias Doetsch
Gestaltung Innenteil: César Satz & Grafik GmbH, Köln
Lektorat: Susanne Bartel
Druck und Bindung: CPI – Clausen & Bosse, Leck
Printed in Germany 2018
ISBN 978-3-7408-0455-8
Originalausgabe

Dieser Roman wurde vermittelt durch die Literaturagentur Drews, Augsburg.

Einer muss den Bluthund machen!
Ich scheue die Verantwortung nicht!
Gustav Noske zum Spartakusaufstand von 1919

Es musste sein. Es würde nicht schön werden, natürlich nicht. Aber manche Dinge mussten einfach sein. Und irgendjemand musste sie tun. Judas hatte Jesus verraten, weil einer es tun musste, weil der Heilsplan es notwendig machte. Judas hatte gelitten. Aber er hatte es getan, hatte die Aufgabe erfüllt, die ihm zugedacht war. War dafür zum Verräter geworden.

Nein, es war nicht schön. Es tat weh. Allen. Und es würde auch weiterhin wehtun. Wenn auch nicht im physischen Sinn. Der Junge würde keine Schmerzen haben, dafür war gesorgt. Denn darum ging es nicht, um Schmerzen. Nicht einmal um Bestrafung. Es ging um anderes, um Größeres: um Regeln, um Grundsätze, um das Leben.

Diese ganze aus den Fugen geratene Ordnung musste wiederhergestellt werden. Und einer musste es tun. Auch wenn es nicht schön war.

Also nicht jammern.

Nicht zögern.

Es musste sein.

Sonntag

Schon wieder abends. Warum konnten Leichen nie am Nachmittag gefunden werden? Zur normalen Arbeitszeit? Aber nein, immer erst um neun Uhr oder besser noch mitten in der Nacht.

Und ausgerechnet heute! Laura hatte Zahnweh, und Tobias schrieb morgen eine Mathearbeit. Übersetzt hieß das: Laura mit Ibuprofen versorgen und Ivo bitten, herüberzukommen und ein Auge auf die beiden vernachlässigten Kinder zu haben, während Mama Ermordete gucken ging. Ivo machte so was. Ivo hatte Zucker zu Hause, wenn ihrer aus war, er hatte Zitronenschale und Maisstärke und immer ein funktionierendes Bügeleisen. Und Ivo sittete Kinder. Außerdem liebten Laura und Tobi ihn. Glück gehabt, wenigstens mit dem Mann von gegenüber.

»Ich bin in zwei Stunden zurück«, sagte Lilly und deckte Laura zum ungefähr zehnten Mal an diesem Abend wieder zu. »Meine arme Süße. Das Zahnweh ist gleich weg, du wirst schon sehen. Und Ivo ist ja hier.«

Es war immer das gleiche Jonglieren. Aber sie wollte es so. Meistens zumindest. Lieber kam sie allein zurecht mit ihren zwei Kindern als mit einem Mann, der sich sowieso nie zuständig fühlte. Heute Abend schon gar nicht. Heute hatte David Konzert. Und danach hatte er eine ruhige Wohnung – ohne Kinder. Eine Wohnung, die er höchstens ab und zu mit irgend so einem pflegeleichten Mäuschen teilte, das er spätestens nach dem Frühstück wieder abservieren konnte. Kinder waren nur noch gelegentlich sein Job, und die Ex-Frau mit ihrer Vollzeitstelle ging ihn gar nichts mehr an. Die böse Ex-Frau, die ihn zum Teufel geschickt hatte.

»Laura nervt«, ließ sich Tobias vernehmen. »Kann die nicht endlich aufhören zu heulen?«

»Laura tut der Zahn weh«, hörte sie Ivo sagen. »Aber jetzt

kommt gleich der Zahnmagier und zaubert die Schmerzen weg.«

Lilly hatte schon ihre Jacke angezogen und schnürte sich gerade die Schuhe zu. Matschfeste. Wieder ein Toter auf der Wiese, hatte Martin ihr am Telefon gesagt, wie schon vor drei Tagen. Nur habe er dieses Mal einen anonymen Anruf erhalten. Sie solle doch bitte gleich losfahren, er würde sich auch sofort auf den Weg machen.

»In einer halben Stunde schläft sie!«, rief Lilly Ivo vom Gang aus noch zu. »Ich habe mein Handy dabei, für alle Fälle. Und danke! Ganz, ganz vielen Dank!«

Warum muss Martin ausgerechnet mich anrufen?, dachte sie, während sie den Wagen durch die Dunkelheit lenkte. Eigentlich sollten die Kollegen so einen anonymen Anruf erst einmal überprüfen. Er wusste genau, dass sie zwei kleine Kinder hatte. Betonung auf »klein«.

Hinter ihr hupte es. Richtig, die Ampel war längst wieder auf Grün umgesprungen.

Aber Martin war niemand, der über so etwas lange nachdachte. Wahrscheinlich hatte ihn die Nachricht vom Toten auf der Wiese in einer seiner endlosen Kochaktionen gestört, das Essen war halb fertig, Linda sauer, weil sie jetzt erstens selbst zu Ende kochen und dann auch noch zweitens allein essen musste. Gut. Es war okay, dass Martin sie angerufen hatte. Er hatte es auch nicht leicht. In gewisser Weise. Und sie gehörte nun mal zur Kriminalpolizei.

Sie müssten so schnell wie möglich zum alten Grenzübergang am Dürrnberg fahren, hatte Martin etwas außer Atem erklärt, er habe einen Anruf erhalten: ein Toter auf dem Feld. Genaueres wisse er auch nicht.

Ihr Handy in der Halterung spielte »Westerland« von den Ärzten: »Ich will wieder an die Nordsee …« Ivo hatte vorhin versprochen, sie in zehn Minuten noch mal anzurufen und ihr den aktuellen Stand durchzugeben.

Dem zufolge war Tobias immer noch sauer, und Laura heulte nach wie vor, das Zahnweh war noch nicht besser geworden.

Aber Ivo hatte die Situation im Griff, wie er ihr versicherte. »Ich bin ja auch gleich wieder zurück«, sagte sie, aber Ivo lachte und erwiderte, ihr »gleich« kenne er schon.

Tatsächlich. Im Schein ihrer Taschenlampe zeichnete sich etwas auf dem Feld ab. Ein Körper, gut drei Meter von der Straße entfernt. Als sie langsam näher heranging, stellte sie fest, dass er mitten in einer Pfütze lag. Sie hatte es geahnt. Wie die Frau vor drei Tagen, und mit der waren sie bisher noch kaum einen Schritt weitergekommen in ihren Ermittlungen. Lilly ging neben dem Körper in die Hocke. Ein ähnliches Bild wie beim letzten Leichenfund, soweit sie das im Licht der Taschenlampe erkennen konnte: verschlissene Kleidung, die Haare klebten am Kopf, aber bei dem Wetter und bei dem Untergrund, auf dem der Mann lag, hieß zumindest Letzteres nicht viel. Vielleicht auch erwürgt? Wie die Frau. So weit waren sie bei ihr immerhin schon gekommen, Todesursache: Erwürgen. Ansonsten: keine Spuren am Tatort, keine Fasern, keine Fußabdrücke, kein hingeworfener Zigarettenstummel. Nichts. Bisher war die Suche nach einem oder mehreren möglichen Tätern durchweg frustrierend gewesen. Und dieser hier? Es blieb abzuwarten, was der Arzt sagen würde. Arzt, ging es Lilly auf einmal durch den Kopf. Kollegen – oder Menschen ganz allgemein. Außer ihr war schlicht niemand hier. Und erst recht kein Arzt oder gar das Team von der Spurensicherung. Wo zum Teufel …?

In dem Moment tauchten am Ende des Wegs die Scheinwerfer eines Autos auf. Kurz darauf stand Kriminalkommissar Martin Obermüller neben ihr. »Scheißregen«, begrüßte er sie.

Lilly richtete sich auf. »Möglicherweise ist auch er erwürgt worden«, sagte sie und wischte sich eine Locke aus dem Gesicht, »wie die Bettlerin vor drei Tagen. Wo sind eigentlich die anderen?«

»Kommen nicht.«

»Spinnen die?«

Martin schüttelte den Kopf. »Ich habe nur dich informiert.«

»Hä?«

»Und einen Anruf habe ich auch nie erhalten, wenn du verstehst.«

»Spinnst du jetzt völlig?«

»Lilly, hör zu: Der Anruf ging nicht allgemein bei uns in der Polizei ein, sondern auf meinem Handy. Das Ganze klang nach einer computergenerierten Stimme, mechanisch. Und ich weigere mich schlicht, auf irgendwelche Spinner zu reagieren. Es gibt keinen neuen Mord, ergo haben wir auch keinen Fall, alles klar? Ich hab da nämlich so eine Idee.«

Lilly seufzte innerlich. Martin und Ideen. Der Kreativste war er normalerweise nicht. Ein guter Handwerker, arbeitete sauber, präzise. Und ein guter Kollege. Aber dass er vor Einfällen sprühte, hatte sie noch nie erlebt.

Martin trat zu dem Mann in der Pfütze, kam aber offenbar nicht einmal auf die Idee, sich zu ihm hinunterzubeugen und ihn näher in Augenschein zu nehmen.

»Wir haben doch genug zu tun«, meinte er stattdessen. »Ich jedenfalls. Alle naselang verlegt irgendein Kurgast seine Sachen, und wer kann dann die Diebstahlmeldungen bearbeiten? Und dann noch diese Verrückte, die täglich von ihrem Mann vergiftet wird …«

»Meinst du Minna?«, fragte Lilly, und Martin nickte. Minna war »Stammkundin«, und irgendwie mochte Lilly sie sogar. Selbst wenn die ganze Gegend von Berchtesgaden bis Traunstein im Dornröschenschlaf lag, auf Minna war Verlass.

Aber Martin war mit seinem Lamento noch nicht fertig: »… überhaupt diese ganzen ständigen Ermittlungen und der ganze Stress …«, hörte Lilly ihn sagen und fragte sich, was um alles in der Welt er eigentlich unter »Stress« verstand. »Wenn du mich fragst«, Martin unterbrach seine Tirade abrupt und legte eine Pause ein, die vermutlich eindrucksvoll sein sollte, Lilly aber bloß neuen Blödsinn befürchten ließ, »ist das hier nämlich eigentlich Österreich. Also schon fast.«

Na, wer sagte es denn, der nächste Blödsinn! »Malen sie seit Neuestem die Grenze aufs Feld?«, gab Lilly zurück. »Woher willst du wissen, wo in dem Matsch Bayern aufhört und Salzburg anfängt?«

Aber Martin ließ sich nicht beirren. »Ich bin mir so gut wie sicher, dass das Haus da drüben«, er deutete auf einen Bauernhof, in dessen einem Fenster ein schwaches Licht leuchtete, »schon zum Bezirk Hallein gehört.«

»Und deshalb hast du keinen außer mir an…?« Was für ein absurder Plan! Aber andererseits … Lilly ließ den Strahl ihrer Taschenlampe über das Feld schweifen. »Ja, da drüben …«, sagte sie gedehnt.

»Also, da drüben sicher.« Martin klang sehr überzeugt. »Und wenn wir … Ich meine, nur so ein, zwei Meter …«

»Dann lieber gleich drei, um wirklich auf der sicheren Seite zu sein«, spann Lilly die Idee weiter.

»Ich habe wirklich einen Haufen Arbeit mit den Kurgästen, und du bist ja auch nicht gerade unterbeschäftigt, da in Traunstein«, erklärte Martin. Wenn er je Bedenken gehabt hatte, schienen die jetzt endgültig verflogen. »Und dann noch Minna alle paar Wochen. Die da in Salzburg, die haben doch viel mehr Leute.«

Und kein Kind, das morgen zum Zahnarzt muss, ergänzte Lilly in Gedanken. Vielleicht war das alles doch gar nicht so absurd.

»Los!«, hörte sie Martin in ihre Überlegungen hinein sagen. »Der Huber da drüben schafft das schon.« Er reichte ihr ein paar Einweghandschuhe.

Sieh mal an, Martin hatte mitgedacht! »Hmmm.« Aber eigentlich hatte er ja recht. Und Lilly hatte Sigmund Huber, nein, halt, Major Sigmund Huber von der Salzburger Kripo, bei den wenigen Malen, die sie bisher mit ihm zu tun gehabt hatte, ohnehin nicht leiden können. Arroganter, erzkonservativer Sack, für den nur eins schlimmer war als eine Frau bei der Polizei: eine Frau aus Hamburg bei der Bayerischen Polizei. Geschieden, mit zwei kleinen Kindern. Folglich alleinerziehend. Und genau in dieses Super-GAU-Raster fiel Lilly. Außerdem war Huber zugereister Wiener, und den Wiener Dialekt fand sie ziemlich widerlich. Anders als das Bayerisch hier in Reichenhall und Umgebung, das war ja sogar ganz hübsch.

»Wir müssten uns allerdings ein bisschen beeilen«, sagte Martin, »ehe doch noch jemand vorbeikommt.«

»Und du bist sicher, dass man das nicht sieht?« Eine Kriminalkommissarin, die Spuren verwischte, so ganz in Ordnung war das ja nicht. Wobei sie sie eigentlich nicht verwischte, sondern schlicht ruinierte. Und damit die Aufklärung eines Mordes vereitelte. Und ausgerechnet sie war Hauptkommissarin bei der Hamburger Kripo gewesen. Großstadt, nicht bayerische Kleinstadt. War. In einer anderen Zeit. Einer Zeit vor David, vor dem Umzug in den Süden.

»Jetzt pack halt mit an!« Martin hatte sich schon gebückt und griff dem Mann unter die Arme, als Lilly innehielt.

Im Licht ihrer Taschenlampe hatte etwas am Ärmel des Toten aufgeblitzt. Sie bückte sich und nahm das Etwas in die Hand. Ein kleines Medaillon aus Silber, das gleiche wie …

»Mist!«, entfuhr es ihr. »Da geht's um mehr als einen Nachbarschaftsstreit.« »Revierstreit« wäre wohl passender gewesen, die Kleidung des Mannes war so zerschlissen wie die eines Bettlers. War er jemandem in die Quere gekommen?

Lilly hielt Martin das Medaillon hin. »Bei der Obdachlosen lag doch auch so ein Ding. Bei der aus Salzburg, die auf dem Kapuzinerberg beim Kloster gefunden wurde. Guck mal«, sie drehte die kleine Scheibe so, dass das Licht ihrer Lampe auf eine Gravur am Rand fiel. »Das ist irgendein Zeichen, aber um das Motiv zu erkennen, ist es zu zerkratzt.«

»Das klären die von drüben«, erwiderte Martin und fasste den Mann erneut unter den Armen. »Leg das Ding zurück.«

»Mit meinen Fingerabdrücken drauf? Sonst noch was?« Lilly steckte das Medaillon in ihre Jackentasche. »Das müssen die Salzburger jetzt ohne hinbekommen.« Was sie da tat, war ganz und gar nicht in Ordnung, amtswidrig sogar, wenn man es genau nahm. Doch sie konnte nicht anders, als schadenfroh zu grinsen. »Blöd aber auch für Huber!«

Lauras Zahnweh war dank des Schmerzmittels abgeklungen, sodass sie schlief. Tobi war noch wach, aber um ihren Sohn machte Lilly sich wenig Sorgen, auch nicht, wenn morgen eine Mathearbeit anstand. Sie bot Ivo noch einen Kaffee an, aber der wollte ins Bett. Er müsse am nächsten Morgen um sechs nach München fahren.

»Ach du liebe Güte. Hättest du doch ein Wort gesagt«, meinte Lilly.

»Und?«, erwiderte Ivo und lächelte. »Wen hättest du dann in der Eile aus dem Hut gezaubert?«

Er hatte ja recht. »Dann ein doppeltes Danke für heute Abend.« Lilly umarmte ihn kurz. Nur nicht die eine Sekunde zu lang! Sie war sich nicht sicher, ob Ivo tatsächlich nur aus Hilfsbereitschaft immer wieder einsprang. Seit sie vor zwei Jahren in das Haus gezogen war, war er Single, und sie hatte keine Ahnung, wie freiwillig der Zustand war. Ivo war einer von den Lieben. Sogar von den ganz Lieben. Nur eben nicht mehr.

Lilly konnte nicht schlafen.

Der Tote lag jetzt in Hallein. In Österreich. Allerdings waren die Kollegen drüben nicht bescheuert, schon gar nicht Sigmund Huber. Der konnte sich denken, wer da heute Abend keine Lust gehabt hatte, den zweiten Mörder innerhalb von wenigen Tagen zu ermitteln. Wo sie noch nicht mal den ersten hatten. Denn natürlich wusste er von dem Mord an der Obdachlosen, davon ging Lilly aus, zumal sie bereits Kontakt zu einem seiner Kollegen aufgenommen hatte. Ohnehin, einer wie Huber wusste das. Wahrscheinlich würde er um Punkt neun Uhr morgen früh bei ihr anrufen. »Engelchen, das haben Sie sich aber hübsch ausgedacht.« »Engelchen« war tabu, auch das wusste er. Darum sagte er es ja. Lilly als Vorname war schon eine Zumutung, aber Lilly Engel! Und dazu blonde Locken! Wer sich richtig mit ihr anlegen wollte, sagte: »Lilly, mein blondes Engelchen.« Und Sigmund Scheißmacho wollte sich richtig mit ihr anlegen, garantiert. Alleinerziehende berufstätige Frauen waren für den drei rote Tücher auf einmal. Und Norddeutsche konnte er schon gar nicht ab. Bei ihrem letzten Telefonat vor einem halben Jahr hatte er sich mit Seitenhieben auf die »Piefkes« nicht eben zurückgehalten. Und erst recht mochte er keine Hamburger Kommissarinnen, die nach der verpfuschten Ehe mit einem österreichischen Orchestermusiker die Bayerische Polizei infiltrierten.

Saftsack!

Andererseits, wenn ihr der wirklich draufkam … Ein Disziplinarverfahren war da noch das Harmloseste. Ach was, der konnte das gar nicht herausbekommen. Schließlich hatte irgendjemand den Toten dort auf das Feld gelegt und hätte ihn auch genauso gut zwei Meter weiter deponieren können. Und bis zum Morgen würde der Regen alle Spuren aufgeweicht haben, die vielleicht noch etwas über den ursprünglichen Auffindungsort des Mannes hätten verraten können. Vorausgesetzt, es schöpfte überhaupt jemand Verdacht und suchte danach. Auf dem Feld war der Mann sowieso nicht ermordet worden, davon ging sie aus, so wie er dort gelegen hatte. Jemand hatte ihn umgebracht, dann auf dem Feld entsorgt und schließlich bei Martin angerufen. Mit Sicherheit von einem Prepaid-Handy aus. Der Mann sollte gefunden werden. Damit …? Das Bild des Ermordeten tauchte vor ihr auf. Jung war er gewesen, das hatte sie auch im Licht der Taschenlampe sehen können. Jung und arm. Sehr arm. Wahrscheinlich hatte auch er auf der Straße gelebt. Wie die Frau.

Sie hatte zu den Obdachlosen in Salzburg gehört, die auf dem Kapuzinerberg oberhalb der Altstadt hausten. Auch sie war ermordet worden. Und dann von jemandem nach Bayern verfrachtet worden. Wie Müll, den man entsorgt. Aber warum? Warum hatte man die Frau nicht in Salzburg gelassen? Warum hatte man sie überhaupt umgebracht?

Lilly kannte die alten Wehrtürme und ihre unterkunftslosen Bewohner oberhalb der Salzburger Altstadt zwar nicht, aber hatte ab und zu in der Zeitung von ihnen gelesen. Die Obdachlosen lebten dort wie in einer Parallelgesellschaft. Sie taten niemandem etwas, blieben meist unter sich und störten nicht einmal das adrette Stadtbild. Gut, diese Frau war in gewisser Weise eine Ausnahme gewesen, hatte immer nahe dem Kloster von Sankt Peter herumgelungert. Aber gestört hatte sie anscheinend auch dort niemanden.

Und nun der Mann, eher noch ein Junge. Zehn Jahre älter als Tobias, höchstens. Vielleicht auch nur acht. Lilly sah Tobi vor sich, die braunen Haare, die in alle Richtungen abstanden, wenn er vom Spielen kam, die ewig schmutzigen Hosen, der ernste Ausdruck in seinem Gesicht, wenn er seine Hausaugaben machte. »Stör mich jetzt nicht, Mama«, erklärte er ihr, wenn sie es wagte, währenddessen in sein Zimmer zu kommen. Und der Junge dort auf dem Feld? Abgeschoben von einer alleinerziehenden Polizistin und ihrem Kollegen, der keine Lust auf noch mehr Arbeit hatte. Sollten sich doch andere darum kümmern. Sigmund Huber zum Beispiel.

Immerhin der, dachte Lilly fast ein bisschen erleichtert und drehte sich zum zigsten Mal von der einen auf die andere Seite. Huber war zwar ein blöder Mistkerl, aber wann immer sie mit ihm zu tun gehabt hatte, war er verdammt kompetent aufgetreten. Er würde wissen, wie man in so einem Fall vorgehen musste. Sie hatte Gerüchte gehört, wonach er vorher in Wien ein ziemlich guter Ermittler gewesen war. Eigentlich erstaunlich, dass er dann ins viel unbedeutendere Salzburg gewechselt war. Und ich, nahm sich Lilly vor, als sie merkte, dass sie endlich doch noch müde wurde, ich werde Huber, wenn er mich morgen anruft, meine Mitarbeit anbieten. Grenzüberschreitend sozusagen, blöder Mistkerl hin oder her. Sie war es dem Jungen mit den verklebten Haaren schuldig. Und der unbekannten Frau.

Der erste Tag – Montag

Huber war schlecht gelaunt. Es war nicht so, dass er jeden Tag schlecht gelaunt war – Gott bewahre! Nicht jeden. Aber heute Morgen war er es. Der einzig genießbare Kaffee, den man in diesem Provinznest kaufen konnte, war ihm ausgegangen, die Butter war tiefgefroren, und beim Bäcker direkt um die Ecke hatte heute früh ein großes Schild »Wir sind im Urlaub« im Fenster geklebt. Als wäre ihnen das erst gestern Abend plötzlich eingefallen. So etwas musste man doch ankündigen! Und diese Lilly Engel konnte sich auch auf etwas gefasst machen. Er zückte sein Handy und wählte ihre Nummer: »Haserl Reichenhall«. Blick auf die Zeit oben rechts im Display: Es war fünf Uhr siebenunddreißig.

Zumindest gab es Tankstellen in dieser Kleinstadt, und die hatten um die Zeit sogar schon geöffnet. Service auf Provinziell sozusagen. Nun gut, das Kaffeeproblem war wenigstens halbwegs gelöst.

»Hallo?«

»Grüß Gott, Frau Hallo, hier Huber. Jetzt raten S' einmal, wo ich gerade stehe.« Im Tankstellenshop an einem immerhin leidlich sauberen Stehtisch. Aber das musste sie ja nicht wissen.

»Wer ist da?«

»Hier spricht Sigmund Huber! Sind wir noch ein bisserl müde von gestern Abend, hm?«

Zum Teufel! Musste die Verkäuferin ausgerechnet jetzt ihren dummen Kaffeeautomaten einschalten? Aber Lilly Engel schien den Krach überhaupt nicht zu bemerken. Stattdessen kam nur ein lahmes »Was?« durch den Telefonhörer. Gut für ihn.

»Machen Sie sich erst einmal einen Kaffee, Engelchen. Ich rufe in«, Blick aufs Display: fünf Uhr achtunddreißig, »zweiundzwanzig Minuten noch einmal an.« Bis dahin dürfte er es auch auf den Dürrnberg geschafft haben.

»Was?«

Er legte auf. Wie konnte man nur so auf der Leitung stehen? Nur weil es vielleicht ein kleines bisschen früh war. Okay, Lilly Engel war hübsch und ehrlich gesagt auch alles andere als dumm, soweit er das von seinen bisherigen Begegnungen mit ihr sagen konnte. Aber das von gestern Abend ging gar nicht! Die Leiche war jetzt garantiert völlig verdreht. Um das zu wissen, musste er sich nicht einmal am Tatort umschauen. Wo hatte sie früher noch mal gearbeitet? Bei der Kripo in Hamburg? So viel Dilettantismus hätte er nicht mal den Norddeutschen zugetraut.

Überhaupt, von der Kripo Hamburg zur Kripo Traunstein – das war zwar geografisch-landschaftlich ein Aufstieg, aber von einer Millionenstadt in die Provinz …? Soweit es ihm der Tratsch zugetragen hatte, war sie wegen eines Mannes hierhergekommen. Und inzwischen auch schon wieder geschieden. Na ja, es war ja nicht sein Problem, wenn Frau Ich-brauche-keinen-Mann aus der Großstadt in die Pampa zog. Er trank seinen Espresso aus und machte sich auf den Weg zum Auto.

Immer noch dieser Regen. Nasse Tatorte waren lästig. Überhaupt war das Ganze hier höchst lästig. Kein ordentlicher Kaffee, dafür ein Mordopfer. Das zweite innerhalb kurzer Zeit, wenn er richtig informiert war. Das erste hatte er bisher großzügig den bayerischen Kollegen überlassen, dort war die Frau schließlich gefunden worden. Nun also noch ein Toter, und dieses Mal hatte die Kollegin von drüben offenbar keine Lust, sich noch mehr zwischen Ermittlungen und Legoburgen zu zerteilen. Er lenkte den Wagen über die Bundesstraße in Richtung Hallein.

Die Kinder blieben meistens auf der Strecke, bei Ehedramen im Allgemeinen und bei Alleinerzieherinnen erst recht. Er dachte an seine eigene Mutter. Und an seine älteste Schwester. Gerade fünfzehn war Sophie gewesen, als sie ihm und ihren zwei kleineren Schwestern das Frühstück hatte machen müssen. Jeden Morgen stand sie dafür um sechs Uhr auf. Und warum? Weil seine Mutter in ihr Allerheiligstes ging. Als Sozialarbeiterin in den Kinderhort. Nun ja, wenigstens die Kinder dort waren betreut worden.

Andererseits, was hatte sie denn für eine Wahl gehabt? Und er und seine Schwestern hatten das doch hinbekommen, hatten es sogar gut gehabt. Besser als die Kinder aus den »bildungsfernen Schichten«, deren Rotznasen ihre Mutter jeden Tag geputzt hatte, weil das bei denen zu Hause keiner schaffte. Bildungsfern ... so konnte man das natürlich auch nennen.

Er wollte lieber gar nicht wissen, wie viel diese Karriere-Kommissarin ihren Kindern wegnahm durch ihre idiotische Vorstellung von Selbstverwirklichung. Warum blieben Frauen heute nicht einfach bei den Männern, mit denen sie Kinder gezeugt hatten? Wieder dachte er an seine Mutter. Die war nicht groß gefragt worden. Sein Vater hatte nämlich eines Tages erkannt, dass eine jüngere Frau deutliche Vorzüge bot. Zuzüglich zu Jugend und Kleidergröße sechsunddreißig waren da noch eine perfekt designte Wohnung in einer der angesagtesten Lagen Wiens gewesen. Und keine vier dauerquengelnden Kinder. Vor allem die nicht. Leicht hatte es seine Mutter nicht gehabt.

Er bog ab Richtung Dürrnberg. Lilly Engel und ihr Ex? Hatten die denn überhaupt kein Verantwortungsgefühl? Wenn er selbst Kinder hätte ... Aber er hatte ja keine. Keine Kinder, keine Frau. Höchstens den einen oder anderen One-Night-Stand. Lausig irgendwie. Nicht das Richtige. Um das Frauenproblem müsste er sich auch dringend kümmern. Wenn er mal dazu käme, wenn die ihm nicht dauernd irgendwelche Leichen auf die Wiese legen würden.

Huber blickte über das Feld. Wie er vermutet hatte: Das hatten Obermüller und Engel garantiert nach Augenmaß erledigt. Dilettantisch eben! Und das in Zeiten von GPS. Wie rückständig waren die eigentlich in ihrem netten kleinen Kurort?

Er hockte sich noch einmal hin, betrachtete den Toten genau von allen Seiten. Dann kontrollierte er die Zeit: sechs Uhr. Die zweiundzwanzig Minuten waren um. Sicherheitshalber ging er ein paar Meter weg von der Leiche und den Kriminaltechnikern, die damit beschäftigt waren, den Ort auf Spuren zu untersuchen, und tat so, als hinge er wichtigen Überlegungen nach. Das folgende Gespräch brauchten die Kollegen nicht unbedingt mitzuhören.

»Hallo?« Das war wieder ihre Stimme, dieses Mal ein bisschen ausgeschlafener.

»Sind Sie jetzt wach?«

»Sagen Sie mal, Huber, spinnen Sie?«

»Engelchen, ich sag einmal so: Spinnen *Sie*? Und zwar komplett?«

»Was?«

»Die Leiche liegt genau auf der Grenze, Sie Supertalent!«

»Ich ruf gleich zurück.«

Sie hatte aufgelegt. *Sie* hatte aufgelegt! Unfassbar. Huber blickte auf seine rechte Armbanduhr. Von jetzt an hatte sie noch maximal dreiundfünfzig Sekunden. Dann würde er das mit Obermüller klären. Lilly Engel war zwar unzweifelhaft die Fähigere von den beiden, aber wenn sie sich weiterhin so idiotisch aufführte, hatte er keine Wahl.

Genau dreiundzwanzig Sekunden später spielte sein Handy »Hamburg, meine Perle«, nicht jedermanns Sache, das Lied, aber so wusste er wenigstens, ohne hinzusehen, wer anrief. Engel hatte sich ja schnell wieder gefasst.

»Na, haben wir den Schock überstanden, Goldlöckchen?«

»Wo sind Sie eigentlich, Huber?«

Treffer! »Goldlöckchen« war genial, sie klang inzwischen richtig wütend.

»Überspringen wir diesen Teil. Wo zum Geier ist das Medaillon?«

Das war jetzt gut! Eins zu null für ihn. Ihr Schweigen sprach für blankes Entsetzen.

»Lilly, noch da?«

»Ich … Wir …«

»Sie und Obermüller wollten uns gestern die Leiche in unser Gebiet legen, richtig? Und beim Schleppen hat einer von Ihnen dem Toten ein Medaillon abgenommen.«

»Woher …?«

»Weil ich ihn vorher selbst zu euch rübergelegt habe, darum! Und weil da das Medaillon noch an seinem Platz war!«

»Aber sicher wirst du mit Laura zum Zahnarzt gehen«, erklärte Lilly David am Telefon. »Sie hat seit gestern Abend Schmerzen, und der Zahnarzt muss sich das anschauen.« Und ich muss diesen Mist mit Huber ausbügeln, dachte sie. Spätestens seit seinem Anruf vorhin war ihr klar, dass sie selbst heute Morgen anderes zu tun hatte, als sich mit ihrer Tochter in eine Zahnarztpraxis zu setzen und zu warten, bis sie dazwischengeschoben wurden.

»Hör mal, Lilly …« David seufzte vernehmbar, sodass sie durchs Telefon den abschätzigen Blick sehen konnte, mit dem ihr Ex-Mann ihr immer wieder das Gefühl gab, einer der dämlichsten Menschen zu sein, die ihm je untergekommen waren. »Dir ist das vielleicht nicht so ganz klar, aber ich habe heute Morgen Probe. Orchesterprobe, verstehst du? Mit anderen Worten: keine Zeit.«

»Zum Vögeln hattest du damals auch Zeit«, gab sie zurück und sah sich um. Tobias und Laura waren beide nicht zu sehen, zum Glück. »Und ruf sicherheitshalber vorher in der Praxis an, ich glaube, montags ist immer nur bis mittags jemand da. Und klär auch bitte noch mal, ob die deutsche Chipkarte bei euch geht.«

»Ich werde keineswegs heute mit Laura …«

Aber Lilly hörte sich das nicht mehr an. »Mach's gut.«

Eine Dreiviertelstunde später parkte sie ihr Auto auf dem gebührenpflichtigen Parkplatz in der Nähe des Orchesterhauses in Salzburg. »Beeil dich!«, rief sie Laura zu.

Mit der Kindergartentasche ihrer Tochter in der einen und Laura an der anderen Hand ging sie auf den verglasten Eingang des Gebäudes zu. Natürlich war es nicht richtig, die arme Laura wie einen Ball zwischen Mama und Papa hin- und herzuwerfen. Andererseits, warum hatte immer nur sie ein schlechtes Gewissen? David kannte solche Gefühle nicht, die Arbeit ging für ihn vor. Grundsätzlich.

Wenn sie ehrlich war, brachte ihr die ganze Aktion hier überhaupt keinen Zeitgewinn, wahrscheinlich brauchte sie länger für die Hin- und Rückfahrt, als sie mit Laura im Wartezimmer eines Zahnarztes in Reichenhall gesessen hätte. Aber es ging schließlich ums Prinzip. Außerdem konnte sich jetzt David Gedanken darüber machen, wie er mit Laura den restlichen Tag verbringen würde, sollte sie nachher nicht in den Kindergarten gehen können. Und wenn sie konnte, dann würde *er* sie nach Reichenhall zurückfahren. Auch nicht schlecht. Lilly grinste.

Die Musiker waren noch beim Stimmen, das hörte sie schon durch die geschlossene Tür des Probenraums. Hoffentlich war David überhaupt schon da. Aber die Sorge war unbegründet, dahinten stand er.

»Lauf zu Papa«, forderte sie Laura auf und umarmte sie zum Abschied fest. »Und gib ihm den hier«, sie drückte ihrer Tochter einen Zettel in die Hand. »Ruf mich bitte an«, stand dort, »und sag mir, was der Zahnarzt gemacht hat. Wenn Laura mag, kann sie nachher in den Kindergarten gehen, falls nicht, hole ich sie am Abend bei dir ab.«

Das war zwar nicht ganz das, was sie sich unter einem kultivierten Umgang mit dem Vater ihrer Kinder vorstellte, aber anders verstand er es einfach nicht.

Sie fuhr die Nonntaler Hauptstraße bis kurz vor der Kreuzung zur Alpenstraße und bog dann in die Seitenstraße zum Unipark ab. Nicht der ideale Platz zum Halten, wahrscheinlich sogar Halteverbot, aber irgendwo musste sie schließlich stehen bleiben. Sie ließ ihren Kopf auf das Lenkrad sinken und vergrub ihn in den Armen. Sie war so schrecklich müde.

Was jetzt? Eigentlich sollte sie bei Huber vorbeifahren, wo sie schon in der Stadt war. Aber ihr war einfach nicht danach, mit ihm sofort in die zweite Runde zu gehen. Vermeiden ließ sich die nicht, wahrscheinlich auch nicht die dritte bis zehnte, aber bitte nicht jetzt sofort. Warum bloß musste sich David immer bei allem querstellen? Und warum hatte sie jetzt auch noch Huber am Hals? Sie entschied sich, erst einmal Martin anzurufen.

»Huber vermisst das Medaillon«, sagte sie statt einer Begrüßung.

»Hä?«

Kein Hä, dachte Lilly, sei froh, dass ich dich nicht gleich um sechs angerufen habe.

»Wo steckst du, Lilly? Dein Telefon hier im Büro klingelt schon seit Stunden. Das stört total.«

Der hatte Nerven. »Dann leg den Hörer daneben. Unser lieber Kollege Huber von der anderen Seite der Grenze hatte den Jungen bereits zu uns gelegt, bevor wir ihn wieder zurückgeschleppt haben. Verstehst du?«

»Nicht dumm«, sagte Martin anerkennend.

Das war eigentlich nicht der Zeitpunkt, um Sigmund Huber größere Bewunderung entgegenzubringen, aber irgendwie hatte Martin sogar recht. »Stimmt. Er hat uns jetzt nämlich wegen des dämlichen Medaillons in der Hand und kann selbst weiter Kaffee trinken und ›Moorhuhnjagd‹ spielen«, stellte sie fest.

»›Moorhuhnjagd‹ spielt heute keine Sau mehr.«

»Martin!«

Sie hörte ein langes, tiefes Seufzen. »Ich ruf ihn an, in Ordnung.«

Es dauerte genau drei Minuten, dann klingelte Lillys Handy. Anton Karas' Zitherspiel aus dem »Dritten Mann«, Hubers Klingelton. Verdammt!

»Engelchen, schaun S', ich will Sie. Wenn schon Bayern, dann Sie. Der Obermüller ist so eine Pfeife.«

»Ich werde es ihm ausrichten«, gab sie matt zurück.

»Nicht nötig, ich hab's ihm schon selber gesagt.«

Und zwar wortwörtlich, vermutete Lilly. Huber war nicht gerade bekannt für den viel gerühmten Wiener Charme.

»Sie kennen mich doch, Mauserl.«

»Mauserl« war definitiv zu viel. Und genau deshalb sagte

Lilly betont freundlich: »Hören Sie jetzt gut zu, Herr Major Huber: Wenn ich auch nur eine einzige Sekunde mit Ihnen kooperieren soll, dann lassen Sie ab jetzt sämtliche Mauserls, Engelchen und dergleichen weg. Klar so weit?«

»Klar, Goldlöckchen.« Er imitierte ihr Hochdeutsch, allerdings klang es bei ihm, als salutierte er.

Mistkerl! Zum zweiten Mal innerhalb weniger Sekunden holte Lilly sehr tief Luft. »Jetzt noch mal ganz von vorne, Sigi. Sie können uns nicht einfach Ihre Fälle über die Grenze schieben, nur weil Sie lieber in der Nase bohren, statt zu arbeiten. Das war Ihr Toter, und das ist jetzt wieder Ihrer.«

»Ich habe kein Beweisstück unterschlagen«, gab Sigmund Huber seelenruhig zurück.

»Und wem wollen Sie von dem Medaillon erzählen? Sie wissen doch gar nichts davon. Offiziell zumindest.«

»Treffer!« Er schien sich fast zu freuen. »Schaun S', genau deshalb will ich Sie. Obermüller hat mit Amtsvorschriften und zwischenstaatlicher Kooperation unter Berücksichtigung von Paragraf soundso argumentiert. Himmel, wie mich der Mann anstrengt. Aber egal. Zwei Menschen sind ermordet worden! Sie würden zwar Ihrer weiblichen Aufgabe viel eher nachkommen, wenn Sie sich um Ihre beiden Kinder kümmerten, aber nun haben Sie sich einmal für den falschen Weg entschieden, dann können wir genauso gut auch zusammenarbeiten. So ein bisserl Verstand haben S' ja schließlich. Was meinen Sie dazu?«

Wichser, meinte Lilly dazu. Chauvinistischer Wichser. Aber das sagte sie besser nicht, Huber war im Moment in der souveräneren Position. »Ich teile zwar Ihre Vorstellungen von der Aufgabenverteilung der Geschlechter in unserer Gesellschaft nicht ganz, lieber Herr Major, aber wahrscheinlich sollten wir Privates und Berufliches trennen und uns zu einem Gespräch treffen. Haben Sie den jungen Mann eigentlich wieder zu uns zurückgelegt?«

»Ich habe eine Obduktion eingeleitet. Wie man das in solchen Fällen im Allgemeinen macht. Die ersten Ergebnisse werden uns heute am frühen Nachmittag vorliegen. Und sagen Sie nicht, dass Sie da eines Ihrer Blagen zum Koreanischkurs für Dreijährige kutschieren müssen. Wobei«, er lachte leise, und wenn es nicht Sigmund Huber und nicht in diesem Zusammenhang gewesen wäre, dann hätte Lilly das Lachen richtig sympathisch gefunden, »es in Ihrem Kurkaff mit Koreanisch ohnehin schlecht ausschauen dürfte.« Noch mal das Lachen, bevor er wieder zu seinem alten Ton zurückkehrte. »Wie auch immer. Punkt vier bei mir im Büro. Punkt!«

»Schauen wir mal«, gab sie zurück.

Huber gab einen seiner Lieblingssprüche zum Besten: »Wer vor drei Minuten aufgehängt wurde, der ist jetzt schon tot.«

War doch wahr. Es war sechzehn Uhr drei, und Engel hatte erst jetzt sein Büro betreten. Typisch deutsche Arroganz. Setzte sich wieder einmal über alle Regeln des guten Benehmens hinweg. Aber ganz schön sexy war sie, diese Lilly Engel, das stellte er jedes Mal aufs Neue fest. Allerdings völlig unpassend gekleidet, schließlich war sie im Dienst. Der Minirock war geradezu nuttig kurz. Und das Top mindestens eine Nummer zu eng. Das ging nicht. Sie war doch eine Mutter!

»Huber, Sie nerven.«

»Es waren Nutten.«

»Was?«

Scheiße! »Ketten! Ich meine, es waren Ketten!«

»Sind Sie jetzt übergeschnappt?«

Aus dieser Situation musste er schnell wieder herauskommen. Dringend! Huber atmete durch, so als wäre Engel begriffsstutzig.

»Das Opfer wurde mit Ketten erdrosselt, unter die ein Tuch oder etwas anderes Weiches gelegt wurde. Vielleicht war es auch Draht statt Ketten. Oder nur eine Kette. Die Spuren am Hals sind nicht eindeutig. Sie sind abgemildert. Wegen des Tuchs. Aber das ist auch gar nicht entscheidend, ob Draht oder Ketten, Frau Kollegin. Oder auch nur eine Kette. Da brauchen wir nicht gleich die Sophistin zu spielen, gell? Draht oder Kette oder gar Ketten – was soll denn bitte die Haarspalterei?«

»Guten Tag, lieber Herr Huber, es freut mich auch, Sie mal wiederzusehen.« Sie schüttelte den Kopf.

Gut. Hauptsache, er hatte seine prekäre Lage überspielen können. Sie hatte wohl nichts gemerkt von seinem Freudschen Versprecher. Gottlob.

Sie ließ ihre Handtasche auf seinen Schreibtisch fallen. Dem Geräusch nach war die Tasche ziemlich voll. »Tasche« war ohnehin kaum der richtige Ausdruck für dieses Ungetüm. »Beutel« traf es besser. Und am besten: »überdimensionaler Lederbeutel mit Klimperbändchen am Rand«.

»Und ja, ich nehme gern einen Kaffee.« Sie lächelte zuckersüß.

Er konnte sich nicht erinnern, ihr einen angeboten zu haben. Den konnte sie sich mal abschminken, zumindest vorerst. »Der Obduktionsbericht liegt seit«, er blickte auf seine linke Armbanduhr und lächelte, »genau zwei Stunden auf meinem Schreibtisch.«

Sie zog sich seinen Besucherstuhl heran, setzte sich unaufgefordert und schlug die Beine übereinander. Und wo sollte er jetzt hinschauen, verfluchter Mist?

»Kriegt man nicht eigentlich eine Macke mit zwei Armbanduhren?«

»Präzision im Leben entspricht Präzision im Denken.«

»Sie spinnen komplett, Huber. Und Ihr Geschlechterverständnis ist das eines Höhlenmenschen. Aber ermitteln können Sie ja angeblich ganz gut.«

»Danke.«

Engel seufzte. »Das Opfer wurde also erwürgt.«

»Nein. Erdrosselt. Der präzise Terminus ist ›erdrosselt‹. Mit Ketten. Äh. Oder Draht. Oder so.« Er reichte ihr den Bericht von seinem Schreibtisch.

Sie überflog ihn. Beim Lesen murmelte sie leise vor sich hin und betonte dabei die entscheidenden Abschnitte, wie er anerkennend feststellte: »… obere Hörner des Schilddrüsenknorpels gebrochen, ebenso die Hörner des kleinen Zungenbeins unter dem Kiefer …« Dann ließ sie das Papier sinken. »Scheiße. Genau wie bei der Obdachlosen.«

»In der Tat. Und die ist eindeutig Ihre. Gefunden auf bayerischem Boden.«

»Und wo hat sie gelebt?«, fragte Engel zurück. »Der Kapuzinerberg gehört ganz eindeutig nicht zum bayerischen Hoheitsgebiet, sondern zur Stadt Salzburg. Überhaupt«, sie fixierte ihn mit ihren viel zu dunkel geschminkten Augen, »würde ich mich nicht wundern, wenn Sie schon bei diesem Auffindungsort ein bisschen nachgeholfen hätten.«

Der Schluss war nicht dumm, das musste er zugeben. Trotzdem irrte sie sich dieses Mal. Um ihr das zu zeigen, erwiderte er ihren Blick und zog sogar die Augenbrauen etwas nach oben. Genau das entscheidende bisschen, er hatte die Mimik früher stundenlang vorm Spiegel geübt. »Schießen wir da nicht gerade ein bisserl übers Ziel hinaus, liebe Frau Kollegin?«

Leider blieb sie völlig unbeeindruckt. »Möglich. Aber die zweite Leiche, unser junger Mann, lag definitiv auf Ihrem Gebiet. Ursprünglich.«

Er winkte ab. »Das waren laut GPS nur drei Meter.«

»Sie nehmen es doch sonst immer so genau.«

»Wahrscheinlich waren die Täter genau solche Amateure wie Sie und Obermüller. Die haben sich beim Ablegen einfach vertan. Ihr Fall. Kraft Sachzusammenhangs.«

Engel schlug mit ihrer Hand so fest auf die Platte seines Schreibtisches, dass ihr Armband klirrte. »Jetzt lassen Sie das, Huber! Sie haben doch selbst gesagt, dass wir zusammenarbeiten sollen.«

»Gut.« Kunstpause, nicht zu lang, aber auch nicht zu kurz, das war wichtig für die Wirkung. »Dann sagen Sie mir doch zuerst einmal, was Sie über das Medaillon herausgefunden haben. Wurde bei der Sandlerin etwa auch so eins wie bei unserem Mann von gestern Nacht gefunden?«

In Deutschland sagte man »Penner«, das wusste er. Aber hier war Salzburg, mal schauen, wie viel Sprachverständnis sie aus ihrer Ehe mitgenommen hatte.

Die dialektalen Eigenheiten schienen ihr keine Probleme zu bereiten. Etwas anderes offenbar schon, wie er schadenfroh feststellte. Denn sie spielte verlegen mit ihren Locken. Das sah zwar niedlich aus, passte aber nicht hierher. Sie waren schließlich nicht im Café Bazar, sondern in seinem Büro. Er ließ ihr ein bisschen Zeit und schaute ihr zu, wie sie die Haare zwischen ihren Fingern zwirbelte. Einmal, zweimal.

Dann sagte sie schließlich unüberhörbar verlegen: »Bei der Obdachlosen lag auch so eins.«

Er schenkte sich das »Na also« und fragte stattdessen: »Und, was ist darauf zu sehen?«

»Das konnten wir noch nicht genau herausfinden. Auch nicht, ob Fingerabdrücke drauf sind. Die Leute bei der KTU sind gerade hoffnungslos unterbesetzt, alle krank oder im Urlaub.«

Ha! Das konnte doch wohl nicht wahr sein. »Im Urlaub … Wie geht Ihr Bayern denn bitte mit einem Mordfall um? Oder, nein, Sie sind ja aus … sozusagen ein zugereister Eskimo.« Er lachte. »Macht man das bei euch so, erst mal schauen, bis das Packeis abgetaut ist, bevor ermittelt wird?«

Der »Eskimo« war ein Treffer gewesen. Sie biss sich auf die Lippe. Aber sie ging nicht darauf ein. Schade eigentlich, diese Norddeutschen hatten wirklich gar keinen Humor.

Engel nahm ihre Handtasche vom Tisch. »Das von gestern Abend, also, das Medaillon … Ich habe das noch in … Warten Sie.« Sie zog es aus ihrem überdimensionalen Lederbeutel und hielt es ins Licht. »Viel erkennt man allerdings nicht. Ein paar Kratzer, Striche ganz links … Hm.«

Er seufzte. Ein paar Kratzer, Striche und »hm«. Und wahrscheinlich auch noch ihre Fingerabdrücke. »Widmen wir uns also zuerst dem ›Hm‹«, stichelte er. »Vielleicht verbirgt sich dahinter ja die berühmte intuitiv-weibliche Herangehensweise.«

Er fing ihren Blick auf: böse, um nicht zu sagen: aufs Äußerste erbost.

»Ich halte mich bei Ermittlungen gerne an die Fakten. Versuchen Sie es mit einer Wahrsagerin, wenn Sie mehr wissen wollen, mit solchen Fähigkeiten kann ich in der Tat nicht dienen.«

Das klang jetzt wirklich nicht mehr freundlich. Ganz und

gar nicht mehr. Im Gegenteil, eher nach Alarmstufe drei. Außerdem hatte sie diesen Sophie-Blick aufgesetzt. Als er sich einmal, mit fünfzehn, geweigert hatte, die Wohnung zu saugen, obwohl seine ältere Schwester Sophie ihn dazu angewiesen hatte, war sie am nächsten Tag mitten in seinen Unterricht geplatzt. »Ich will gar nicht lange stören, aber der Sigi hat seine Jause zu Hause liegen lassen«, hatte sie gesagt und dabei ganz liebreizend gelächelt. Und um die Rufschädigung komplett zu machen, hatte sie ihm die pinkfarbene Brotdose seiner jüngeren Schwester Claudia gereicht. Seit diesem Vormittag hatte ein ganz bestimmter Blick von Sophie genügt, und er hatte klaglos getan, worum sie ihn bat.

Außerdem half es nun mal nichts, die erste Ermordete war in Bayern gefunden worden, aber auf dem Kapuzinerberg in Salzburg »zu Hause« gewesen. Oder wie man einen alten, halb verfallenen Wehrturm am Berg sonst nennen wollte. Und der zweite Tote war ohnehin auf österreichischem Gebiet gelegen. Ursprünglich zumindest. Ermitteln ohne Lilly Engel, weil die eingeschnappt war, konnte in diesem Fall heißen: ermitteln mit Martin Obermüller. Und dann konnte er sich gleich allein an die Arbeit machen. Zeit also für ein bisschen Schönwetter.

»Gut, Frau Engel, wir machen das gemeinsam, wie Sie wollen.«

»Wieso *ich*?«, hakte sie nach. Doch er ging gar nicht darauf ein.

»Aber so unbürokratisch wie möglich. In dieser Gegend geschehen Morde, und wir werden sie aufklären. In österreichisch-«, er hüstelte, »pseudobayerischer Zusammenarbeit.«

Er streckte ihr die Hand entgegen, und sie schlug nach einem angemessen zickigen Zögern ein. Wieder klimperte ihr Armband.

»Aber wie unter zivilisierten Menschen, Huber. Wenn Sie Ihr Ego aufpolieren wollen, gehen Sie mit ein paar Ihrer Jungs vom Kommissariat zum Paintball. Zwischen uns läuft das auf gleicher Ebene.«

Huber grinste.

»Und kann ich jetzt vielleicht doch endlich einen Kaffee haben? Ich bin nämlich entgegen allem, was Sie heute früh von mir gedacht haben, bereits seit fünf Uhr wach und muss meine Tochter um halb sechs bei meinem Ex abholen. Der spielt heute Abend ein Konzert im Mozarteum.« Sie unterdrückte ein Gähnen. »Laura hatte vergangene Nacht Zahnschmerzen, und ich weiß nicht, ob sie mich heute Nacht schlafen lässt. Ich habe noch nicht mal eine Ahnung, was der Zahnarzt gemacht hat, mein reizender Ex-Ehemann war nämlich mit ihr dort, und das Einzige, was er mir bisher mitgeteilt hat, ist, dass ich sie um halb sechs bei ihm abholen soll. Per WhatsApp!«

Richtig so, fand Huber. Garantiert hatte sie ihren Ex-Mann dazu verdonnert. Freiwillig setzte sich doch kein normaler berufstätiger Mann mit einem Kind in die Zahnarztpraxis. Er selbst hätte auch nur eine Nachricht geschickt.

Meine Güte, dachte Lilly, während sie zuschaute, wie Huber mit der Kaffeemaschine herumhantierte, es war eine alte mit Filtertüten. Tweedsakko, Einstecktuch, Markenschuhe und dann dermaßen unrasiert. Das war schon kein Dreitagebart mehr, das war einfach nur Verweigerung. Dabei war er gar nicht mal hässlich. Nicht direkt ihr Typ, aber doch, er könnte durchaus markttauglich sein, ziemlich sogar.

Sie stand auf und wollte zwei Tassen aus dem Regal nehmen. Ein Fach tiefer wäre praktischer für sie gewesen. »Wo haben Sie die Milch?«

»Bitte bleiben Sie sitzen, Gnädigste.«

Wie schaffte er es nur, den Satz gleichzeitig so charmant und so herablassend zu sagen?

»Sie sind mein Gast. Und ich denke, in puncto Kaffee siedeln wir die Kompetenz unseres Teams besser in Österreich an. Entspannen Sie sich. Ist gleich fertig.«

Alles klar. Übersetzt hieß das: Finger weg von meinen Sachen! Sie setzte sich wieder, nahm das Medaillon, das vor ihr auf dem Tisch lag, und hielt es so, dass das Licht genau auf die Fläche fiel. »Mit ein bisschen Phantasie könnte das links am

Rand ein Symbol sein. Oder ein Buchstabe. Ist Ihnen das auch schon aufgefallen?«

»Meine Liebe, man schüttet einen Kaffee nicht mal so eben zwischendurch in sich hinein, das müsst ihr Deutschen erst noch lernen.«

Er stellte eine Tasse erstaunlich formvollendet vor ihr auf den Tisch. War er im ersten Leben Kellner gewesen? Lilly verkniff sich ein Grinsen.

»Bitte sehr! Frisch geröstet und vor drei Stunden ebenso frisch gemahlen.« Kein Wort über das Medaillon.

Tatsächlich, der Kaffee war perfekt. Beeindruckend, wie er den hinkriegte. Vielleicht schlummerte in dem Mann ja sogar ein Sinn für Genuss. Oder sogar etwas Fürsorge. Aber egal, wegen seines genialen Kaffees war sie schließlich nicht hier. »Noch mal zu den Buchstaben auf dem Dingsda … dem Medaillon«, begann sie, aber der Blick, den er ihr zuwarf, ließ sie verstummen.

»Die Bohnen stammen aus dem äthiopischen Hochland, bester Arabica. Ich war einmal da und habe mir einige Plantagen angesehen. Faszinierend, diese Plateaus …«

Huber trank langsam, setzte die Tasse zwischendurch ab und erzählte weiter von einer Kaffeeplantage, die ihn im Augenblick anscheinend weit mehr zu interessieren schien als die zwei Mordopfer der vergangenen Tage. Der Vortrag dauerte einige Minuten und wäre sogar spannend gewesen, wenn er Lilly nicht so irritiert hätte. Zwei erdrosselte Obdachlose und Fairtrade-Kaffee aus Bioanbau, was für eine Kombination.

Dann war Hubers Tasse leer. Und wie es aussah, er jetzt auch wieder bereit, sich mit dem eigentlichen Anlass ihres Besuchs zu beschäftigen, denn er beugte sich zum Schreibtisch vor und holte eine Lupe aus einer Schublade. »Ein Symbol oder ein Buchstabe am Rand des Medaillons, meinen Sie?« Er bedeutete ihr, das kleine ovale Schmuckstück auf den Tisch zu legen, und hielt die Lupe so, dass sie beide etwas sehen konnten.

»Der Kaffee war übrigens super«, sagte sie. Schließlich war es das erste Anzeichen von Kultur, das sie an diesem Mann bemerkt hatte.

»Super …«, wiederholte er gedehnt. »Danke.« Und wandte seinen Blick wieder dem Fundstück vom Tatort zu. »An ein Symbol habe ich auch schon gedacht. Vielleicht eine Rune.« Er stand auf und zog ein paar Blätter Papier aus der Schublade, unverkennbar ein ausgedruckter Wikipedia-Artikel. »Das ältere Futhark. Das Runenalphabet«, erklärte er und deutete auf ein Bild. »Ich habe mich gestern Nacht damit beschäftigt.«

Lilly war überrascht. »Und ich dachte, Sie hätten gestern Abend beschlossen, dass das unsere Leiche sei.«

»Deshalb kann man doch trotzdem noch ein Handyfoto vom Medaillon machen.«

»Für den Fall, dass wir Ihnen den Toten zurückgeben?«

»Für den Fall, dass Sie und Ihre Kollegen hoffnungslos überfordert sind.«

Lilly fragte sich, ob ihm klar war, was er ihr da innerhalb von kurzer Zeit schon an beruflicher Unfähigkeit an den Kopf geworfen hatte, verbiss sich aber jeden Kommentar. Wenn das hier abgeschlossen war, würde sie sich irgendwohin versetzen lassen, egal, wohin, nur weit genug weg von jeder Aussicht darauf, noch einmal mit ihm ermitteln zu müssen.

Aber er hielt sein Verhalten anscheinend für völlig normal. Er fuhr mit dem Finger am Ausdruck hinunter und stoppte schließlich bei einem der Zeichen. »Das hier könnte es sein, die Rune heißt ›Wunjo‹ und wird mit ›Wonne‹ übersetzt.«

Immerhin, eine Idee statt einer neuen Beleidigung. Fast schon ein Fortschritt. Lilly betrachtete das Blatt. »Oder die hier, die erste«, meinte sie dann. »›Fehu‹ für ›Vieh‹«, las sie und sah ihren Kollegen ratlos an.

Der schüttelte ähnlich ratlos den Kopf. »Es gibt noch ein weiteres Runenalphabet. Das ist das ältere. Und das hier«, er legte den ersten Zettel zur Seite, sodass darunter ein zweiter mit einer ähnlichen Zeichenreihe zum Vorschein kam, »ist das jüngere.« Wieder zeigte er auf eines der Bilder: »Das hier wäre eine k- oder g-Rune. Und die hier«, sein Finger glitt ein wenig zur Seite, »die a-Rune. Wenn es diese hier sein soll, würde bei unserem Bild allerdings ein kleines Stückchen fehlen.«

Vier Runen oder eigentlich nur drei … Schlau wurde Lilly daraus nicht. Außer vielleicht … Sie fischte nach einem Notizzettel und malte alle drei in Frage kommenden Runen nebeneinander. »Sehen Sie das?«, fragte sie. »Wenn wir sie zu einem gemeinsamen Bild zusammensetzen, kommt etwas heraus, das unserem K ähnelt. Ganz neuzeitlich und ohne Symbolik.«

Sigmund Huber machte ein unschlüssiges Gesicht. Offenbar hielt er seine Runenhypothese für besser. »Aber warum«, sagte er mehr zu sich als zu ihr, »steht das Symbol, oder was auch immer es sein soll, nicht in der Mitte des Medaillons? Das wäre doch logischer.«

»Vielleicht, weil es nur der Teil eines Bildes ist«, erwiderte Lilly, weil sie irgendetwas antworten wollte. Umso mehr überraschte sie Hubers Reaktion.

»Voilà!«, rief er. »Aber wo wären dann die fehlenden Teile? Die, die das Bild ergänzen? Und warum ist hier nur ein Teil zu sehen?« Er überlegte kurz: »Was war denn auf dem Medaillon, das bei Ihrer Obdachlosen gefunden wurde?«

Lilly zuckte mit den Schultern. »Das liegt in der KTU, zusammen mit allem anderen, was die Frau bei sich hatte.«

»Na, da ist es gut aufgehoben«, meinte Huber, »wo die jetzt alle Urlaub haben oder krank sind.«

»Ich könnte die Kollegen bitten …«

»Das wäre in der Tat eine gute Idee!«

Toll, da war sie schon wieder, die alte Überheblichkeit. Sie hatte sie in den letzten drei Minuten schon richtig vermisst. »Es gibt ja noch ein paar weitere Aspekte, denen wir nachgehen können«, sagte sie betont freundlich. »Nehmen wir doch mal unsere beiden Ermordeten, was wissen wir bisher über die?«

Huber machte eine einladende Geste. »Bitte. Fangen Sie an, die erste lag in Ihrem Hoheitsgebiet und ist nun schon seit vier Tagen tot. Zeit genug für Recherche wäre ja grundsätzlich gewesen.«

Zeit für Recherche auf *deinem* Hoheitsgebiet, dachte Lilly und gestand sich ein, dass genau dieser Umstand sie in den vergangenen Tagen davon abgehalten hatte, mit ihren Ermittlungen wirklich zu beginnen. Dann hätte sie nämlich gleich Kontakt zu dem reizenden Kollegen Huber aufnehmen müssen. Lieber hatte sie das Ergebnis aus der KTU abwarten und ein paar erste Informationen einholen wollen. Und das war glücklicherweise auch an Huber vorbei möglich gewesen.

»Unsere Obdachlose hieß Martina Meierhofer, vierzig Jahre alt, wenn meine bisherigen Ermittlungen stimmen, eine ehemalige Prostituierte«, erklärte sie. »Sie war ein bisschen … hier.« Sie tippte sich an den Kopf. »Vor ein paar Jahren hatte sie offenbar ein religiöses Bekehrungserlebnis und hielt sich seitdem für eine Nonne. Sie soll immer nahe Sankt Peter herumgelungert und die Leute angekeift haben, sie sollten sie gefälligst ins Kloster lassen.«

Er sah sie überrascht an. »Sankt Peter in Salzburg?«

Lilly nickte.

»Aber das ist ein Männerkonvent!« Huber schüttelte den Kopf.

»Deshalb ja auch …« Noch einmal tippte sie sich mit dem Finger gegen ihre Stirn. »Manchmal, wenn das Geschrei zu laut wurde, haben sie sie von der Polizei abholen lassen. Vor allem nachts. Sehr viel mehr wissen wir tatsächlich noch nicht über sie. Der Tod trat durch«, sie betonte das nächste Wort, »*Erdrosseln* ein. Feinde hatte sie keine, soweit wir das bisher herausfinden konnten.«

Huber grinste. »Eine bekehrte Sünderin also. Wenn unsere Kollegen sie ab und zu beim Kloster eingesammelt haben, werden sie mir schon etwas zu ihr sagen können.«

Er schenkte ihr Kaffee nach, dann stand er auf und verschwand, ohne ein Wort zu sagen, auf den Gang. Sie hörte, wie nebenan eine Tür geöffnet und kurz darauf wieder geschlossen wurde. Als er zurückkam, hielt Huber ihr ein kleines Päckchen mit gemahlenem Arabica hin.

»Das müsste in Ihrem Umzugskoffer«, er deutete auf ihre Handtasche, »noch Platz haben. Betrachten Sie es als eine Art kulinarisches Care-Paket für Deutschland. – Es wäre übrigens kein Fehler gewesen, wenn Sie mir von Ihrer obdachlosen Pseudononne schon etwas früher erzählt hätten.«

Lilly sah ihn unschuldig an. »Danke für den Kaffee – aber die Obdachlose lag doch auf unserem …«

Sigmund Huber schüttelte mit vielsagendem Blick den Kopf. »Die Kollegen werden auch noch ein paar Takte zu hören bekommen, interne Kommunikation ist manchen bei uns offenbar ein Fremdwort.«

Was vielleicht auch am jeweiligen Kommunikationspartner liegt, dachte Lilly. Mit jedem will man eben nicht kommunizieren. Aber das behielt sie für sich. Jedenfalls wollte sie nicht mit dem netten Herrn von der Salzburger Polizei tauschen, der seine wenigen Informationen so unbürokratisch an sie weitergegeben hatte.

»Was mich übrigens auch noch interessieren würde«, jetzt fixierte er sie regelrecht, »woher wussten Sie, dass die Dame aus Salzburg kam? Sie hat ja sicher kein Schild um den Hals getragen.«

»Das nicht, aber ein Mitarbeiter unserer KTU hat sie sofort wiedererkannt. Er lebt in Salzburg. Offenbar ist sie da keine ganz Unbekannte gewesen.« Ha! Jetzt war sie dran, wissend zu lächeln. Denn Huber selbst hatte von der »Irren vorm Kloster«, wie der Mann von der KTU sie genannt hatte, offenbar noch nie etwas gehört. »Wie gesagt, Ihr Kollege konnte mir auf Anhieb ihren vollständigen Namen sagen und wusste auch über ihren Aufenthaltsort oben am Berg Bescheid.«

Huber ignorierte beides, Lillys Seitenhieb und ihren Blick. »Und unser zweites Opfer?«, fragte er stattdessen. »Der junge Mann? Haben Sie vielleicht gestern Nacht neben dem Medaillon auch noch seinen Reisepass einkassiert? So ganz zufällig? Wir wissen nämlich absolut nicht, wer er ist, woher er kommt und was er hier gemacht hat.«

Doch, es würde mit Huber schwierig werden. »Er hatte weder Dokumente noch ein Bekennerschreiben seines Mörders bei sich«, sagte sie. »Tut mir leid. Aber Sie könnten ja mal Basisarbeit leisten und ein paar Leute befragen. Ruhig auch ein paar

Sandler, wie Sie Obdachlose hier nennen, so was liegt Ihnen doch garantiert.« Sie grinste. Huber wirkte nicht wie einer, der sich allzu begeistert in die Niederungen der Gesellschaft begab. »Vielleicht kannte ihn ja jemand.«

»Wieso ausgerechnet hier?«

»Weil Sie ihn uns über die Grenze gelegt haben, schon vergessen? Er ist nicht aus Bayern.«

»Er war aber auch kein Österreicher. So viel wissen wir. Wahrscheinlich Südosteuropäer und mit ziemlich großer Sicherheit einer von denen, die momentan zum Betteln hier sind.«

»Vielleicht ein Roma-Mann«, überlegte Lilly und nahm einen weiteren Schluck von ihrem Kaffee.

»Rom. Die Männer der Roma heißen Rom. Und werden normalerweise nicht zu Mordopfern. Was will man bei diesen Menschen auch holen?«

Wenn Lilly sich nicht täuschte, dann hatte da eben wirklich eine Spur von Mitgefühl in seiner Stimme gelegen. »Gut«, sagte sie. »Dann fangen wir am besten damit an. Sie mit dem Mann«, sie legte das Medaillon samt Plastiktüte vor ihn auf den Schreibtisch, »und ich mit unserer bekehrten Prostituierten. Das heißt, wenn ich in Ihrem Revier überhaupt wildern darf.«

Sigmund Huber machte eine einladende Geste.

»Übrigens heißen die rumänischen Bettler heute Armutsmigranten.« Sie hatte es sich einfach nicht verkneifen können. »Wenn Sie es mit den Bezeichnungen schon so genau nehmen.«

Aber er ging gar nicht darauf ein, sondern machte sich stattdessen irgendwelche Notizen. Dann sah er auf seine rechte Uhr und stand auf. »Sie müssen los. Ihre Tochter abholen.«

Lilly blieb demonstrativ sitzen. »Die paar Minuten wird ihr Vater schon noch aushalten.«

»Er hat doch ein Konzert, sagten Sie.«

Klar, dass einer wie Huber auf Davids Seite war. »Und das ist Ihr Problem?«

»Ich habe eine Karte für heute Abend und würde die Werke gerne in voller Orchesterbesetzung hören. Und vorher würde ich gerne noch eine Kleinigkeit zu mir nehmen.«

»Ich hätte gar nicht gedacht, dass Sie der Typ für ein Violinkonzert von Mozart sind«, gab sie zurück.

»Ich habe drei verschiedene Einspielungen dieses Konzerts in meiner Höhle«, sagte er.

Na gut, den »Höhlenmenschen« hatte er sich also gemerkt. Auch Lilly war aufgestanden. »Ich melde mich bei Ihnen, sobald ich etwas in Erfahrung gebracht habe. Ach, und fahren Sie vorm Konzert besser noch mal nach Hause und machen sich mit Ihrem Rasierapparat bekannt.«

Mitleid? Natürlich hatte er Mitleid. Mit dem Einzelnen immer. Aber das musste man ausmerzen. Das war eine Schwäche. Ja, natürlich, wenn man so eine einzelne dressierte Ratte sah, sauber und putzig, wie sie sich auf die Hinterbeine stellte und Kunststückchen vollführte – natürlich war das süß. Dann dachte man: Die kann man doch nicht einfach erschlagen. Weil man Mitleid mit der Kreatur hatte.

Und genau das war der Fehler. Das Mitleid für die einzelne Ratte führte dazu, dass Seuchen sich ausbreiteten. Weil es nicht bei der einzelnen Ratte blieb. Weil das Problem nicht die eine Zirkusratte war, sondern die Ratte an sich.

Und so verhielt es sich hier auch. Natürlich konnte einem der Junge leidtun. Man war ja nicht aus Stein. Die Angst in seinen aufgerissenen Augen, die erstickte Stimme, mit der er um Gnade winselte, der scheinbar unschuldige Bursche – noch dazu so jung. Das dauerte ein fühlend Herz natürlich. Das fiel keinem leicht, das tat keiner gern.

Wenn aber der Chirurg ein Bein amputierte, dann musste er an den restlichen Körper denken, den es zu retten galt. Und wer hätte einen Kammerjäger schon grausam wider das Ungeziefer genannt?

In Wirklichkeit war es doch so: Der Begriff war nicht mehr populär, aber natürlich gab es das – lebensunwertes Leben. Und zwar nicht von vornherein lebensunwert, das war einer der Fehler der Nazis gewesen – nein, dieses Leben war erst lebensunwert geworden. Durch die freie Entscheidung dieser Menschen. Sie wollten Schädlinge sein, aus freien Stücken. Und waren damit sogar noch schlimmer als die Ratte, die sich nicht entschieden hatte, eine Ratte und damit ein Schädling zu sein. Der Mensch aber hatte seine Wahl selbst getroffen. Und musste durch die Buße erlöst werden.

»Guten Morgen, Frau Engel. Wieder einmal bei uns in Reichenhall? Ich hab Sie schon vor zwei Tagen gesehen, aber da bin ich nicht dazu gekommen, Sie zu begrüßen.«

Lilly mochte Anton Lechner. Zum einen, weil er noch nie auch nur ein einziges dämliches Wortspiel mit ihrem Namen veranstaltet hatte. Und zum anderen, weil er nicht mehr sein wollte, als er war. Streifenpolizist. Genau das. Er machte, wie er ihr einmal erzählt hatte, die Arbeit »da an der Basis« gern. Dabei hätte er vielleicht sogar das Zeug zu mehr gehabt. »Haben Sie mal darüber nachgedacht, zur Kripo zu wechseln?«, hatte sie ihn vor einiger Zeit einmal gefragt, aber er hatte abgewinkt. »Ach geh, nein.« In ein paar Jahren gehe er eh in Pension, und er sei doch zufrieden mit dem, was er hier tue. Solche wie ihn sollte es mehr geben, fand Lilly.

»Ja«, rief sie ihm jetzt zu, »wieder mal!« Ihr normaler Dienstort war Traunstein. Aber da sie ohnehin in Bad Reichenhall wohnte, verlegte sie ihren Arbeitsplatz gelegentlich hierher, vor allem dann, wenn sie es mit einem Fall direkt vor Ort zu tun hatte. Dann teilte sie sich das Büro mit Martin.

Lechner war schon am Ende des Ganges und wollte gerade in einem der hinteren Räume verschwinden, als ihr etwas einfiel. »Warten Sie kurz!«, rief sie.

Lechner blieb stehen und drehte sich zu ihr um.

Sie öffnete die Tür zu ihrem und Martins Büro und bedeutete Lechner mit einem Kopfnicken, sie hineinzubegleiten.

»Kaffee?«, fragte sie, aber er schüttelte den Kopf. Danke nein, mehr als drei Tassen pro Tag trinke er nicht, und zwei habe er bereits zum Frühstück gehabt.

Es war erst halb neun, und Martin war noch nicht da, also bot Lilly ihrem Gast dessen Schreibtischstuhl an.

Lechner betrachtete sie. »Die Salzburger haben schon wieder eine Leiche?«

Eigentlich war es mehr eine Feststellung als eine Frage, und da Lilly genau auf dieses Thema hinauswollte, nickte sie und erzählte ihm von ihrem Treffen mit Sigmund Huber am Vortag.

»Ach, der Huber!« Lechner grinste. »Der ist nett, nur hat er halt diesen Frust mit den Frauen.«

An sich hatte Lilly nicht über Sigmund Hubers Privatleben sprechen wollen, aber das klang nun doch interessant. »Kennen Sie ihn besser?«

»Ich habe drüben ein paar Freunde bei der Polizei, niederes Volk, so wie ich.« Erneut verzog er seinen Mund zu einem breiten Grinsen, und Lilly stellte wieder einmal fest, dass er durch und durch uneitel war.

»So niedrig ist Ihr Rang hier gar nicht.« Um nicht den Eindruck zu erwecken, ihr läge tatsächlich etwas am Tratsch über Sigmund Huber, öffnete Lilly eine Schublade und tat, als suchte sie etwas. »Kein Wunder. Sein Frust, meine ich«, sagte sie so beiläufig wie möglich. »Der große Frauenversteher ist er ja nicht gerade.« Der Form halber nahm sie ein paar Zettel aus der Schublade.

»Der versteht mehr, als er zugibt.«

Als sie ihren Kopf wieder hob, bemerkte sie Lechners Grinsen.

»Ist mit drei Schwestern aufgewachsen. Ohne Vater. Bei dem zu Hause können Sie vom Fußboden essen.« Das Grinsen wurde noch breiter. »Und er hat schon mit fünfzehn kochen müssen, hab ich gehört. Für die beiden Kleinen, wenn die Ältere nachmittags in der Schule war. Bei so was muss man doch ein bisschen hier«, er tippte sich an den Kopf, »werden.«

Muss man zwar nicht, dachte Lilly und sah auf Lechners Hemd, das garantiert nicht er, sondern seine Frau so pedantisch faltenfrei gebügelt hatte. Aber gut, er war zwanzig Jahre älter als Huber. Andere Generation. Und ein erzkonservativer Bayer.

Trotzdem fragte sie: »Und jetzt hat er Angst, der Huber, dass das jemand merkt? Das mit der frühen Verantwortung und dem super Haushalt?«

»Genau.« Lechner nickte. »Stellen Sie sich das doch einmal vor, da lernst du einen ganz normalen Mann kennen, also als Frau, mein ich jetzt, und dann erzählt der dir plötzlich, wie man unterschiedlich große Pellkartoffeln kocht. Ich mein, da rennst du doch schreiend weg. Als Frau.«

So ganz konnte sich Lilly der Rollenexpertise ihres Kollegen nicht anschließen. Auch weil sie sich die Frage mit den unterschiedlich großen Pellkartoffeln schon oft gestellt hatte. Bei ihr wurden immer entweder die kleinen zu weich, oder die großen blieben innen halb roh. Aber wahrscheinlich hatte es wenig Sinn, Lechner davon zu erzählen. Also nickte sie. »Hat er denn ...«, begann sie, hielt dann aber inne. Verdammt, fast hätte sie sich auf die Lippe gebissen. Sie konnte hier doch nicht so einfach Kollegen aushorchen. Nachher dachte Lechner noch, sie habe Interesse an Mr. Haushaltsmacke, und erzählte das womöglich noch seinen Freunden in Salzburg. Du liebe Güte. Schluss jetzt mit den Fragen! Außerdem wirkte Sigmund Huber schlicht nicht wie jemand, dem das Schicksal einer männlichen Jungfrau bestimmt war.

Aber Anton Lechner schien ihre unvollendete Frage für völlig gerechtfertigt zu halten. »Nein«, sagte er entschieden, »der hat keine. Zumindest nichts Festes. Aber wenn Sie mich fragen, dann hätte er gerne. Wissen Sie, so eine ganz Liebe, Anschmiegsame. Bloß keinen Emanzendrachen, so eine mit Frauenrechten und so.« Jetzt lachte er schallend.

Lilly stimmte vorsichtshalber in das Lachen ein, obwohl sie Probleme hatte, sich einen nach Liebe schmachtenden Sigmund Huber auch nur annähernd vorzustellen. Allerdings warf das wenige, das sie über seine Kindheit gehört hatte, ihr eigenes Bild von ihm völlig über den Haufen. »Na ja, vielleicht findet er sie ja bald«, sagte sie.

»Vielleicht. Obwohl, das ist schon schwierig heutzutage.«

»Aber jetzt mal zu unserer Toten aus Salzburg.« Sie schlug die Akte auf, die sie zum Fall der ermordeten Obdachlosen angelegt hatte. Viel stand noch nicht drin. »Wo Sie sich anscheinend ein bisschen in Salzburg auskennen, sagen Ihnen die Leute auf dem Kapuzinerberg etwas? Sie wissen schon, dieser Berg auf der einen Seite der Altstadt. Auf der mit dem Theater und Mozarts Wohnhaus.«

»Die Bergmenschen.« Lechner nickte. »So heißen die dort. Wohnen in den alten Wehrtürmen. Wobei, ›hausen‹ passt besser. Die Stadt will sie da raushaben, aber die meisten wollen nicht weg. Die veranstalten ein Riesentheater, wenn ihnen jemand mit einer Sozialwohnung kommt, weil sie ihre sogenannte Freiheit so lieben.«

»Waren Sie schon mal dort?« Lilly war selbst bisher noch nie auf dem Kapuzinerberg gewesen, obwohl sie einige Jahre mit David in Salzburg gewohnt hatte. Der Mönchsberg auf der anderen Seite der Salzach hatte ihren Bedarf an Bergaufgehen schon völlig gedeckt. Das letzte Stück bis zur Festung – ziemlich heftig.

Lechner nickte. »Ist ganz schön da oben. Vorausgesetzt, man bleibt von den Türmen weg.«

»Sind die Leute denn gefährlich?«

Er schüttelte den Kopf. »Es stinkt!«

»Aber sie tun einem nichts?«

»Die sind froh, wenn *ihnen* keiner was tut«, meinte er. »Aber dieser Dreck überall. Und vor allem der Geruch.« Er rümpfte die Nase.

Na klasse, dachte Lilly. Erst Aufstieg, dann Gestank. Es würde bestimmt eine tolle Recherche werden.

»Hast du einen Mundschutz dabei?«, fragte Martin neben ihr auf dem Beifahrersitz.

»Die haben keine Seuchen, die sind nur arm«, sagte Lilly.

»Warum übernehmen wir das eigentlich? Soll das doch dieser dämliche Wiener erledigen.«

»Er und ich haben gestern einen Waffenstillstand vereinbart«, erklärte Lilly, während sie in die Zufahrt zur Mirabell-Tiefgarage einbog.

»Der so lange hält, bis er dich das nächste Mal an deine weiblichen Pflichten erinnert«, erwiderte Martin. »Wenn er klug ist, wartet er damit allerdings, bis wir ihm seine Mordfälle aufgeklärt haben. – Sag mal, warum fahren wir eigentlich nicht direkt hoch zu diesen komischen Türmen?«

»Ein bisschen Bewegung ist gesund. Überhaupt, du bist doch im Alpenverein, dir müsste das doch liegen.«

»Mir schon.«

Sie sah, wie er ausführlich ihre Schuhe musterte. Dabei waren es ihre robustesten. Und vorgestern Abend hatten sie ganz gute Dienste geleistet. »Andere hab ich nicht.«

»Hm. Dein Parfüm riecht übrigens nicht ganz billig. Damit wirst du bei denen dort oben bestimmt gut ankommen.«

Lechner hatte recht gehabt. Es stank. Und zwar grauenhaft. Nach Schweiß, Urin, Müll. Lilly blieb stehen, fast schon gegen ihren Willen. Sie hatte sich bisher nie für eine pikierte Tussi gehalten, aber Gerüche wie diese hatte sie sich schon immer gern erspart.

Auch Martin war stehen geblieben und sah sie jetzt an. »Na dann. Das ist unser Job, auch mit denen da.« Er machte eine Handbewegung in Richtung der Müllsäcke, die unter den Büschen standen, wenige Meter von einem baufälligen Häuschen entfernt, das aussah, als hätte es jemand direkt an die Mauer geklebt. Ein Teil der Dachschindeln fehlte, eine Tür konnten sie nicht ausmachen. Viel mehr Platz als eine Gondelkabine konnte dieses Kabuff innen kaum bieten. Ein Wehrturm, nun gut. Auf der Wiese vor dem abbruchreifen Gebäude saßen zwei Frauen und ein Mann, deren Alter sich schwer schätzen ließ.

»Und das stellt die Stadt Salzburg ihren Pennern zur Verfügung?«, fragte Martin.

»Nein«, sagte Lilly und korrigierte, »die Stadt duldet sie hier oben. Weil sie ihnen nur wenige Alternativen anbieten kann. Und weil die Leute lieber hier oben unter sich bleiben.«

»Das noble Salzburg … Sieh mal einer an.«

»Immerhin sind sie hier halbwegs vorm Wind geschützt.«

»Also, ich kann keine Glasscheiben in den Fenstern erkennen. Du vielleicht?«

Lilly musste zugeben, dass Martin recht hatte. Der Oktober war in diesem Jahr außergewöhnlich warm, aber sie wollte lieber nicht wissen, wie eisig es hier im Winter wurde. Schon jetzt kühlte es nachts ziemlich herunter.

Sie hatte früher bereits mit Obdachlosen zu tun gehabt. Aus der Distanz betrachtet wirkten diese hier sogar ausgesprochen harmlos. Da kannte sie aus Hamburg ganz andere Kaliber. »Hallo«, sagte sie und ging auf die Dreiergruppe zu, »wir müssen leider kurz stören.«

»Passt grad schlecht«, erklärte der Mann und grinste. Ein Schneidezahn oben fehlte, die anderen sahen aus, als könnten sie dringend einen Zahnarzt gebrauchen. »Wir sind mitten in einem wichtigen Meeting. Der Posten des Vorstandsvorsitzenden wird verhandelt. Grüß Gott, meine Teuerste, übrigens.«

»Ja, grüß Gott.« Lilly wusste aus Erfahrung, wie ihre hochdeutsche Aussprache auf die Menschen hier in der Region wirkte. Oft konnte sie regelrecht sehen, wie sich ihr Gegenüber vor ihr verschloss, sobald sie den Mund aufmachte. Sie war fremd und würde es immer bleiben.

»Tut mir leid, aber das mit dem Vorstandsvorsitz muss ein bisserl warten«, schaltete sich jetzt Martin im breitesten Bayerisch ein. »Martina Meierhofer, sagt euch der Name etwas?«

Die beiden Frauen sahen sich an. Ihrem Blick nach schienen sie zu überlegen, wie viel sie den beiden Fremden gegenüber wissen durften.

»Die Tina …«, meinte eine der beiden schließlich langsam. »Ja, die kommt manchmal vorbei.«

»So zum Kaffee?«, gab Martin zurück, und Lilly hätte sich gewünscht, er hätte weniger süffisant geklungen.

»Auch«, erwiderte die Frau und verzog das Gesicht zu einem unechten Lächeln. »Aber wir haben selten welchen.«

Jetzt stand der Mann auf und streckte Lilly eine verdreckte Hand entgegen.

Es kostete sie Überwindung, seinen Händedruck zu erwidern, und an seinem Blick sah sie, dass er genau das wusste.

»Schöner Nagellack«, sagte der Mann, hielt ihre Hand fest und drehte sie so, als wollte er ihre Nägel begutachten.

Sie hatte sich gestern tatsächlich mal wieder Zeit für eine gründliche Maniküre genommen. Das hatte sie nun davon. Außerdem wirkte sie mit den leuchtend rot lackierten Nägeln hier völlig deplatziert. Sie entwand ihm ihre Hand. »Frau Meierhofer«, setzte sie noch einmal an, »Sie kennen sie also?«

»Einen Sessel können wir Ihnen leider nicht anbieten. Nicht dass Sie jetzt denken, ich wüsste nicht, wie man sich einer Dame gegenüber benimmt.«

»Also gut«, das war wieder Martin, »noch einmal ganz von vorne: Mein Name ist Martin Obermüller, und das hier ist die Kollegin Lilly Engel, beide Kripo Bad Reichenhall und Traunstein.«

Der Mann betrachtete Lilly mit zusammengekniffenen Augen. »Ausschaun tun Sie ja wirklich wie ein Engel.«

Martin schien jetzt endgültig genug zu haben. »Frau Meierhofer ist tot! Ermordet! Ihr Leichnam ist bei uns in Reichenhall aufgefunden worden. Vielleicht beschleunigt das ja Ihre Erinnerungen etwas.«

Lilly wusste selbst nicht, mit welcher Reaktion sie rechnete. Wohl am ehesten mit weiterem Schweigen.

Aber stattdessen sprang die zweite der beiden Frauen, die bis eben noch völlig unbeteiligt vor sich hin gestarrt hatte, auf, stürzte sich auf Martin und schlug mit beiden Händen auf ihn ein. »Was habt ihr mit der Tina gemacht? Was hat sie euch getan, euch sollte man umbringen, euch, nicht sie …«

Bevor Martin sich überhaupt wehren konnte, war der andere Mann bei ihnen. Mit einem Griff, der Lilly sofort an Jiu-Jitsu denken ließ, fasste er die Frau und fixierte ihre Arme, bevor er sie mit sich in Richtung des kleinen Wachturms zog.

»Die Tina war meine Freundin, meine Freundin, versteht ihr das, ihr Trottel? Sie war der beste Mensch auf der Welt, und ihr habt zugelassen …« Der Rest ihres Geschreis wurde dadurch erstickt, dass der Mann sie zu sich drehte und ihr Gesicht an seinen Oberkörper presste. Dann zog er sie weiter mit sich, auf die andere Seite des Häuschens, so weit weg wie möglich von ihnen, den beiden Eindringlingen.

Martin wollte hinter ihnen herlaufen, aber Lilly hielt ihn fest. »Lass mich«, sagte sie leise und ging langsam auf das marode Gemäuer zu, an dessen Wand der Mann die Frau gedrängt hatte.

Im Näherkommen hörte Lilly ihn murmeln: »Gar nichts sagst du ... Und was wissen wir schon? Die Tina ...« Er verstummte abrupt, als er sie neben sich bemerkte.

»Darf ich?« Sie wollte den Mann zur Seite schieben, aber der trat auf sie zu und drängte sie zurück auf den Weg. Dabei zischte er, sie solle auf der Stelle verschwinden, als Polizistin aus Deutschland habe sie hier gar nichts mitzureden.

»Bis nach unten in die Stadt ist es zwar ein kleines Stück«, sagte Lilly ruhig, »aber ich bin mir sicher, dass der Kollege Huber von der Salzburger Kripo sich auch sehr dafür interessiert, was Sie über die Tina zu erzählen haben.« Sie holte ihr Handy aus der Handtasche. »Warten Sie, das Gespräch mit ihm kann ich gleich organisieren.«

Der Mann starrte sie feindselig an.

»Fairerweise sollte ich sagen, dass die Salzburger Polizei Sie ohnehin verhören wird. Allerdings natürlich nur, wenn es etwas Wichtiges zu erzählen gibt.«

»Gibt's nicht. Die Tina war eben Hedis Freundin.« Er streckte seinen Arm direkt vor ihrem Gesicht aus, sodass sie den Kopf fast zur Seite gedreht hätte, um nicht mit der verdreckten Jacke in Berührung zu kommen. »Und jetzt ab, auf Wiedersehen, da unten gibt's jede Menge Kaffeehäuser, gehen S' am besten ins ›Bazar‹, da passt eine wie Sie hin.«

Allmählich verlor auch Lilly die Geduld. Sie ignorierte den Arm, ging an dem Mann vorbei zu der Frau, die er Hedi genannt hatte, und legte ihr vorsichtig eine Hand auf die Schulter. »Erzählen Sie mir von der Tina. Wer hat sie umgebracht?«

Statt eine Antwort zu geben, rutschte die Frau ganz langsam an der Mauer entlang nach unten, bis sie zusammengekauert auf dem Boden saß. Sie schlang die Arme um die Knie und versteckte ihr Gesicht dazwischen.

Lilly ging neben ihr in die Hocke. Sie sagte nichts, ließ nur ihre Hand weiter auf der Schulter der Frau liegen. Eine Weile kauerten sie schweigend da. Lilly befürchtete schon, die Frau habe sich völlig in ihre Apathie zurückgezogen, als sie spürte, dass die andere zu zittern begann. Erst nur ganz leicht, dann steigerte sich das Zittern und schien immer mehr Besitz von ihr zu ergreifen.

Jetzt bloß kein falscher Satz, flehte Lilly in Gedanken in Richtung Martin und des anderen Mannes, der immer noch in bedrohlicher Nähe über ihr und der Frau stand.

Vorsichtig verstärkte Lilly den Druck ihrer Hand, vermittelte der anderen, dass sie sie festhalten, ihr Sicherheit geben konnte.

»Er wird uns alle umbringen«, flüsterte die Obdachlose auf einmal. »Er wird ... Wir alle ... Ihm entkommt niemand.«

Noch ehe Lilly etwas antworten konnte, wurde sie gepackt und nach oben gezogen. Unsanft und verdammt routiniert. Natürlich Jiu-Jitsu, dachte sie wieder. Sie war so sehr auf die Frau am Boden konzentriert und der Mann derart schnell gewesen, dass sie sich nun mit dem Gesicht an die Mauer gepresst wiederfand, unfähig, sich zu bewegen, geschweige denn, sich aus dem Griff zu befreien.

»Schluss, Freundchen!« Auch Martin beherrschte sein Handwerk.

Der Mann ließ sie urplötzlich los.

Lilly wusste, dass ihr Kollege nicht zimperlich war, vor allem dann nicht, wenn man ihn verärgerte. Als Lilly sich wieder umdrehte, lag der Obdachlose auf dem Boden, von Martin fixiert. »Du hältst dich jetzt fünf Minuten raus, verstanden? Meine Kollegin möchte nämlich mit deiner Freundin dort ein kurzes Gespräch unter Frauen führen.«

Der andere stieß nur einen unverständlichen Fluch aus.

»Ob wir uns einig sind, will ich wissen?«

»Du sagst gar nichts!«, rief der Mann der Frau zu.

»Ich will nur ein simples Ja von dir hören«, erklärte Martin.

Lilly konnte nicht genau sehen, welchen Hebelgriff er ansetzte, hörte aber, wie der Obdachlose ein leises »Scheißkiberer« hervorstieß. Sie hockte sich wieder zu der Frau, die immer noch auf dem Fußboden kauerte.

»Bloß ein bisschen«, flüsterte die jetzt ohne jeden Zusammenhang. »Die Tina wollte doch bloß ein bisschen was verdienen, für ihre Tochter.«

»Sie hat eine Tochter?«, fragte Lilly. »Wo? Wo ist sie?«

»Unten«, gab die Frau zurück. »Abends. Bei den Sternen.«

Lilly überlegte. Meinte sie damit das Gasthaus Sternbräu in der Altstadt? »Als Kellnerin?«

»Für sie machte die Tina das. Dabei war sie doch schon viel zu alt. Es wollte sie ja gar keiner mehr. Und sie hatte doch auch mit der Kirche ... und mit der Bibel ... Sie wollte gar nicht mehr, schon lange nicht. Aber was hätte sie denn sonst tun sollen, wo sie doch das Geld brauchte für die Tochter?«

Lilly begriff, dass sie auf die konfusen Worte der Frau eingehen musste, wollte sie an Informationen kommen. »Wegen ihrer Tochter ist die Tina anschaffen gegangen?«

»Sie wollte das nicht. Ehrlich. Schon lange nicht mehr. Sie wollte ins Kloster. Aber die haben sie nicht genommen. Dabei hätte sie es da gut gehabt. Immer zu essen und warm.«

»Und anschaffen hätte sie dann auch nicht mehr müssen.«

»Der hat sie bezahlt, aber nur zuerst. Nachher wollte er nicht mehr. Sie hatte Angst vor ihm.«

Ein Anfang. Vielleicht. Ein unbekannter Er. »Hat Tina etwas über ihn erzählt? Ein Freier?«

»Er hat ihr so schreckliche Angst gemacht.« Die Frau hob den Kopf und sah Lilly an. »Warum habt ihr nichts gemacht? Der war doch gefährlich.«

Lilly begriff, dass die Frau ihr langsam entglitt. Eine Frage konnte sie noch stellen. Vielleicht zwei. Wenn überhaupt.

»Wir werden ihn finden«, sagte sie deshalb und versuchte, es wie eine Tatsache klingen zu lassen. »Aber dazu brauchen wir Hilfe. Helfen Sie uns?«

»Er ist hergekommen.«

»Hierher?«

»Ich hab ihn gesehen.«

Lilly schwieg. Wartete ab und hoffte, dass Martin den Mann daran hindern konnte, alles zu ruinieren.

»Er hat sie sich geholt. Und jetzt wird er mich holen. Uns alle. Er ist der Teufel.« Die Frau begann, unkontrolliert zu schluchzen.

Lillys Zeit war vorbei. Sie wusste es. Sie tat das Einzige, was sie noch tun konnte, und strich der Frau beruhigend über ihr fettiges Haar. »Die Tina hat doch an Gott geglaubt. Da konnte der Teufel sie gar nicht holen.«

Das Schluchzen wurde etwas schwächer. »Nicht?«

Lilly war weder besonders religiös, noch kannte sie sich mit dem Neuen Testament gut aus. Sie suchte in ihrem Gedächtnis nach dem wenigen, was ihr zum Thema »bekehrte Sünderin« einfiel. »Nein, nicht«, sagte sie dann entschieden. »Wer seine Sünden bereut, dem kann der Teufel gar nichts mehr.«

»Aber er war hier. Ich hab ihn selber gesehen. Er schleicht hier herum und sucht sich seine Opfer.«

Vielleicht hatte sie ja doch noch eine kleine Chance. »Kommt er am Abend?«

»Gar keiner kommt!«, rief nun der Mann, noch ehe Martin ihn daran hindern konnte. »Die Hedi spinnt, das merkt ihr Idioten doch wohl. – Ich will aufstehen, Scheiße, verdammte!«

Zu Lillys Überraschung ließ Martin tatsächlich zu, dass sich der Mann aufrichtete, allerdings ohne den Griff, mit dem er ihm die Arme auf dem Rücken fixierte, auch nur im Mindesten zu lockern.

»Es gibt keinen Teufel«, fuhr der Mann fort. »Und hier schleicht auch niemand herum. Die Tina ist von irgendeinem Freier umgebracht worden. Wahrscheinlich, weil sie ihn beklauen wollte.«

»Habt ihr das Geld gefunden?«, fragte die Frau wie aufs Stichwort. »Das ist für ihre Tochter. Ich muss es ihr geben.«

Noch eine Chance! Lilly war selbst überrascht, sie hatte das Gespräch mit der Obdachlosen innerlich längst abgeschrieben gehabt. »Ich gebe es ihr«, sagte sie, obwohl sie wusste, dass bei der Frau kein Geld gefunden worden war. »Arbeitet sie im ›Sternbräu‹? Wie heißt sie?« Wenn sie diese Tochter fänden, wären sie vielleicht schon ein Stück weiter.

»Es gibt keine Tochter«, schaltete sich der Mann wieder ein. »Die Tina hatte keine Kinder. Das hat sie sich nur zusammengesponnen. Seit sie diesen Jesus-Spleen hatte. Da gab es plötzlich an allen Ecken und Enden Kinder. Nicht nur eins, sondern fünf oder sechs. Überall Kinder.«

»Er kommt zurück!« Die Frau hatte wieder zu schluchzen begonnen. »Immer zu Neumond. Immer wenn es dunkel ist. Damit man ihn nicht sehen kann. Aber er leuchtet. Die Tina hat sein Licht gesehen. Ganz grell. Sie hat so Angst gehabt. Er konnte sie gar nicht holen, doch nicht sie. Aber er hat dieses Licht. Und er kommt immer zu …« Das anfänglich stockende Flüstern ging allmählich in einen endlosen Strom unverständlicher Worte über.

Lilly stand auf und trat zu Martin und dem Mann. »Eigentlich müssten wir einen Arzt rufen«, sagte sie und deutete auf die Frau.

»Verschwindet einfach!«, erklärte der Mann. »Sie beruhigt sich schon wieder.«

Lilly und Martin sahen sich an.

»Hat sie solche wahnhaften Vorstellungen öfter?«, wollte Lilly wissen.

»Scheiße, ihr taucht hier einfach auf und verkündet, dass ihre Freundin ermordet wurde. Die übrigens auch meine Freundin war. Mehr meine als ihre sogar. Aber eh klar, ihr würdet dabei natürlich völlig normal bleiben, wenn euch jemand so was sagen würde.«

Lilly musste dem Mann, so sarkastisch er auch klang, recht geben. »Frau Meierhofer hatte also keine Kinder?«, fragte sie noch einmal nach.

»Keine Kinder. Und der Teufel hat sie auch nicht geholt. Und jetzt schleichts euch!«

»Was ist mit dem Mann mit dem Licht, von dem Ihre Bekannte gerade gesprochen hat?«

»Meine *Bekannte*«, er wiederholte das Wort betont affektiert, »hat keinen Teufel mit blinkenden Lichtern gesehen. Man kann nämlich nur sehen, was es auch gibt.«

Aber sie hat Angst, dachte Lilly, sie hat sogar Panik. Außerdem war sich Lilly sicher, sich vorhin nicht verhört zu haben. »Was wissen wir schon …?«, hatte der Mann zu Hedi gesagt.

Aber ihr war klar, dass sie hier und jetzt nicht weiterkamen. Nachher würde sie Huber anrufen, vielleicht konnte er der Sache weiter nachgehen.

Lilly öffnete ihr Portemonnaie und nahm eine ihrer Karten heraus. Sicherheitshalber schrieb sie auch Sigmund Hubers Daten dazu. »Hier«, sagte sie und gab sie dem Mann. »Der Unbekannte muss ja nicht gleich Satan höchstpersönlich sein.«

»Ein Handy lassen Sie uns auch da?«, höhnte der Mann. Er ging zu einer der offenen Mülltüten unter den Büschen und ließ die Karte demonstrativ hineinfallen. »Bei dem ganzen Luxus hier oben ist für ein Handy nämlich leider kein Geld mehr da gewesen. Ladestationen gibt's übrigens auch nicht.« Damit verschwand er im Inneren des Turms.

Lilly und Martin hatten sich bereits zum Gehen gewandt, als Lilly sich noch einmal umdrehte und sah, wie die zweite Frau, die während der letzten Minuten kein Wort gesagt hatte, die Visitenkarte wieder aus der Mülltüte herausfischte und sie unter ihrem Pullover verbarg.

»Jetzt einen Wasserhahn, viel Seife und dann einen Kaffee«, verkündete Martin, als sie sich auf den Weg zurück in die Stadt machten, und Lilly stimmte ihm zu.

»So«, sagte sie schließlich, nachdem der Kellner vor Martin einen doppelten Espresso und vor ihr einen noch größeren Latte macchiato abgestellt hatte, was Martin mit »Typisches Mädchengetränk!« kommentierte. »Ich fasse mal zusammen: Entweder hatte Martina Meierhofer Kinder oder nicht, entweder schleicht da oben einer herum und macht den Leuten Angst oder nicht. Und glotz nicht so auf den Keks neben meinem Latte, Kekse sind auch nur was für Mädchen. Echte Männer finden die unsexy.«

»Vielleicht den halben? Ist doch auch besser für deine Figur.«

»Und ich dachte, Männer stehen gar nicht auf diese dürren Laufstegmodels«, erwiderte sie, brach aber trotzdem den Keks in der Mitte durch und reichte Martin die eine Hälfte.

»Ich total«, sagte er mit vollem Mund. »Also, auf Laufstegmodels. Aber du hättest den Keks trotzdem auch alleine essen können. Na ja, jetzt ist meine Hälfte leider schon weg. – Und ich bin überzeugt, dass da einer herumschleicht! Warum sonst hätte dieser Penner denn versucht, die Frau am Reden zu hindern? Übrigens, findest du nicht, dass er vom Tod seiner angeblichen Freundin Martina ziemlich unbeeindruckt schien?« Lilly nickte, und Martin fuhr in seinen Überlegungen fort: »Die Frage ist nur, wieso wir das nicht wissen sollten, dass dort einer herumschleicht. Und die Kinder … Warum hätte sie sich die ausdenken sollen?«

»Vielleicht war sie einfach völlig neben der Spur«, meinte Lilly. »Welche normale Frau rennt denn sonst einem Männerkloster die Türen ein, vor allem, wenn es gleich oben auf dem Mönchsberg auch ein Frauenkloster gibt.«

»Du meinst das auf dem Berg mit der Festung?«, fragte Martin.

»Genau das«, erwiderte Lilly. Der Mönchsberg war der bekanntere der beiden Berge, er fand sich auf jeder Ansichtskarte von Salzburg.

»Vielleicht wollten die sie nicht.« Dem Ton nach schien Martin laut nachzudenken und keine Reaktion von ihr zu erwarten. »Aber die Pater wollten sie noch weniger. Und nur um vorzubeugen«, erklärte er dann kategorisch, »ich gehe jetzt nicht als Nächstes auf diesen dämlichen Mönchsberg. Für heute reicht's mit der körperlichen Betätigung.«

Lilly grinste. »Das Kloster liegt auf halber Höhe, so weit wäre das gar nicht. Aber da war unsere Tote ja offenbar nie. Bei St. Peter könnten wir allerdings noch vorbeischauen.« Sie legte ihm die Hand auf den Arm. »Das ist drüben auf der anderen Seite der Altstadt. Von hier aus gehen wir keine Viertelstunde.«

Weit kamen sie im Kloster von St. Peter allerdings nicht. An der Pforte erfuhren sie nur, dass für die Obdachlosen Pater Pius zuständig sei, der aber gerade nicht hier sei. Der Mönch, mit dem sie sprachen, konnte ihnen auch beim besten Willen nicht sagen, ob er überhaupt noch heute zurückkäme. Immerhin erinnerte sich der Pater an eine obdachlose Frau, die seit ein paar Monaten immer wieder versucht hatte, ins Klosterinnere zu gelangen. Hartnäckig sei sie gewesen, erklärte er. Und wenn er sich richtig erinnere, habe Pater Pius mehrfach versucht, sie an eine psychiatrische Einrichtung zu vermitteln. »Aber dagegen hat sie sich mit Händen und Füßen gewehrt.«

Lilly gab dem Mönch ihre Karte und bat um Rückruf, sobald Bruder Pius zurückgekommen und zu sprechen sei.

Die Vinaigrette gestern Abend vor dem Konzert war eine Zumutung gewesen. Die Restaurants in der Nähe der Stiftung Mozarteum würde er in Zukunft meiden, alle! Knoblauch – ja, gern, aber nur einen Hauch! Das Dressing war das A und O, der Pfiff, der Clou bei einem Salat. Das durfte man doch nicht so vergewaltigen! Das hätte er selbst viel besser hinbekommen, mit Esprit, mit Eleganz. Noch heute Morgen hatte er diesen widerlichen Knoblauchgeschmack im Mund, obwohl er sich gestern Abend und heute Morgen aufs Gründlichste die Zähne geputzt hatte. Was für Dilettanten arbeiteten da überhaupt in der Küche? Über solche lieblos dahingeschwurbelten Speisen konnte er sich schrecklich aufregen. In Wien wäre so ein vergewaltigter Salat ganz und gar unmöglich, jedenfalls in den Restaurants, in die er zum Essen ging. Da wusste man einen guten Salat noch zu schätzen. Da hatte man noch Respekt vor einer Vinaigrette. Und der Wein war auch nicht besonders gewesen. Als er noch einmal nachgefragt hatte, womit er denn das Vergnügen habe, hatte dieser pickelige Studenten-Aushilfskellner nur mit den Schultern gezuckt und gesagt, es sei halt ein Weißwein. Ein Weißwein! Ja, das merke er, hatte Huber erwidert, dass er weder an einem St. Laurent nippe noch an einem Apfelsaft g'spritzt, einem Cola oder einem Weißbier! Sogar der Inhaber des Restaurants war noch erschienen und hatte sich in aller Form entschuldigt: Dieser Wein sei ja in der Tat unterdurchschnittlich, er frage sich, wie die Bedienung einem Herrn wie ihm, der offensichtlich viel Besseres gewohnt sei, einen schnöden Landwein habe servieren können. Einen anständigen

Burgenländer Welschriesling hatte man ihm aber auch nicht mehr servieren können. War ja auch zu spät gewesen, die Konzerte begannen sogar hier pünktlich. Und das Geschwafel des Maître hatte den durch die verhunzte Vinaigrette gemeuchelten Salat auch nicht mehr lebendig gemacht.

Nun saß Huber also mit seinem Knoblauchgeschmack in seinem Büro. Hatte er nicht noch irgendwo Pastillen in der Schublade seines Schreibtischs? Ach ja, da. Hallo, die Dose war ja noch aus Wien, die hatte ihm die Manuela einmal gekauft, weil das eine Sonderedition gewesen war. Gold mit Rot und Lila, die Manu hatte auf alles gestanden, was glitzerte. Stand sie bestimmt noch immer. Dass er die Dose aufbewahrt hatte … Dabei war er von der Manuela doch nun schon seit über drei Jahren geschieden. Ob er sie mal wieder anrufen sollte? »Hallo, hier ist der Sigmund, ich denk noch manchmal an dich.« Nein. »Hallo, hier Sigmund, ich habe gerade deine Pastillendose gefunden.« Schmarrn – aber die Salmiakpastillen waren gut. Er lutschte, schob die Pastille dabei von einer Backentasche in die andere, fuhr mit der Handfläche noch einmal über die Blechdose. Sie hatte leichte Erhebungen und Riefen, wie ein richtiges Relief, und war dabei auf der Rückseite ganz glatt. Fasste sich schön an. Die Manu … Für solche Dinge hatte sie einen Sinn gehabt, für alles, was den Tastsinn ansprach. Na ja, und eben für Glitzer.

Jetzt aber Schluss mit den Reminiszenzen, so großartig war sie auch wieder nicht gewesen. Und war vor allem seit drei Jahren Vergangenheit. Das hier war die Gegenwart. Der Knoblauchgeschmack, den auch die Pastillen nicht wirklich vertreiben konnten. Und dieses geheimnisvolle Medaillon, das ihm Lilly Engel gestern großzügigerweise hiergelassen hatte.

Er wandte sich wieder dem Objekt auf seinem Schreibtisch zu, drehte und wendete es in der Hand. Silber, nicht gerade das billigste Material, laut Stempel 925er Sterling, gar nicht mal schlecht. Als Jugendlicher hatte Huber Münzen gesammelt, nichts Wertvolles, aber ein bisschen kannte er sich doch aus. Die Rückseite, das Revers, war glatt, und vorn auf dem Avers war dieses rätselhafte Zeichen. Für Numismatiker dürfte die Plakette uninteressant sein, dazu fühlte sie sich viel zu neu an. Zwar an einigen Stellen abgeschliffen und über dem Symbol zerkratzt, aber trotzdem konnte sie kaum älter als ein Jahr sein. Insgesamt viel zu glatt und unbenutzt, um eine eigene Geschichte zu haben.

Huber kramte seine Lupe aus der Schublade und kniff den Mund zusammen, während er das Zeichen betrachtete. Ganz genau konnte das natürlich erst die Kriminaltechnik klären, aber für ihn sah es so aus, als wäre es bereits verwischt auf die Medaille geprägt worden. Das war doch kein nachträglicher Abrieb! Aber warum hätte man so ein unsauberes Symbol extra neu prägen lassen sollen? Und wo war das Original? Das vollständige. Und noch wichtiger: Was zeigte es? Engel hatte schon ganz recht – das sah ähnlich aus wie ein K, nur eben mit drei statt zwei Strichen auf der rechten Seite: Einer verlief nach oben, einer nach unten, so wie beim normalen K, und dann gab es noch einen in der Mitte. Alle drei Striche liefen links an der Senkrechten zusammen, der in der Mitte war der breiteste. Irgendwie kam es ihm so vor, als hätte er das Zeichen schon einmal irgendwo gesehen, nur wo?

Die Tür zu seinem Büro öffnete sich, ohne dass jemand angeklopft hatte. Huber hasste fehlende Manieren und wollte gerade zu einer angemessen deutlichen Rüge ansetzen – aber es war sein Chef höchstpersönlich, Dr. Heinz Gschwandtner. Ein grauhaariges, klappriges Fossil der Abteilung, das seinem Aussehen nach jederzeit in Rente gehen musste. Was er aber aus irgendeinem Grund nicht tat.

Der Chef durfte das, ins Zimmer schlurfen, ohne anzuklopfen. Leider.

»Einen wunderschönen guten Morgen, Herr Major. Sind Sie schon weiter mit der Leich?«

Huber stand auf, um für diesen Moment wenigstens den Vorteil auszuspielen, dass er gut einen Kopf größer war als sein Chef. War der Zwerg eben wirklich einfach so hereingetrottet? »Bis zu dem Moment, in dem Sie mich mit Ihrer Anwesenheit zu beehren begannen, lieber Herr Doktor, spürte ich tatsächlich dem Gedanken nach, wo ich ein bestimmtes Symbol schon einmal gesehen habe. Ein Symbol, das im Zusammenhang mit dem Mord steht, nach dem Sie eben zu fragen geruhten.«

Dr. Gschwandtner blickte, als hätte er in eine Zitrone gebissen. Mist, seine Antwort war ihm wohl doch etwas zu süffisant geraten.

»Dann störe ich Sie wohl gerade?«, fragte sein Vorgesetzter halb schuldbewusst, hatte sich eine Sekunde später aber wieder gefangen. Er klopfte Huber auf den Oberarm und tat wieder obenauf. »Prächtig, ganz prächtig. So etwas lobe ich mir, wenn man seine Leut gleich morgens beim Arbeiten ertappt.«

Sein Lachen erinnerte Huber an das Meckern einer Ziege. Mäh, mäh, mäh.

»Gutes Personal muss man eben haben. Dann zeigen S' doch mal her. Vielleicht kann ein Altgedienter wie ich ja ein wenig weiterhelfen. Geht es um diese Plakette?« Er beugte sich über Hubers Schreibtisch, schnappte sich ungefragt das Medaillon und kniff die Augen zusammen. Dann schnalzte er unappetitlich und wippte mit dem Kopf. »Also, wenn Sie mich fragen ...«

Tue ich aber nicht, dachte Huber, du hochgedienter Parteifreund. Dr. Gschwandtner war schon so lange Leiter dieser Dienststelle, dass keiner mehr aus eigener Erfahrung wusste, welche Partei ihn damals auf den Posten gehievt hatte, ob Sozialdemokraten, Volkspartei oder eine andere. Im Dienst trug er sein Parteibuch jedenfalls nicht vor sich her, was ihn schon ein bisschen weniger unsympathisch machte. Trotzdem war er definitiv nicht wegen seiner kriminalistischen Befähigung zum Leiter befördert worden. Er war ein Bürokrat, und das Beste, was man über ihn sagen konnte, war, dass er sich darum bemühte, niemandem bei der wirklichen Arbeit im Weg zu stehen.

»... das schaut mir doch nach einem Pfeil aus.«

Huber blickte verdutzt.

»Ja, wenn S' des vielleicht noch nicht in Ihre Überlegungen einbezogen haben«, fuhr Dr. Gschwandtner fort, »das hier rechts schaut aus wie ein Pfeil mit Schaft und Spitze, der hier links«, er patschte auf den Rand des unvollständigen Symbols, »schaun S', genau hier«, noch einmal nachdrücklicheres Herumpatschen, »eine Wand trifft. Ist Ihre Leiche vielleicht von einem Pfeil getroffen worden?«

Huber wiegte nachdenklich den Kopf. Die Idee mit dem Pfeil an sich war gar nicht einmal so dumm, aber … »Nein. Der junge Mann ist erdrosselt worden. Mit Draht oder Kette oder einer anderen Schlinge.«

»Wie schrecklich! Das stelle ich mir ja ganz fürchterlich vor, wenn man keine Luft mehr kriegt und langsam erstickt.«

»Beim Erdrosseln erstickt man im Allgemeinen nicht. Die Strangulation schnürt die Halsschlagader ab und unterbricht den Blutstrom zum Gehirn, wodurch der Tod eintritt, noch bevor es zum Atemstillstand kommt. Der Prozess dauert mehrere Minuten.«

Der Chef schaute wie ein schockierter Teenager, der seinen ersten Horrorfilm sieht und gleich »Ihh!« schreit. Aber Gschwandtner schrie nicht, sondern flüsterte: »Das ist ja genauso fürchterlich. Das arme Opfer!«

Womit hast du eigentlich deine endlosen Berufsjahre verbracht?, dachte Huber. Jedenfalls nicht mit Ermittlungen, und wenn, dann höchstens in ein paar Diebstahlsdelikten. Er blätterte im Obduktionsbericht. »In seinem Blut hat man Barbiturate gefunden, in sedierender Dosierung. Die liegt noch unter der für eine narkotische Wirkung. Anscheinend ist diese Dosis gezielt eingesetzt worden, damit er bei Bewusstsein bleibt. Auf Deutsch: Das Opfer hat zwar mitbekommen, dass es erdrosselt wurde, war aber ruhiggestellt und fühlte keinen Schmerz.«

»Na, das ist doch wenigstens Glück im Unglück.« Dr. Gschwandtner sah Huber an, ohne dass der auch nur das leiseste Anzeichen von Ironie in seinem Blick ausmachen konnte. Hatte der Chef das gerade wirklich ernst gemeint? Huber entschied sich, darüber hinwegzugehen.

»Wenn das wirklich ein Pfeil ist, dann könnte er ja so etwas bedeuten wie: Das Ziel ist erreicht. Oder: Der Pfeil hat getroffen.« Dr. Gschwandtner knuffte ihn in die Brust. Es wurde wirklich Zeit mit der Pensionierung. »Sehen Sie? Ist doch alles gar nicht so schwierig mit ein bisschen Hilfe von seinem alten Vorgesetzten. Nun muss ich aber wieder. Den Mörder müssen S' schon ganz allein fangen, Huber.«

Jetzt konnte er die Katze aus dem Sack lassen. »Wir kriegen Hilfe von drüben.«

Dr. Gschwandtner drehte sich auf dem Weg nach draußen noch einmal um. »Von den Bayern? Was haben die denn damit zu tun?«

Nun, Herr Dr. Gschwandtner, es gibt da so einen neuen oberbayerisch-salzburgerischen Sport, sich gegenseitig die Leichen über die Grenze zu schieben. In gesprochenen Worten formulierte Huber es lieber ein klein wenig anders: »Es gibt da einen Sachzusammenhang zu einem ähnlichen Mordfall auf bayerischer Seite. Ich habe mich mit den Kollegen drüben zu einer unbürokratischen Zusammenarbeit auf zwischenstaatlicher Ebene verstän–«

»Gut, gut«, unterbrach ihn der Chef. »Genau so muss es sein in Europa mit der Kooperation der Polizei. Und gerade in dieser Region. Darf ich noch fragen, wer das ist, ›die Kollegen‹?«

War er gerade eine Spur rot geworden? Huber fuhr sich mit der Hand über die Wangen. »Die hauptsächliche Ansprechpartnerin ist Kommissarin Lilly Engel aus Bad Reichenhall. Oder vielmehr aus Traunstein, da ist ihre Dienststelle. Aber sie arbeitet immer wieder einmal von Reichenhall aus. Sie war früher bei der Kripo in Hamburg.«

Dr. Gschwandtner grinste. »Die Engels Lilly? Fesch! Sehr fesch. Aber tun S' auch ein bisschen arbeiten zwischendurch, ja?« Noch ein pseudoverschwörerisches Grinsen und weg war er.

Blödmann. Natürlich war Engel eine attraktive Frau – wer wollte das bestreiten? –, aber selbst, wenn er privates Interesse an ihr gehabt hätte, das konnte er doch trennen vom Beruf. Huber schüttelte den Kopf und wandte sich erneut dem Medaillon auf seinem Schreibtisch zu. Die Idee mit dem Pfeil war gar nicht einmal so abwegig. Ziel getroffen – war das die Aussage? Trotzdem kam es ihm noch so vor, als hätte er das Zeichen schon einmal gesehen. Und da war es … richtig, da war es ein Symbol gewesen. Aber wofür? Und wo? Woher verdammt kannte er nur dieses Symbol?

Lilly hörte Martins Stimme schon vom Gang, die Tür ihres gemeinsamen Büros war nur angelehnt: »Ja, das … ähm … klingt ja … Ah, da kommt ja die Frau Engel.« Sein Lächeln war definitiv zu breit und zu strahlend.

Ein Blick in das Zimmer sagte Lilly, warum er sich über ihr Auftauchen so überdurchschnittlich freute. Vor ihm saß eine Frau mittleren Alters, deren Aussehen Lilly spontan an Katharina Thalbach als Witwe Schlotterbeck aus der neuen Verfilmung von Preußlers »Räuber Hotzenplotz« denken ließ. Laura sah sich die DVD im Augenblick mindestens zweimal pro Woche an.

Sie trug einen weiten Rock, darüber etwas sehr Buntes und viele verschiedene, durchweg glitzernde Ketten und Armbänder. Umso erstaunlicher war ihr Make-up. Das im Gegensatz zum restlichen Outfit dezent war. Eigentlich perfekt. Ein anderes Wort wollte Lilly einfach nicht dazu einfallen. Die Frau war auf ihre eigene, etwas schrille Art hübsch.

Und trotzdem, so etwas wie sie hatte ihr gerade noch gefehlt. Die Kopfschmerzen, mit denen sie am Morgen aufgewacht war, entwickelten sich gerade zu einer richtigen Monstermigräne.

Martin stand auf und deutete auf die Besucherin. »Das ist …« Er sah etwas ratlos aus. »Also, die Dame wollte …«

»Annemarie Mühlbauer«, erklärte Witwe Schlotterbeck und ergänzte: »Mit Künstlernamen Aurora Lunaria.«

Lilly nickte ihr zu und versuchte ein Lächeln. »Schön, Frau … Wie soll ich Sie denn jetzt nennen?«

»Sagen Sie Annemarie zu mir. Schließlich sind wir ja sozusagen Kolleginnen.«

»Äh … ja?«, stotterte Lilly, fing sich aber gleich wieder und bot der Besucherin einen Kaffee an. Irgendwie wirkte sie nett, auch wenn Lilly nicht sagen konnte, woher dieses Gefühl kam.

Annemarie Mühlbauer nahm dankend an. »Ohne Milch, nur mit Zucker.«

»Kommt gleich«, sagte Martin und verschwand außergewöhnlich diensteifrig aus dem Zimmer in Richtung Kaffeeküche. Lilly hatte zwar noch nie Probleme wegen chauvinistischer Anwandlungen mit ihm gehabt, aber als begeisterter Kaffeebringer war er ihr bisher auch noch nicht aufgefallen.

Ungefragt griff Annemarie Mühlbauer nach Lillys Hand. »So ein kräftiges Rot ist nichts für Sie. Nehmen Sie besser gedeckte Farben. Erstens passen sie besser zu Ihrem Hauttyp, und außerdem sind Sie gar nicht so tough, wie Sie wirken wollen.«

»Sie kennen sich mit solchen Sachen aus?« Eigentlich hatte Lilly keine Lust, sich über Nagellackfarben zu unterhalten, aber jetzt war sie für jeden Gesprächseinstieg dankbar.

Annemarie Mühlbauer nickte. »Ich habe ein kleines Kosmetikstudio in der Mackstraße. Mein Schwerpunkt ist Typberatung. Astro-Kosmetik. Die Sterne und der Kosmos verraten uns viel mehr über unsere idealen Farbtöne als Werbung und Modezeitschriften.«

Na also, dachte Lilly und musste sich ein Grinsen verkneifen, Witwe Schlotterbeck. Als Nächstes würde sie bestimmt ihre Kristallkugel herausholen.

»Aber darüber können wir ein andermal reden«, erklärte ihre Besucherin nun. »Jetzt suchen wir eigentlich einen zweifachen Mörder.«

Zweifach? Im »Reichenhaller Tagblatt« hatte sich bisher nur eine kurze Meldung gefunden. Eine kleine Notiz, obdachlose Frauen waren für die Öffentlichkeit nicht allzu viele Zeilen wert. Aber wer wusste es schon, vielleicht hatte Astro-Annemarie in den »Salzburger Nachrichten« auch von dem jungen Mann gelesen. Von Sigmund Hubers Mann, wohlgemerkt.

»Beide Opfer mussten im Namen der großen Erweckung sterben. Die Frau im Interlunium, der Junge ein paar Tage später im Sichelmond.«

Klasse, dachte Lilly. Irgendwer hatte also tatsächlich gequatscht. Sie überlegte kurz: Der Sichelmond war der zunehmende Mond, das wusste sie. Demnach sollte das Interlunium vermutlich die Zeit bis zu Neumond sein. Klar. Inter-lunium: zwischen den Monden. Die Zeitangaben stimmten.

»Beide trugen sie das Zeichen des schlafenden Mannes«, fuhr ihre Besucherin so sachlich fort, als hätte sie ihre Angaben direkt von der Deutschen Presseagentur. »Und es werden weitere folgen. Bis die Zeit vollendet ist und das letzte Zeitalter anbricht.«

Super. »Und was hat Ihnen Ihre Kristallkugel sonst noch verraten?«, fragte Lilly freundlich. Zum einen fand sie die Frau wirklich sympathisch, zum anderen gehörte es zu ihren Prinzipien, zu jedem, der sich bei der Kripo meldete, freundlich zu sein. Auf diese Weise erfuhr man am meisten.

»Keine Kristallkugel.« Annemarie Mühlbauer lachte, wurde aber gleich darauf wieder ernst. »Ich kann es ... Hm ... Es ist schwer zu beschreiben ... fühlen. Aber ja. Ich spüre die Worte zuerst, danach tauchen sie in meinen Gedanken auf. Einfach so. Und ich weiß, dass sich hinter ihnen die Wahrheit verbirgt.«

In dem Augenblick kam Martin mit dem Tablett zurück, und Lilly lächelte ihn dankbar an, als sie sah, dass er auch ihren Becher dabeihatte. Ein Becher aus Ton mit einem gähnenden Strichmännchen. Tobi hatte ihn vor ein paar Monaten in der Schule bemalt und glasiert. Vielleicht half der Kaffee ja gegen die Kopfschmerzen.

Martin stellte die Tasse vor der Wahrsagerin ab und reichte Lilly den Becher.

»Nun sind diese Worte und Gedanken ziemlich ungenau«, setzte Lilly vorsichtig an. Au! Verdammt. Zunge verbrannt. »Vorsicht«, sagte sie zu Annemarie Mühlbauer und zeigte auf den Kaffee. »Mein Kollege hat ihn aus dem Inneren eines Vulkans geschöpft.«

Wieder lachte die Frau. Ein herzliches, leichtes Lachen.

Doch, sie ist nett, dachte Lilly. Auch wenn sie definitiv einen Schuss hat.

»Sie sind nur ungenau, solange man sie nicht dechiffriert hat.«

Und sie schafft es, von diesem Hexenspuk zu reden, als handelte es sich dabei um wissenschaftliche Erkenntnisse, fand Lilly. Mindestens ein bisschen mirakulös könnte sie sich doch anhören. Aber nichts dergleichen.

»Es ist das Dunkle. Es sucht sich verirrte Seelen«, dozierte die Wahrsagerin. »Und es wird sich noch viele suchen. Vielleicht schon heute Nacht. Wenn wir es nicht aufhalten.«

Lilly sah hilfesuchend zu Martin hinüber, aber der kramte höchst konzentriert in irgendwelchen Unterlagen herum.

Nun gut. Eine Weile hörte sie jedem zu, das war ihr Grundsatz. Aber diese Weile ging jetzt gerade zu Ende. Auch wenn ihr die Frau wirklich sympathisch war.

»Wir tun unser Möglichstes, glauben Sie mir. Und jetzt muss ich leider ...« Sie deutete mit der Hand auf ihren Schreibtisch. »Aber trinken Sie bitte noch in Ruhe aus.« Sie stand auf.

Annemarie Mühlbauer verstand den Wink und erhob sich ebenfalls, in der einen Hand die Kaffeetasse, mit der anderen nahm sie das Tablett. »Wo ist Ihre Küche?«

»Lassen Sie nur«, sagte Lilly und wollte ihr das Tablett abnehmen. Aber da Annemarie Mühlbauer keine Anstalten machte, es herzugeben, ging Lilly gezwungenermaßen mit nach draußen.

In der Teeküche holte die Wahrsagerin eine Visitenkarte hervor und reichte sie Lilly. Bei jeder ihrer Armbewegungen klingelten die vielen Reifen leise wie hundert kleine Glöckchen. Lilly konnte nicht anders, sie mochte auch das. »Kommen Sie einmal zur Kosmetikberatung vorbei. Das macht Spaß, wirklich! Ihre Kopfschmerzen kommen übrigens vom Stress. Und von zu wenig Schlaf.«

Hatte sie der Frau etwas von ihren Kopfschmerzen erzählt? Lilly war sich nicht mehr sicher. Eigentlich nicht, darüber redete sie doch nicht mit Besucherinnen.

»Und noch was«, Frau Mühlbauer legte ihre schön manikürte Hand auf Lillys Arm, »dieser Mann, dessen Unterstützung Sie sich schon so lange wünschen, er wird Ihnen nicht helfen, er kennt nur sich selber. Aber der andere, der schätzt

Sie mehr, als Sie denken.« Damit wandte sie sich zum Gehen. »Melde dich bei mir. Wann immer du meine Hilfe brauchst.« Und weg war sie.

Du? Hatte sie sie geduzt? Einige Sekunden lang blieb Lilly verwirrt auf dem Flur stehen. Als sie sich wieder ihrem Büro näherte, war da erneut Martins Stimme, offenbar war er aus der Tiefe seiner Unterlagen wieder aufgetaucht.

»Nein, Minna, die Lilly ist im Moment nicht da. Und sie kommt auch heute nicht mehr. – Ja, vielleicht morgen …«

Oh nein, nicht die Nächste! Lilly betrat den Raum, legte die Finger auf die Lippen und schüttelte den Kopf.

»Aber halt, ich glaub, die Lilly hat gestern gesagt, dass sie Urlaub macht. – Ja, länger. – Nein, du kannst sie nicht auf der Straße gesehen haben, das … das war bestimmt ihre Doppelgängerin.«

Ehe er auf die Idee kommen konnte, den Telefonhörer doch noch an sie weiterzureichen, schnappte sich Lilly ihre Jacke und die Handtasche. Sie brauchte dringend eine Aspirin.

Zurück auf Anfang. Das hieß in diesem Fall: erst einmal weg von dem Medaillon und hin zum Opfer. Wahrscheinlich war der Junge ein Bettler gewesen. Seine Kleidung legte das nahe. Vermutlich gehörte er zu den Roma, die aus elenden Siedlungen in Rumänien als Armutsmigranten nach Salzburg kamen. Um sich bei Wind und Wetter draußen hinzuhocken und um Almosen zu bitten, verstreut über die ganze Stadt. Na bravo, dachte Huber. Dann hieß es wohl, die Ochsentour zu machen und andere Roma aus der Bettlerszene zu befragen. Aber wie sollte er sich mit ihnen verständigen? Und noch schwieriger: Wie sollte er die alle finden? Er konnte ja schlecht durch Salzburg ziehen und jeden der bettelnden Roma ansprechen. Erst einmal brauchte er einen Dolmetscher. Huber setzte sich an seinen Computer und suchte nach Übersetzungsbüros, als es an der Tür klopfte. Einer der beiden Männer aus dem Archiv schob einen Aktenwagen herein. Huber kannte den Kollegen: unauffällig, höflich und – das war am wichtigsten – nicht offensichtlich verblödet. Wie hieß er nur? Huber war der Name entfallen ... Schnell, sonst war er gleich wieder zur Tür hinaus! »Herr ... Popescu? Könnten Sie bitte schön einen kleinen Moment warten?«

Radu Popescu wandte sich um und zeigte sich leicht erstaunt. Er schien es nicht gewohnt zu sein, angesprochen zu werden, wenn er mit seinem Aktenwagen von Büro zu Büro ging.

»Hätten Sie Lust auf ein wenig Außendienst?«

Popescu blickte verständnislos.

Huber überlegte. War er wieder einmal zu direkt gewesen? Er erklärte: »Ich meine: ein bisschen aus dem Archiv zu kommen, auf die Straße. Sie könnten mir bei meinen Ermittlungen sehr behilflich sein.«

Jetzt grinste Popescu breit. »Meinen Sie etwa: Lust auf richtige Polizeiarbeit? Und wie ich die habe! Was soll ich tun? Wen soll ich in die Mangel nehmen?« Er zwinkerte Huber zu.

»Es geht um Ermittlungen im Milieu der Roma-Bettler. Vielleicht könnten Sie da als Dolmetscher ...?« Huber brach ab, weil Popescus Mundwinkel sich schlagartig nach unten zogen.

»Jaaa, sehen Sie, Herr Major, das ist so: Ich bin Rumäne – das aber sind Roma. Ich spreche Rumänisch – die aber sprechen Romani. Das sind zwei ganz verschiedene Sprachfamilien. Rumänisch ist eine romanische Sprache, Romani eine indogermanische.«

Huber war verdutzt. »Heißt das, Sie können sich mit den Leuten gar nicht verständigen? Aber die kommen doch auch aus Rumänien?«

Popescu zog die Stirn in Falten. »Viele von ihnen kommen aus der Region von Temeswar, das ist richtig. Von dort stamme ich auch. Die Bettler in Salzburg sprechen einen Romani-Dialekt, der stark durch das Rumänische geprägt ist. Aber ... verstehen Sie, ich habe nichts gegen diese Leute. Nur weiß ich nicht, wie viel Sie mir erzählen werden.«

Huber stand auf, ging auf Popescu zu und setzte so viel Charme ein, wie in ihm war. »Lieber Herr Popescu, Sie würden mir sehr helfen, wenn Sie mich in einem Mordfall unterstützen könnten.« Er zeigte ihm ein Foto des Roms. »Wir müssen den Mörder dieses jungen Mannes finden, und daher wäre ich Ihnen sehr verbunden, wenn –«

»Ich mache es ja«, unterbrach Popescu ihn. »Am einfachsten wäre es wohl, wenn wir heute Abend in die Notschlafstelle im Haus Antonius gingen. Da sollten Sie einen Großteil der Leute treffen und brauchen nicht die Straßen zu durchkämmen.«

Das Haus Antonius war ein funktionaler Bau mit hellroter Fassade und lag am Fuß des Kapuzinerberges. Die Caritas betrieb hier ein Asyl mit siebzig Schlafplätzen für Obdachlose und Bettler. Die Notunterkunft im Stadtteil Parsch bot die absolute Basisversorgung für die Menschen, die sonst auf der Straße lebten: einen Schlafplatz, etwas zu essen, eine Waschmöglichkeit und manchmal auch Kleidung aus Spenden. Huber parkte vor dem Gebäude und wollte schon aussteigen, als Popescu auf dem Beifahrersitz sich räusperte.

»Herr Major, ich bin wirklich gern behilflich, das sagte ich ja schon. Ich fürchte nur, dass die Roma ein wenig misstrauisch reagieren werden, wenn ein österreichischer Polizist mit einem rumänischen Übersetzer daherkommt. Wir sollten den Auftritt daher nicht allzu offiziell gestalten.«

Huber hob eine Braue. »Wir sind wegen eines Mordfalls hier. An einem ihrer Leute, wahrscheinlich. Sagen Sie das denen einfach. Wir sind die Guten. Wir wollen helfen.«

Popescu wiegte den Kopf. »Ich tu mein Bestes, Herr Major.«

Huber schaute auf seine linke Uhr: achtzehn Uhr achtundzwanzig. »In zwei Minuten sind wir mit dem Koordinator von der Caritas verabredet.«

Fritz Brugger war ein ausgesprochen fröhlicher Mensch mit dröhnendem Bariton. Er stand gemeinsam mit zwei Helfern in der Küche des Hauses, die Huber sich um einiges größer vorgestellt hatte. Wie sollte man hier für so viele Menschen kochen?

»Besuch von der Kriminalpolizei in unserer bescheidenen

Hütte – was für ein denkwürdiges Ereignis«, sagte Brugger. »Hier – wenn Sie kurz das Gulasch umrühren könnten. Und wenn Sie noch ein wenig bei der Essensausgabe helfen, dann sind unsere Gäste noch einmal so schnell mit der Mahlzeit fertig, und Sie können Ihre Fragen stellen.«

Er reichte dem verdutzten Major eine langstielige Kelle und deutete auf einen breiten, hohen Kochtopf. Deswegen war Huber an sich nicht hergekommen, aber nun gut. Dann eben Essenszubereitung für die Bettler. Er warf einen Blick in den Topf. Davon verstand er etwas. Dank Sophie und Mama. Alle hatten sie in der Küche helfen müssen, auch die beiden Kleinen, Martha und Claudia. Er nahm sich einen Löffel aus dem Besteckkasten und probierte das Gulasch.

»Gut.« Er schnalzte mit der Zunge. »Aber wenn Sie mich fragen, Herr Brugger – ein wenig Paprika könnte es noch vertragen.«

Brugger lachte. »Einen feinen Gaumen haben Sie, Herr Inspektor.«

»Inspektor gibt's kan.« Huber grinste. Er war aktives Mitglied in der Community von fanclub-kottan.at, und den Satz hatte er schon lange mal sagen wollen. Schlagartig herrschte zwischen ihm und Brugger eine gelöste Stimmung.

Der Koordinator machte eine übertriebene Verbeugung und dröhnte: »Bitte vielmals um Verzeihung, habe die Ehre, Herr Major.«

Huber erwiderte mit salbungsvoller Stimme: »Möge der Bürger sich erheben. *Que cela n'arrive plus* – dass mir das nicht noch einmal vorkommt!« Er drohte mit dem Zeigefinger. »Höre, Unwissender: Zwischen einem Major und einem Inspektor liegen Welten. Ein Major beschränkt sich darauf, ein wenig größer und wichtiger zu sein als die anderen. Ein Inspektor ist ein beamteter Schnüffler, einer, der sich in das Leben anderer Menschen einmischt und nachschaut, was sich unter dem Teppich so zusammengesammelt hat. Und in meiner ganzen Größe und Wichtigkeit stelle ich fest: Dieses Gulasch enthält zu wenig Paprika.«

»Stimmt schon, Herr Major, stimmt schon. Sie haben natürlich vollkommen recht. Nur – viele Menschen, die auf der Straße leben, haben es mit dem Magen und vertragen keine scharfen Gewürze. – Sie sind garantiert auch im Kottan-Fanclub?«

Huber zwinkerte verschwörerisch. »Dann wollen wir mal auftragen.«

Kurz darauf lehnte er auf der Theke des Speisesaals und blickte auf siebzig schmatzende Münder. War doch schön, wenn's schmeckte. Man konnte ohnehin wenig genug für diese Menschen tun.

Brugger trat neben ihn. »Fünfzig von ihnen dürften Roma sein. Ich wünsche viel Spaß bei der Befragung.« Er wechselte noch einmal den Tonfall: »Ich hab weiter ein Auge auf Sie, Kottan.«

»Sinnlos. Bin lesbisch.«

Der Koordinator lachte. »Sie sind ein echter Fan!«

Die Befragung war ein absoluter Reinfall. Huber und Popescu verbrachten fast zwei Stunden damit, unter den Bettlern umherzugehen, das Foto des ermordeten Roms vorzuzeigen und nach ihm zu fragen. Niemand wollte ihn kennen. Viele winkten schon ab, wenn die beiden sich nur näherten.

»Ich habe ja gesagt, dass es schwierig wird«, seufzte Popescu. »Sie haben viele schlechte Erfahrungen mit der Obrigkeit gemacht. Und zu meinem Leidwesen muss ich einräumen, dass einige meiner rumänischen Landsleute an gewissen Spannungen auch nicht ganz unschuldig sind.«

»Aber das kann doch gar nicht sein«, protestierte Huber. »Ich meine, dass niemand ihn kennen will.«

Er hatte das gerade gesagt, da kam eine ältere Frau auf Popescu zu und nahm ihm das Foto aus der Hand. Sie schaute es an, hielt sich eine Hand vor den Mund und wedelte dann mit dem Bild vor den anderen Bettlern herum. Dabei kam ein Wortschwall aus ihrem Mund, von dem Huber nur immer wieder das Wort *beng* verstand.

Er fasste seinen Dolmetscher an der Schulter: »Was sagt sie? Was regt sie so auf? Was heißt dieses *beng*?«

Popescu runzelte die Stirn. Er schien sich auf die Suada der Alten konzentrieren zu müssen. »Ich verstehe das auch nicht alles. Sie spricht sehr starken Dialekt. *Beng* ist Romani für ›Teufel‹. Das Wort kann auch so etwas wie ›Unhold‹ oder ›Dämon‹ bedeuten. Aus dem Rest werde ich nicht ganz schlau. Entweder meint sie, der Tote sei ein Teufel oder vom Teufel besessen.«

»Fragen Sie sie doch, bitte! Die Frau ist hier unsere einzige Hoffnung.«

Popescu wandte sich in beruhigendem Ton an die Bettlerin. Er ließ seine Stimme ganz weich klingen und sprach so, als wollte er ein scheues Tier anlocken. Aber ohne Erfolg. Aufgeregt fuchtelte die Frau mit den Händen vor seinem Gesicht herum und schlug ihm dabei immer wieder auf die Brust. Der Dolmetscher wich zurück und hob beschwichtigend die Arme. Dann blickte er Huber an und zuckte mit den Schultern.

»Da ist nichts zu machen. Ich verstehe rein gar nichts. Aber irgendetwas muss sie sehr aufregen, das sehen Sie ja selbst.«

Der dritte Tag – Mittwoch

Das nächste Opfer. Auch das gehörte zum Plan. Alles gehörte zum Plan. Darauf kam es an im Leben: das System nicht aus den Augen zu verlieren, das große Ganze. Nur in diesem System ergab sich ein Sinn. Und genau das war das Problem in der heutigen Zeit – die Menschen dachten nicht mehr in Zusammenhängen. Das war auch die Schuld der Medien. Die warfen immer nur ein Schlaglicht auf einen Ausschnitt, ohne den Kontext zu berücksichtigen. Zum Beispiel … eine dieser Satellitenkameras von Google Earth. Die blickte von oben auf die kleine Erde, konnte aber heranzoomen, ganz nah heran. Und dann konnte man etwa eine Leiche auf so einem Bild sehen, fürchterlich, zerstückelt und zerfetzt von einer Bombe. Schrecklich!, dachte da jeder.

Und warum?

Weil der Ausschnitt die Bedeutung veränderte. Weil man die eine zerfetzte Leiche nicht isoliert betrachten durfte. Zoomte die Kamera wieder ein Stückchen raus, dachte der Betrachter schon: Oh, was ist denn das? Da erkenne ich ja auf einmal Zusammenhänge! Vielleicht sah man sogar noch weitere Leichen, die da mit ihren verstreuten Eingeweiden rumlagen, und dachte: Oh Gott, oh Gott! Das ist ja sogar noch viel schlimmer! Dann fuhr die Kamera noch etwas weiter nach oben, und man entdeckte Panzer, Haubitzen, Sprengstoff … Aha!, dachte man sich da. So besonders friedlich schaut das da bei den scheinbar so armen Opfern aber nicht gerade aus. Sind das am Ende Terroristen? Und wenn die Kamera dann noch mehr zeigte, dann bestand kein Zweifel mehr: Der kleine Ausschnitt dieser zerfetzten Leiche gehörte zu einem großen Bild, dem von einem bombardierten Terrorcamp! Und auf diesem Gelände lagen nur Tote, die selbst auf nichts anderes als auf Angriff und Vernichtung aus gewesen waren. Mit dem Wissen um die Umgebung beurteilte man das Bild der einzelnen Leiche dann ganz anders als ohne, war es nicht so?

Eben.

Und genauso würde es sich auch mit dem nächsten Opfer verhalten. Für sich betrachtet würde auch dieses Wesen schrecklich bedauernswert aussehen, so grausam zugerichtet. Auch wenn es zu Lebzeiten kein bedauernswertes Wesen gewesen war.

Das konnte man nur denken, wenn man den Zusammenhang nicht sah: den großen Angriff auf die Menschheit, auf Regeln, auf Ordnung, auf ein gedeihliches Zusammenleben. Um den zu sehen, musste man gleichsam alles von einer größeren Höhe aus betrachten und einordnen. Und selbst vor diesem großen Zusammenhang, der kolossal war im Vergleich zu so einem läppischen Terroristenlager, selbst davor fiel es ja nicht leicht mitanzusehen, wenn die Augen so eines Menschen aus den Höhlen traten und der Körper nach seinem Todeskampf vor einem auf dem Boden in sich zusammensackte. Gerade in der Überwindung solcher engstirnigen Skrupel jedoch bestand das Wesentliche. Es musste sein.

»Der schaut ja aus wie ein gefallener Soldat«, sagte Huber.

Der Körper des Mannes lag verrenkt vor ihm auf dem Rücken, ein Bein ausgestreckt, eins angewinkelt, die Arme nach oben gereckt und den Kopf zur Seite geneigt. Zwischen Triptychon und Tafel des Denkmals, da legte man doch nicht sein Mordopfer ab, wie geschmacklos war das denn? Und dann noch diese vier Grablichter an Kopf und Fuß und an den Seiten, das war doch geradezu kitschig. Mörder-Kitsch.

Huber hatte sich abgewöhnt, von Mördern die grundlegenden Formen der Pietät zu erwarten. Obwohl, streng genommen hatte das eine mit dem anderen nichts zu tun. Man konnte sehr wohl sein Opfer mit der Axt enthaupten, ohne es dann auch noch kopfüber von einem Baum auf dem Zentralfriedhof baumeln zu lassen. Oder vielmehr rumpfüber. Der Kopf hatte ja auf einer Grabplatte gelegen, vor ein paar Jahren in Wien. Schon damals hatte sich Huber gedacht: Mord, schön und gut – aber das heißt doch nicht, dass man damit auch gleich jedes weitere Gefühl für Anstand verlieren muss. Zumindest er sah das so.

So ein Drapieren der Leiche wie hier vor ihm, das war eitel vom Mörder. Und eitle Mörder ärgerten ihn, mehr noch als die normalen. Ein normaler Mörder mit ein wenig Restanstand sah zu, dass sein Opfer verschwand. Wenn schon nicht aus Feingefühl, dann doch wenigstens, um nicht allzu viel Aufhebens von sich zu machen. Aber die eitlen – das waren Pfauen. Oder Hähne. Die schrien »Kikeriki!« oder schlugen ein Rad. Seinetwegen konnte man sie auch mit Hennen vergleichen – heutzutage sollte man ja geschlechtergerecht sein, auch im Denken. Wie Hennen gackerten sie also: »Gack, gack, gack! Schaut her, ich habe ein Ei gelegt!« Diese Art, seine Leichen zu präsentieren, war ihm zuwider. Mit einem Mord war das ein wenig wie mit dem Geschlechtsakt oder der Notdurft: Man zelebrierte es nicht öffentlich, Himmelfixkreuzteufleinenochamoi!

So ein Mord war etwas zutiefst Intimes, und die Arbeit bei der Mordkommission war dadurch ohnehin schon mit dem Makel der Indiskretion behaftet. Aber ein Mörder, der quasi öffentlich auf den Abort ging, um sein Todesgeschäft coram publico zu verrichten, der zerrte nicht nur sich selbst an die Öffentlichkeit, sondern machte auch die Ermittler zu unfreiwilligen Gaffern. Die hatten ja nicht einmal die Wahl, ob sie gaffen wollten. Und Huber hasste Gaffer. Bei Autounfällen sowieso schon, aber noch mehr bei Morden. Kurz und gut: Das gehörte sich einfach nicht. Punkt.

Der Busfahrer tippte ihm auf die Schulter. »Entschuldigen S', die Fahrgäste fragen, ob wir dann jetzt weiterkönnen. Die haben ja alle auch ihren Beruf und müssen heute Morgen zum Teil noch bis Bad Reichenhall.«

Huber drehte sich um. Der Regionalbus mit der Nummer 180 stand auf dem Ederweg, der über das Walserfeld führte, das sich in weiter Ebene bis zum Untersberg am Horizont erstreckte. Über dem Feld lag Dunst, der alles einhüllte, so weit man sehen konnte. Die Gegend war kahl und klamm und kalt. Der Busfahrer und seine Gäste hatten heute Morgen um fünf Uhr zweiundvierzig den Toten entdeckt, als sie am Denkmal zur Schlacht am Walserfeld vorbeigefahren waren. Und da standen sie jetzt immer noch und glotzten.

Es gab eine ganze Reihe von Dingen, die Huber nicht ausstehen konnte. Und eines davon war, wenn man ihm beim Sinnieren auf die Schulter tippte, während ein Haufen von sensationsgeifernden Busfahrgästen ihre Nasen an die Scheiben presste.

Er drehte sich zu seinem Kollegen. Das war der … Na, egal. Huber vergaß seinen Namen immer wieder. »Haben Sie den Leuten gesagt, dass sie hier stehen bleiben sollen?«

Na-Egal machte eine gleichgültige Miene. »Als wir kamen und den Bus mit den Leuten drin und die Leich sahen, da haben wir halt gedacht, Sie wollen die vielleicht befragen.«

Was soll ich die schon fragen?, dachte Huber. Vielleicht: Ist das Ihr erster Toter auf diesem Feld? Schaut fesch aus, gell?

Jetzt stiegen wirklich ein paar der Fahrgäste aus dem Bus und gingen auf ihn zu. Auch das noch. Das war kein guter Morgen. Das war vielmehr ein schlechter Morgen. Der hatte schon mies angefangen mit dem Anruf und der Nachricht vom nächsten Toten.

Es waren vier Fahrgäste, alles Männer. Der vordere reckte ganz unnötig seinen Hals und starrte auf die Leiche. »Ist der wirklich tot?«

Huber sagte nichts. Dumme Fragen gehörten auch zu den Dingen, die er hasste.

»Also, im ›Tatort‹ sehen die Polizisten aber viel professioneller aus, wenn sie bei der Arbeit sind. Wo ist denn hier überhaupt der Gerichtsmediziner? Haben die keinen?«

Huber ließ sich zu einer Antwort herab. »Der lässt sich entschuldigen. Fühlt sich malad, der Herr Rechtsmediziner. Dafür haben wir den Fleischhauer verständigt. Der macht seine Sache im Wesentlichen genauso gut.«

Zwei Augenpaare sahen ihn entrüstet an und zwei erschrocken. Sollten die sich wirklich besser den depperten »Tatort« anschauen. Hier gab's nichts zu sehen. »Hier gibt's nix zum Schauen. Steigen S' bitt schön wieder ein. Die Fahrt geht gleich weiter. Und wenn ich auch nur ein einziges Foto von diesem Mist hier«, er deutete auf Feld, Denkmal und hindrapierten Körper, »nachher auf Facebook, Instagram oder sonst irgendwo im Netz finde … Wir können das zurückverfolgen. Und das werden wir auch. Alles klar?«

Die vier glotzten alle gleich blöd. Tatsächlich entdeckte Huber kein einziges Handy. Nun gut, offenbar hatte er es mit einer Ansammlung von Fossilien zu tun. Was er in diesem Fall außerordentlich begrüßte.

»Wenn Sie mich fragen – hier spukt's«, sagte eines der Fossilien.

»Wie kommen Sie denn darauf?«, fragte Huber.

Aus der Gruppe murmelte es: »Na, hier unter dem Feld liegen doch überall noch die Leichen der Schlacht. Bis heute findet man Reste aus dem Krieg.«

Huber überflog die Inschrift der Gedenktafel: »Schlacht auf dem Walserfeld. Vom 12.–14. Dezember anno 1800 bekämpften sich die Armeen Österreichs und Frankreichs … zum Gedenken an die über 22.000 Gefallenen, Verwundeten und Vermissten …« Dann blickte er zur Männergruppe und versuchte, mit möglichst wenig Verachtung in der Stimme seine Frage zu stellen. »Und die Gefallenen von vor über zweihundert Jahren spuken hier noch umeinander?«

Einer brummte: »Die einen sagen so, die anderen so. Aber gespenstisch ist es hier auf jeden Fall.«

Damit hatte er nicht unrecht. Das Denkmal und dieser Baum dahinter waren die einzigen Erhebungen in der dunstigen Umgebung. Der Tote konnte ein schlichtes Gemüt in der Tat zu der Vorstellung verleiten, gleich würden napoleonische Soldaten ihre Hände aus den Ackerfurchen strecken und nach ihrem gefallenen Kameraden greifen. Aber nur einen einfältigen Tropf. Niemals jemanden wie ihn.

Huber fuhr erschrocken herum, als ihm jemand auf die Schulter tippte. »Müssen S' sich denn immer so von hinten anschleichen?«

Kollege Na-Egal zuckte mit den Schultern. »Ich schleich

mich ja schon wieder. Dachte nur, Sie wären fertig mit den Herrschaften.«

»Das bin ich auch! Herrschaften, fahren Sie bitte weiter. Hier gibt's nix zum Sehen. Und vielen Dank für Ihre Aufmerksamkeit.«

Die Fahrgäste trollten sich zurück in den Bus und fuhren von dannen, Richtung Bad Reichenhall. Dafür tauchte jetzt endlich Rechtsmediziner Dr. Novak in seinem Fiat Punto auf und zwängte seinen massigen Körper aus dem Auto. Huber mochte ihn. Oder anders ausgedrückt: Dr. Novak ging ihm nicht durch ausgeprägte Dummheit auf den Geist, anders als viele andere seiner Kollegen. Und die Verbrecher waren leider im Allgemeinen auch nicht schlauer. Der gewiefte oder gar gebildete Mörder war meist nur ein Stereotyp, das nicht der Realität entsprach. Im Gegenteil: Im wirklichen Leben waren die meisten Mörder schlicht und einfach blöd. Vielleicht färbte das ja auf die anderen Ermittler bei der Salzburger Kriminalpolizei ab. Huber hielt sich – wenn er wirklich ganz ehrlich zu sich war, und das wollte er in solchen Fragen unbedingt sein – für den Einzigen beim Kriminaldienst, der erstens das Kreuzworträtsel im Wiener »Standard« in unter fünfzehn Minuten lösen konnte und zweitens den Unterschied zwischen Thomas Bernhard und Sarah Bernhardt kannte. Kurz und gut, Huber hielt sich für den einzigen Intelligenten und Gebildeten unter einem Haufen Volltrottel.

Dr. Novak war nicht wirklich ein Kollege und fiel daher aus der Vergleichsgruppe wohltuend heraus. Huber rief ihm verschwörerisch zu: »Sieht mir nach einer weiteren Nummer zwei aus, Herr Doktor! Genau genommen der gleichen wie beim letzten Toten.«

Für Dr. Novak gab es nur drei Todesarten. Erstens: die natürliche, zweitens: die nicht natürliche, drittens: die ungewisse.

Der Rechtsmediziner brummte, eine Eigenschaft, die zu seinen weiteren Vorzügen gehörte – er redete nicht viel. Dann ging er zum Denkmal und inspizierte den Toten. »Das dürfte ein wenig dauern, Herr Major. Aber ich melde mich, so schnell es geht. Ich lass Sie schon nicht verkommen.«

»Danke, Herr Dr. Novak.« Zusammenarbeit konnte so unkompliziert sein, wenn man es nicht mit Deppen zu tun hatte.

Na-Egal hatte die Ähnlichkeit der aktuellen Mordopfer anscheinend auch erkannt, denn er deutete jetzt auf den Toten. »Wie es ausschaut, ähnelt diese Leiche in vielem dem jungen Zigeuner.«

Huber hob eine Braue. »Rom. So heißt das. Und auch das ist noch nicht erwiesen.«

Er ließ den Strahl seiner Taschenlampe am Hals des Toten entlanggleiten. Da waren sie wieder – die Spuren einer Erdrosselung. Die Haut zeigte rote Striemen. Als Schlinge kam erneut eine Kette oder ein Draht in Frage, die sich jedoch nicht in den Hals gegraben hatte. Der Druck war wohl wieder durch ein Tuch abgeschwächt worden.

Warum hatte der Mörder ein Tuch benutzt? Was sagte das aus? Was wollte der Mörder damit? Was für ein Typ war das denn bitte? Einer, der sein Opfer mit Barbituraten sedierte, es aber bei Bewusstsein ließ? Der Ketten um den Hals zusammenzog, aber die Haut durch etwas Weiches schützte? Wie hatte er selbst zu Dr. Gschwandtner gesagt? »Anscheinend ist diese Dosis gezielt eingesetzt worden, damit das Bewusstsein erhalten bleibt. Auf Deutsch: Das Opfer hat zwar mitbekommen, dass es erdrosselt wurde, aber es war ruhiggestellt und fühlte keinen Schmerz.« Hatte das Tuch eine ähnliche Funktion gehabt? Hatte die Gewalt nicht allzu sichtbare Spuren hinterlassen sollen? Aber warum zum Kuckuck?

Huber schaute auf die linke Armbanduhr: sechs Uhr dreiundzwanzig. Sollte er jetzt schon Engel anrufen? Nein, besser, er wüsste später einiges mehr als sie. Womit also könnte er bei ihr glänzen?

Er startete die Diktier-App auf seinem Handy. »Warum hier? Der Tote liegt vor dem Denkmal zur Schlacht am Walserfeld, zwischen Triptychon und Gedenktafel platziert. Um ihn herum stehen vier Grablichter, oben am Haupt, unten bei den Füßen und an den Seiten. Sein linker Arm weist auf das Triptychon mit der Inschrift: ›Gewalt zerstört – Erinnerung lehrt – Friede vereint‹. Was will der Mörder damit sagen?«

Ja, zum Geier – was sollte das bedeuten? Huber sprach weiter: »Möglicherweise hat der Täter eine gewalttätige Vergangenheit erlebt und erhofft sich durch die Erinnerung und Auseinandersetzung damit Frieden für sich als Erlösung. Oder er bezieht sich auf Schlachten und Kriege. Eventuell auf diese besondere Schlacht der napoleonischen Kriege. Möglicherweise spielen auch religiöse Motive für ihn eine Rolle. Die Mitte des Triptychons soll offenbar einen Bischofsstab darstellen. Auf der Gedenkplatte steht: ›Infolge der Schlacht wurde das Erzstift Salzburg zu Fall gebracht. Der Bischofsstab wird durch die aufeinanderprallende Gewalt zweier Keile zerstört.‹ Ist der Täter ein fundamental-christlicher Extremist?«

Er ließ das Smartphone sinken und überlegte. Konnten die rätselhaften Symbole auf den Medaillons, die sie bei den anderen Opfern gefunden hatten, ebenfalls eine religiöse Bedeutung haben? Warum eigentlich nicht? »Mit dem Gedanken an mögliche religiöse Motive besteht ein Bezug zur toten Obdachlosen Martina Meierhofer, die oft nahe dem Stift St. Peter umhergestreunt sein soll. Laut der bayerischen Kommissarin Engel hatte die Tote vor ein paar Jahren ein religiöses Erweckungserlebnis und hielt sich seither für eine Nonne.«

Huber betrachtete das Triptychon erneut und hatte eine weitere Idee: »Denkbar ist auch, dass es sich um einen fundamentalistisch-atheistischen Täter handelt. In dieser Hinsicht könnten die Symbole auf den Medaillons eventuell als Runen zu deuten sein.« Er winkte in Richtung Na-Egal. »Haben Sie beim Toten ein Medaillon gefunden?«

Der Kollege zückte ein Asservatentütchen mit einer silbernen Plakette. Offenbar gehörte er zur KTU, kein Wunder, dass er den Mann nicht so gut kannte.

»Ja, dieses. Das wollte ich gleich zur –«

»Das nehme ich an mich«, unterbrach Huber. »Weil Sie nicht so recht den Überblick haben, Herr Kollege. Dieses Beweisstück ist eine Verbindung zu weiteren Fällen.« Er versuchte sich an einem verbindlichen Lächeln. »Ich bringe es Ihnen später in die KTU.«

Na-Egal schien nicht der Ehrgeizigste unter den Salzburger Kriminaltechnikern zu sein. Anstandslos händigte er das Tütchen Huber aus, der das silberne Rund darin näher betrachtete. Dafür musste er die Taschenlampe seines Handys einschalten. Wieder ein Symbol. Oder ein Schriftzeichen. Eine Rune. Was auch immer. Dieses Mal an einer anderen Stelle der kleinen Scheibe. Das Zeichen war simpel: Eine Vertikale traf auf eine Horizontale, die an beiden Enden ein wenig in Richtung der Vertikalen gebogen war. Und was nun? Man müsste sich die Symbole zusammen ansehen. Das auf dem Medaillon der Obdachlosen Meierhofer – falls die geschätzten Kollegen aus Bayern inzwischen aus dem Urlaub zurück wären und das hübsche kleine Stück herausgeben würden –, das von der Plakette des jungen Rom und dieses hier. Vielleicht ergab sich dann ein bisher verborgener Sinn.

Jetzt war es aber wirklich Zeit für einen Anruf bei Engel. Sechs Uhr zweiunddreißig, da musste sie mit ihren Kinderchen schon auf sein.

Sie nahm den Anruf nach dem ersten Läuten an, aber ihre Stimme klang alles andere als wach. »Hallo?«

»Werte Frau Kollegin, Sie sollten es sich wirklich abgewöhnen, sich auf so ordinäre Weise zu melden. Aber das ist ja im Endeffekt Ihre Sache, Gnädige. Jedenfalls müssen wir uns dringend treffen. Sie wissen schon, mit wem Sie gerade die Ehre haben?«

»Hm?«

»Meine Liebe, diese Laute sind doch wirklich unter Ihrem Niv–«

Er hörte etwas bei ihr im Hintergrund laut scheppern, gefolgt von einem »Scheiße!« und dann: »Huber, ich sehe Ihre Nummer auf dem Display! Außerdem haben Sie den ›Dritten Mann‹, den aus dem Film. Als Klingelton.«

Das berühmte Zithermotiv? Nun, warum nicht? Trotzdem war er jetzt doch etwas genervt. Wie konnte man um – er schaute auf die rechte Armbanduhr – sechs Uhr dreiunddreißig noch so unwillig klingen? »Engelchen: Wir haben ein neues Mordopfer und ein neues Medaillon. Schwingen Sie Ihre blonden Locken aus dem Bettchen und besorgen Sie uns das noch fehlende Medaillon der Obdachlosen Martina Meierhofer. Das hier war keinesfalls der letzte Mord. Ich will Ihren Schönheitsschlaf ja nicht gefährden, aber es pressiert doch ein wenig. Wir müssen weitere Tote verhindern.«

Er bleibt immer derselbe blöde Ignorant, dachte Lilly, als sie eineinhalb Stunden später ihr Auto im Parkhaus des Salzburger Landeskrankenhauses abstellte. Rief sie morgens zur Unzeit an, wenn sie gerade ihre Kinder wecken und Frühstück machen musste. Laura mochte keinen Früchtetee, und Tobi wurde, wie er sagte, »von Lauras Babykakao voll schlecht«. Sie musste die Kindergartentasche für Laura packen, und Tobi nahm ohne ihre Hilfe entweder viel zu viele oder gar keine, auf alle Fälle aber nie die richtigen Bücher mit zur Schule. Na schön, das mit den Taschen könnte man alles schon am Vorabend herrichten. Aber um halb sieben anrufen, das konnte nur ein Mann, der selbst keine Kinder hatte. Oder dem es scheißegal war, dass sie um die Uhrzeit mit ihren beschäftigt war. Natürlich war ihr in der Hektik mit Telefon und Frühstück der Topf für die Milch heruntergefallen. Zwar noch ohne Inhalt, aber beim Versuch, den Topf aufzufangen, war sie gegen die geöffnete Tüte gestoßen und – patsch! Fünf Minuten hatte sie gebraucht, um die Milch auf- und den Fußboden danach mit Bodenreiniger sauber zu wischen, so was brachte ihren ganzen Zeitplan durcheinander. Und daran war nur dieser dämliche Major Superwichtig schuld! Dabei hatte er nicht einmal so geklungen, als würde ihn dieser neuerliche Mordfall persönlich sonderlich in Stress versetzen. Alles bloß für den perfekten Auftritt am Telefon.

Für den Espresso aus ihrer eigenen Maschine hatte sie natürlich keine Zeit mehr gehabt, sondern sich einen dämlichen to go bei McDonald's an der Grenze kaufen müssen. Mit dem sie nun also übers Krankenhausgelände ging. Die wenigen Mülleimer waren alle hoffnungslos überfüllt, da könnte sie ihren Becher auch gleich direkt daneben auf den Weg fallen lassen. Sie sah schon Hubers Blick. Kaffee von der Fast-Food-Kette, und das nach der Show, die er kürzlich vor ihr abgezogen hatte. Andererseits, gegen so einen klitzekleinen Espresso Marke Snob-Sigi hätte sie jetzt nicht mal etwas einzuwenden.

Sie schlang ihr Tuch enger um den Hals, es war ungewöhnlich kühl an diesem Morgen. Immerhin begann der Nebel allmählich, sich zu lichten. Wahrscheinlich würde es noch ein sonniger Tag werden.

Wehe dir, Saftsack, wenn du jetzt nicht da stehst, dachte sie. Eigentlich, hatte Huber gemeint, sei es nicht notwendig, dass sie sich den Toten ansehe, Dr. Novak habe ohnehin gesagt, es werde ein paar Stunden dauern, bis er erste Ergebnisse liefern könne. Aber Lilly hatte darauf bestanden, in die Pathologie zu fahren. Sie wollte sich ein eigenes Bild von dem dritten Opfer machen. Verdammt, schon der dritte Tote in weniger als zwei Wochen. Bei Hubers Anruf waren ihr die Worte der Wahrsagerin wieder eingefallen. Was hatte sie gesagt, diese Annemarie Mühlbauer, die mit ihr urplötzlich per Du gewesen war? »Es ist das Dunkle. Es sucht sich verirrte Seelen.« Und es werde sich noch viele suchen. Vielleicht schon heute Nacht.

Verdammt! Verdammt! Verdammt!

Und vor allem: Woher hatte diese Frau Mühlbauer das gewusst?

Immerhin, da stand er. In Mantel und Schal, schick, sehr schick. Doch, er sah gut aus. Heute sogar vorbildlich rasiert. Und sie hatte immer noch diesen bescheuerten Pappbecher in der Hand.

Statt sie zu begrüßen, deutete er tatsächlich auf den Becher. »Das nenne ich mal Qualitätsbewusstsein.« Doofes, überhebliches Grinsen.

Sie ignorierte seinen Kommentar. »Können wir schon hineingehen? Mir ist fürchterlich kalt.«

Er sah auf eine seiner beiden Uhren. »Eine Minute zu früh.«

»Gut, dann frieren wir eben noch eine Minute.« Lilly seufzte.
»Wie schaut's denn aus mit dem Medaillon?«

»Ich bin um acht Uhr zu Hause losgefahren.«

»Und …?«

»Ich könnte jetzt bei der KTU anrufen. Inzwischen sollte jemand dort sein, und wir haben ja ohnehin noch eine gute halbe Minute Zeit. Aber«, sie schmunzelte, »dann kommen wir wahrscheinlich mindestens eine halbe Minute zu spät zum Kollegen Novak.«

»Das geht gar nicht«, erwiderte Sigmund Huber, und Lilly war sich nicht sicher, ob sie da einen vorsichtigen Ansatz von Selbstironie in seiner Stimme gehört hatte. Sie trat von einem Fuß auf den anderen, um sich aufzuwärmen.

»Bisserl leicht angezogen?«

»Bisschen zu uhrzeitfixierter Co-Ermittler«, gab sie zurück.

Huber schenkte ihr ein überaus freundliches Lächeln und öffnete dann die Tür. Mit einem Nicken bedeutete er ihr, vor ihm ins Haus zu gehen.

»Wer ist denn unser neues Opfer?«, fragte Lilly, nachdem sich die Türen des Fahrstuhls hinter ihnen geschlossen hatten. »Wieder ein Obdachloser?«

»Dieses Mal nicht, eher sogar ziemlich gut situiert, der Kleidung nach zu urteilen«, erwiderte er und drückte den Knopf im Aufzug eine Spur zu heftig. »Das passt doch alles überhaupt nicht zusammen!«

Für Hubers Verhältnisse war das direkt schon so etwas wie ein Gefühlsausbruch. Doch nicht ganz so cool, der liebe Herr Major.

Lilly kannte Dr. Novak schon von früheren Fällen aus der Zeit vor Sigmund Huber, deshalb wunderte sie sich auch nicht, als er nach der Begrüßung und einem Blick auf den Kaffeebecher in ihrer Hand nur wortlos auf einen Papierkorb deutete und dann ebenso wortlos zum Obduktionstisch ging, auf dem der Tote vom Walserfeld lag. Sie warf den Becher weg und folgte dann gemeinsam mit Huber Dr. Novak.

Als der Pathologe das Tuch zurückzog, griff Lilly instinktiv nach Hubers Arm. »Das ist … Meine Güte! Ich habe ihn gestern noch gesehen«, stammelte sie. »Und mit ihm geredet. Ich meine … Ich war gestern noch … Ich habe Aspirin gebraucht und …«

Sie fühlte Hubers Blick auf sich, selbst starrte sie unverwandt auf das Gesicht des Mannes auf dem Obduktionstisch.

»Sie kennen ihn?«, hörte sie Hubers Stimme, behutsam jetzt, ohne jeden Spott.

»Ja«, sagte sie. »Moritz Winkler, Doktor, glaube ich, Dr. Moritz Winkler. Ihm gehört die Untersberg-Apotheke in der Ludwigstraße in Reichenhall. Ich war gestern dort, ich hatte Kopfschmerzen. Er hat mich sogar bedient. Wir haben ein bisschen geredet, über dies und das. Er hat gemeint, ich solle lieber kein Aspirin nehmen, sondern … Ich weiß nicht mehr, was es war. Aber dafür hätte ich ein Rezept gebraucht, deshalb ist es doch bei den Aspirin geblieben.« Lilly drehte sich zu Sigmund Huber um, der immer noch ruhig dastand und sie ansah. »Er war so … lebendig gestern. Ich meine, er hat gelebt, wir haben uns unterhalten. Es hat überhaupt nichts darauf hingedeutet, dass …«

»Ist etwas anderes, wenn man den oder die kennt, nicht wahr?«

Sie nickte. Dann betrachtete sie wieder das Gesicht von Moritz Winkler. Sie musste ihre Gefühle unter Kontrolle bekommen. Das hier war ihre Ermittlung, und eigentlich hatte sie den Mann ja auch nur flüchtig gekannt. Hatte ihn nur die paar Male gesehen, bei denen sie Ibuprofensaft für die Kinder oder Aspirin bei ihm gekauft hatte. Manchmal war sie auch von einer Kollegin bedient worden, und er war im hinteren Teil der Apotheke mit irgendetwas beschäftigt gewesen. Aber wann immer sie mit ihm persönlich zu tun gehabt hatte, war er freundlich und zuvorkommend gewesen. Obwohl sie keine teuren Vitamine gekauft hatte oder noble Tinkturen fürs Gesicht, nichts von dem, womit Apotheken heute ihr Hauptgeschäft machten.

»Aus so einem Einkauf kann man natürlich gar nichts ableiten. Aber gestern schien mir alles normal zu sein. Er wirkte nicht verängstigt oder so, als ob er sich bedroht fühlte. Ein ganz normaler Apotheker, der seine Kunden berät.«

»Und sonst nichts?«, fragte Huber.

»Nichts. Sollte es in seinem Fall eine Gerüchteküche gegeben haben, bin ich außen vor. Dazu gehöre ich einfach zu wenig in diesem Kurort dazu. Keine Alteingesessene. Aber ich glaube, er war einer. Ein Reichenhaller.«

»Die Apotheke hat schon seinem Urgroßvater gehört, so einer?«

Lilly musste lächeln. »Ja, so einer. Auch wenn es da drin ziemlich modern aussieht.« Sie betrachtete noch einmal den Toten, dann wandte sie sich wieder Huber zu. »Ich habe alles gesehen, worauf es mir ankam. Wenn Sie auch so weit fertig sind …«

»Ich bin nur Ihretwegen hergekommen«, sagte Huber. »Und offensichtlich hat es sich ja gelohnt.«

»Die Identität des Toten kennen wir jetzt«, bestätigte sie.

»Mit anderen Worten«, schaltete sich Dr. Novak zum ersten Mal an diesem Morgen ein, »ist das eure Leiche.« Er deutete auf Lilly.

Sie nickte.

»Die ich jetzt obduzieren darf?«

»Sie machen das schon«, sagte Huber, und der Pathologe grinste.

»Kann ich das als Kompliment verstehen? Aus Ihrem geschätzten Mund?«

»Können Sie!«

Die beiden Männer verstanden sich offenbar gut, stellte Lilly fest, die den ersten Schreck überwunden hatte. Wenn sie es richtig bedachte, war dieser wortkarge Gerichtsmediziner der erste Mensch überhaupt, mit dem Sigmund Huber wirklich gut auszukommen schien.

»Und jetzt?«, fragte sie, als sie wieder im Aufzug waren. »Zu Ihnen oder ins Café?«

»Zu mir«, erwiderte er. »Ich schätze, Sie brauchen einen richtigen Espresso. Nach dem gefärbten Wasser vorhin.«

Lilly grinste.

Vor dem Gebäude blieb sie kurz stehen. »Haben Sie auf dem Gelände einen Parkplatz ergattert? Ich muss ins Parkhaus.«

»Bus«, gab er zurück, und als er ihren überraschten Blick sah, ergänzte er: »Man muss die Umweltverschmutzung ja nicht sinnlos vorantreiben. Die Busverbindungen in Salzburg sind zwar ausbaufähig, und der Preis steht in keinem Verhältnis zur Stadtgröße, aber von der Alpenstraße bis nach Mülln kommt man ganz gut.«

»Dann behalten Sie Ihr reines Umweltgewissen, und ich nehme Sie mit.«

»Sie kennen sich hier gut aus«, stellte Huber fest, als sie bei der Staatsbrücke an der Ampel standen.

»Ich habe ein paar Jahre in Salzburg gelebt. In der Zeit bin ich jeden Tag nach Bayern gependelt.«

»Bis Sie Ihren Musiker zum Teufel geschickt haben?«

»Bis mein Musiker keine Lust mehr auf Kleinkinder und Verantwortung hatte. Und Singlefrauen besser als mich fand. Am allertollsten findet er übrigens die, die ganz sicher keine Beziehung wollen.«

Er erwiderte nichts.

»Und wo sind Ihre Kinder jetzt?«

»Schule, dann Nachmittagsbetreuung. Und Kindergarten. Und oft genug in der Obhut meines Nachbarn. Und bevor Sie das als Nächstes fragen: Ich bin nahe der Grenze geblieben, damit sie ihren Vater sehen können. Sofern er zwischen Konzerten, Tourneen und Engagements Zeit für sie aufbringen kann. Der Job geht bei ihm immer vor.«

»Sie sind ziemlich sauer auf Ihren Ex-Mann.« Es war eine Feststellung.

»Wären Sie das nicht?« Die Autoschlange setzte sich langsam wieder in Bewegung.

»Hmm«, hörte sie Huber neben sich sagen. »Ein bisserl blöd ist es schon.«

»Eigentlich bin ich auch gar nicht mehr sauer. Das blockiert einen doch nur.«

»So esoterisch?«

Lilly lachte. »Nein, esoterisch bin ich nun wirklich nicht. Allerdings ...« Müsste sie ihm nicht eigentlich von Annemarie Mühlbauer erzählen? Um ihm noch besseren Zündstoff zu geben? Blödsinn! Die Frau gehörte zu den Ermittlungen, egal, was man von ihren Weissagungen halten mochte.

Langsam, ganz langsam bewegte sich die Schlange stadtauswärts Richtung Alpenstraße. Eigentlich hätten sie gerade viel Zeit für Astro-Annemarie.

»Allerdings?«

Huber wirkte gerade außergewöhnlich friedfertig, die Stimmung sollte sie nutzen. Lilly holte tief Luft. »Stichwort Esoterik.« Und dann erzählte sie. Allerdings nur in ein paar Stichpunkten. Sie hatte keine Lust, ausführlich mit ihm über Annemarie Mühlbauer zu reden.

Aber Huber lachte nicht. Er lächelte höchstens ein bisschen, aber nicht herablassend. »Verirrte Seelen. Und das Dunkle ... Nun ja. Mit Lichtgestalten haben wir es in unserem Beruf ja wirklich nicht zu tun. Und ist man nicht grundsätzlich verirrt, wenn man Mord für eine praktikable Lösung hält?«

Er hatte ja recht. »Aber was ist das Zeichen des schlafenden Mannes?«

»Blödsinn?«, schlug er vor.

»Und das letzte Zeitalter, das angeblich heranbrechen soll?«

»Ein bisserl Spuk muss immer sein. Sonst wirkt's nicht echt.«

Möglich, dass er auch damit recht hatte. Blieben noch die genauen Zeitangaben. Interlunium, Sichelmond. Und, viel schlimmer, die Ankündigung, dass der nächste Mord kurz bevorstünde.

Die hatte sich mittlerweile erfüllt.

»Jetzt mache ich uns erst einmal einen teuflisch guten Arabica«, sagte Huber, als sie sein Büro betraten. Engel nahm Platz. Bei dieser Zeremonie wollte sie offensichtlich nicht stören. »Apropos teuflisch«, fuhr er fort, »zu Ihrer Esoteriktante passt meine Ermittlung bei den Roma-Bettlern. Eine ältere Frau hat bei dem Foto des jungen Rom die Fassung verloren und immer wieder vom Teufel geredet. Aber sie ist wohl geistig verwirrt.«

Engel sprang wie elektrisiert auf. »Was genau hat die Bettlerin gesagt?« Ihr Ton war geradezu heftig.

Huber hob überrascht eine Braue. »Die Dame war sehr erregt, so wie Sie im Moment. Sie wiederholte immer wieder ein Wort, das auf Romani ›Teufel‹, ›Unhold‹ oder ›Dämon‹ bedeutet. Der Dolmetscher hat leider nicht mehr verstanden.«

»Wieso denn nicht?«

»Er ist Rumäne. Zumindest dachte ich zuerst, dass es daran liegt. Deshalb habe ich noch bei einer Beratungsstelle für Roma hier in Salzburg angerufen. Glücklicherweise kam auch gleich ein Herr vorbei, der Romani spricht. Gemeinsam sind wir in die Notschlafstelle zurückgefahren, aber er sagte das Gleiche wie der erste Dolmetscher: Das Kauderwelsch der Bettlerin war nicht zu verstehen. Außer eben, dass sie das Foto des ermordeten Jungen immer wieder mit dem Teufel in Verbindung gebracht hat.«

Engel schaute erschrocken aus. »Das ist ja wie bei meiner Obdachlosen auf dem Kapuzinerberg. Die hat auch gesagt, der Teufel habe die Ermordete geholt. Sie hatte schreckliche Angst, er könne auch noch zu ihr kommen.«

Huber blickte sie eine Weile an. »Und? War Ihre Zeugin etwa zurechnungsfähiger als meine?«

»Finden Sie es denn nicht bemerkenswert, dass gleich zwei Zeuginnen vom Teufel sprechen?«

Die Sophie hatte früher auch in diesem Ton mit ihm, ihrem kleinen Bruder, gesprochen, wenn sie ihn auf einen Denkfehler hinweisen wollte: mit so einer Mischung aus schnippisch und belehrend. Damals hatte sie das Sagen gehabt, direkt nach der Mama. Aber nun war er ein Mann. Glaubte er zumindest. Jedenfalls schrie dieser Ton inzwischen nach einer Replik aus

Arroganz und Süffisanz: »Gnädigste, wussten Sie schon, dass sich das Wort ›Hysterie‹ vom altgriechischen *hystéra* ableitet, was ›Gebärmutter‹ bedeutet? Nicht umsonst steht die Hysterie im Femininum.«

Da war sie jetzt baff. Genau so eine Reaktion hätte er bei der Sophie auch gern einmal hervorgerufen. Aber man musste das Publikum nehmen, das da war. »Und bevor Sie mir gleich noch mit Ihrer Wahrsagerin kommen – auch sie ist eine Frau. Wir reden hier also von drei Damen, von zwei verwirrten Obdachlosen und einer«, er räusperte sich, »aufschneiderischen Hellseherin. Allen gemein ist, dass sie offensichtlich von labiler Affektivität sind und ein hohes Bedürfnis nach Geltung haben. Die alten Griechen wussten schon, warum sie die Hysterie der Weiblichkeit zuordneten.«

Das hatte er gut hinbekommen. So etwas hätte ihm mal bei der Sophie gelingen sollen: die ruhige Überlegenheit, der gewählte Ton, die natürliche Dominanz. Huber genoss es, die schöne Lilly Engel anzusehen und sich vorzustellen, wie die scharf geschnitzten Pfeile seiner Logik in ihren Kopf fuhren und seine Gedanken dort festnagelten. Sie sah wirklich beeindruckt aus. Schachmatt gesetzt.

»Wow, was für ein testosterongesteuerter Vortrag«, sagte sie ganz ruhig. »Ich bin … entwaffnet. Schachmatt.« Jetzt hatte sie doch glatt seine gedachte Formulierung verwendet und lächelte ein Lächeln, das er nicht so ganz deuten konnte. »Allerdings hätte man Sie für diesen Schrott schon im Mittelalter als rückständig ausgelacht.« Und dann sagte sie nichts mehr.

Aha. Das war jetzt wieder die Sophie-Masche. Gar nicht auf Argumente eingehen, sondern unsachlich werden. Nur hatte die Sophie dabei nicht so attraktiv ausgesehen. So wie das Engelchen. Nachgeben durfte er nun selbstverständlich nicht. »Meine Teure: Hat Ihr Teufel eigentlich auch eine Anschrift, unter der man ihn vorladen kann? Ich würde Beelzebub zu gern in die Mangel nehmen. Vielleicht können wir beide ja auch good cop, bad cop mit ihm spielen. Ich schlage vor, Sie übernehmen dabei die Rolle des Engels.«

Sie blieb immer noch ganz ruhig. »Ich glaube, der Kaffee ist fertig, Herr Major Huber.«

Als sie beide wieder saßen und an ihren Tassen nippten, sah sie schon weniger feindselig aus. »Der ist wirklich köstlich.« Ihr Lächeln war jetzt zuckersüß. Ein bisschen zu zuckersüß, genau genommen. »Das liegt wahrscheinlich an der femininen Arabicabohne. Im Lateinischen sind *coffea* und insbesondere *coffea arabica* ja ohnehin weiblich. Verständlich. Bei einem so exquisiten Getränk.«

Auf solche Spitzen würde er gar nicht eingehen. Das war unter seiner Würde.

Doch sie war anscheinend weiter in Plauderstimmung. »Um auf unser voriges Thema zurückzukommen: Der Teufel, ein Maskulinum, ist von zwei Zeuginnen«, sie betonte die weibliche Endung, »unabhängig voneinander ins Spiel gebracht worden. Und auch die Wahrsagerin hat von übernatürlichen Elementen gesprochen, wenngleich nicht vom Teufel.«

Huber verdrehte die Augen, doch sie fuhr fort.

»Natürlich gibt es keinen Teufel, den wir als Mörder verhaften können. Aber es gibt vielleicht Umstände im Zusammenhang mit den Morden, die unsere Zeuginnen an einen Teufel denken lassen. Und vielleicht hat sogar die Wahrsagerin selbst etwas mit den Morden zu tun.« Sie brach abrupt ab und wirkte plötzlich, als wäre sie über ihre eigenen Worte erschrocken.

»Hatte sie etwa Täterwissen?«, fragte Huber.

Engels Hand flog vor ihren Mund.

»Hatte sie?«, wiederholte er.

Ihr war sichtbar unwohl bei dieser Frage. »Annemarie … ähm, Frau Mühlbauer … sie wusste von meinen Kopfschmerzen … und redete über zwei Männer und mich …« Sie schwieg und starrte vor sich hin.

Er streckte den Arm aus und schnippte ein paarmal vor ihrem Gesicht mit den Fingern. »Hallo! Frau Kollegin! Hat diese Frau Mühlbauer Sie hypnotisiert?«

»Entschuldigen Sie. Ich glaube einfach nicht, dass sie die Täterin ist.«

Er setzte ein spöttisches Lächeln auf. »Ist das die weibliche Intuition? Oder ermittelt ihr Piefkes alle nach Gefühl?«

Eigentlich hatte er jetzt die nächste Feminismusattacke erwartet, aber sie blieb stumm.

Er seufzte. »Auf die Gefahr hin, mich zu wiederholen: Abgesehen von Ihren Kopfschmerzen und Ihren Liaisons – hat Frau Wahrsagerin Annemarie Mühlbauer etwas gesagt, das sie verdächtig sein lässt?«

Engel hatte sich wieder gefasst. »Verhören Sie Ihre Verdächtigen auch auf diese Weise?«

Er schwieg.

»Nun denn, Herr Kollege – sie wusste von beiden Morden. Was sie allerdings aus der Lokalpresse auf beiden Seiten der Grenze haben kann. Oder aus dem Internet. Vielleicht sammelt sie auch Kriminalfälle, um darüber zu orakeln. Sie wirkt ein bisschen so.«

Er winkte ab. »Geschenkt.«

»Sie hat beide Opfer in Zusammenhang gebracht. Sagte etwas von großer Erweckung. Und von Monden …«

»Frau Kollegin – bitte!«

»Und dass die Toten ein Zeichen trügen. Das Zeichen eines schlafenden Mannes.«

Huber beugte sich vor. »Jetzt wird es interessant. Hat sie die Medaillons erwähnt?«

»Nein, so konkret ist sie nicht geworden. Sie sagte, dass man die Bilder, die sie sieht, dechiffrieren müsse.«

»Raffiniert«, witzelte er.

»Mir ist schon klar, was Sie davon halten. Aber sitzen Sie mal so einer Frau gegenüber, die Ihnen von weiteren Toten erzählt, die noch folgen werden, und dann rufe ich Sie am nächsten Morgen in aller Herrgottsfrühe an und berichte vom nächsten Mordopfer und schließe mit so einem Satz wie bei Jerry Cotton.« Sie äffte seinen leicht blasierten Tonfall nach: »›Wir müssen weitere Tote verhindern.‹ Da fehlte ja nur noch das ›Baby‹ am Schluss. Und dann erinnern Sie sich daran, dass diese Astro-Annemarie Ihnen gesagt hat, etwas Dunkles werde sich noch weitere Opfer suchen, sofern man es nicht aufhält.« Ihr Zeigefinger schoss heraus wie eine Harpune und zeigte auf Hubers Brust. »Was sagen Sie dann, Herr Kollege?«

Das war jetzt nicht mehr die Sophie. Das war eher die Manuela, seine Ex-Frau. Huber versetzte dieser Ton noch immer in Alarmbereitschaft. Diesem Typ Frau musste man gleich den Wind aus den Segeln nehmen. »Erstens: Ich hätte nicht gedacht, dass Sie Jerry Cotton lesen. Zweitens: Legen Sie Wert darauf, dass ich Sie ›Baby‹ nenne?«

»Wehe!«

Ihre Stimme hatte eine höhere Oktave erklommen. Bei der Manuela hatte das immer Warnstufe Rot bedeutet. Also hieß es jetzt deeskalieren. So wie er es auf den Schulungen zum Umgang mit durchgedrehten Geiselnehmern gelernt hatte. Ruhe und gegenseitiges Vertrauen. Beides war jetzt wichtig. Bei der Manu hatte diese Technik allerdings meistens versagt, wie er sich eingestehen musste. »Haben Sie diesmal wenigstens an das Medaillon gedacht – Goldlöckchen?«

Gut, das war jetzt nicht lege artis gewesen im Sinne von Deeskalation, sondern eher so, wie ein Streichholz an eine Lunte zu halten. Und tatsächlich, die Detonation folgte unmittelbar. Diesmal schrie sie wirklich.

»Ich bin nicht Ihr Baby, nicht Ihr Goldlöckchen und auch sonst nichts! Und wenn wir schon einmal dabei sind – hören Sie gefälligst auf, mir andauernd in den Ausschnitt zu glotzen! Meinen Sie, ich bemerke das nicht?«

Mit solchen Situationen kannte er sich aus. Die kamen in jedem Lehrbuch vor: Der Bankräuber hält die entsicherte Waffe an die Schläfe der Kassiererin und droht damit, alle fünf Minuten eine Geisel zu erschießen. Das Lehrbuch riet in diesem Fall: Bloß nicht den Dialog abreißen lassen!

»Aber Sie haben ein ganz bezauberndes Dekolleté, liebe Frau Engel. Und Ihre Miniröcke wirken ganz entgegen meinem ersten Eindruck überhaupt nicht nuttig. Sie können die sehr gut tragen. Höchstens die Tops sollten Sie als Mutter vielleicht eine Nummer größer und etwas weiter –«

»Lösen Sie Ihren Mordfall alleine! Oder mit Martin Obermüller. Von Mann zu Mann!« Sie drehte sich auf dem Absatz um, zischte dabei noch »Neandertaler!« und war schon aus dem Büro hinaus. Dabei knallte sie die Tür zu, dass es klang wie eine Explosion. Alles wirklich ganz genau wie bei der Manu damals in ähnlichen Momenten.

Jetzt sollte ich ihr wohl folgen, dachte sich Huber und lief hinterher. Das hatte er bei der Manuela auch gemacht, und es hatte meistens geholfen. Draußen auf dem Gang standen inzwischen einige Türen offen. Man spähte nach, was das eben für ein Knall gewesen war. Also würde er Publikum haben. Auch das noch.

»Liebe Frau Engel, nicht weggehen! Das war doch alles nur ein großes Missverständnis!«, rief er ihr möglichst leise hinterher, aber so, dass sie ihn immer noch hören konnte.

»Das war kein Missverständnis, das war ein Fall von ›massiv im Ton vergriffen‹. Und von Sexismus«, sagte sie ebenso leise, aber so, dass alle Umstehenden sie gut verstanden. »Mich würde interessieren, wie viele von denen«, sie deutete auf seine Kolleginnen, »schon ähnliche Erfahrungen mit Ihnen machen durften. Vielleicht sollte ich eine kleine Umfrage starten?«

»Es tut mir leid, wirklich, glauben Sie mir.« Mit ein paar schnellen Schritten holte er sie ein und stellte sich ihr in den Weg. »Ich entschuldige mich in aller Form. Lassen S' uns das doch bitte in meinem Büro regeln.«

Ihre Wangen glühten, ihre Augen schickten Flammen in seine Richtung. »Wenn Sie irgendetwas regeln wollen, dann tun Sie das hier und jetzt!«

Jetzt war es Zeit für den Gang nach Canossa. »Verehrte Frau Kollegin Engel, ich kann es mir gar nicht leisten, Sie bei den Ermittlungen zu verlieren. Dazu sind Sie viel zu wertvoll.«

»Ach so? Warum spielt es dann eine Rolle, wie kurz meine Röcke sind? Und wie tief mein Ausschnitt?«

Aua. Das konnte jetzt heikel werden, hier vor der versammelten Mannschaft. Sie war immer noch auf dem Kriegspfad. Papst Gregor hielt seinen Bann stur aufrecht, aber so was von.

Während er als Heinrich IV. barfuß im Schnee vor der Burg Canossa stand. Das war ganz schön kalt. Eisig. Und die Köpfe aus den anderen Büros reckten sich vollkommen ungeniert, um ihn als Büßer zu erleben. »Frau Kommissarin Engel: Verzeihen Sie mir bitte vielmals meine unpassenden Bemerkungen bezüglich Ihrer körperlichen Reize.«

Ein paar Türen auf dem Flur öffneten sich noch weiter, und wer von den Kollegen bisher noch nicht auf dem Gang gestanden hatte, gesellte sich nun dazu. Sie alle waren ganz und gar Ohr. Huber versuchte, sich an seinen Geschichtsunterricht zu erinnern. Hatte der König sich eigentlich niedergeworfen? Und sollte er sich etwa auch hinknien? Lilly Engel schien es zu genießen, wie peinlich die Situation für ihn war. Obwohl sie mehr als einen Kopf kleiner war als er, kam es ihm vor, als blickte sie ihn von oben herab an. Und, was noch viel entscheidender war: Sie war auf hundertachtzig. Wenn nicht gar auf zweihundertvierzig.

»Ihr Verstand steht doch völlig außer Zweifel. Sie sind mit Abstand die kompetenteste Ermittlerin da drüben. Damit hat Ihr Dekolleté gar nichts zu tun.« Verdammt. Hätte er sich den letzten Satz nicht verkneifen können? Das Publikum schien sich geradezu diebisch zu freuen.

Alfred Schachner zum Beispiel, der bereits kurz vor der Pension war, stand keine fünf Meter entfernt. Er grinste Huber schadenfroh an und sagte: »Aber über das Dekolleté der Dame hast du doch hoffentlich nichts Nachteiliges gesagt? Daran gibt es nämlich nix zu bemängeln.«

Auch diese Bemerkung schien Lilly Engel zu missfallen, denn sie bedachte Kollege Schachner mit bitterbösen Blicken. Das war Hubers Chance: »Alfred – genau darum geht es doch. Die Frau Kommissarin Engel ist eine außerordentlich kompetente Ermittlerin, da braucht sie sich keine Sprüche über ihre Körperlichkeit anzuhören, wie du sie machst. Und wie auch ich sie eben unglücklicherweise gemacht habe.« Er hob seine Stimme, damit das Folgende auch der ganze Korridor vernahm: »Im 21. Jahrhundert hat eine Frau jedes Recht der Welt, Karriere bei der Polizei zu machen und dabei auch noch gut auszusehen.«

Warum schaute Lilly Engel denn jetzt noch genervt? Und klang auch noch so: »Kommen Sie, Huber, wir sehen uns jetzt die Medaillons an.« Sie drehte sich um und ging zurück in sein Büro. Versteh da einer die Frauen, dachte er.

Es war eine Wohltat, die Tür hinter sich zu schließen und nicht mehr die neugierigen Blicke der anderen auf sich zu spüren. Sie setzte sich auf den Stuhl von vorhin und schlug die Beine übereinander. Schöne Beine. Aber das war im 21. Jahrhundert ja auch erlaubt.

»Lieber Herr Major Huber, dann zeigen Sie doch mal her, welches Medaillon Sie beim Apotheker gefunden haben.«

Er zog das Beweisstück hervor, das er seit dem Morgen in seinem Jackett herumtrug. »Eine Senkrechte trifft auf eine Waagerechte.« Er zeigte auf das Motiv, als er die kleine Scheibe vor ihr auf den Tisch legte. »Die Enden der Horizontalen sind nach oben gebogen.«

Sie kniff die Augen zusammen, was süß aussah. »Erinnert mich an ein Wikingerschiff. Sieht aus, als ob die Vertikale der Mast wäre. Oder ein Wikinger-Schlittschuh. Oder ein Hobel …« Sie zückte ihr Smartphone und wischte ein paarmal über das Display. »Hier – schauen Sie: Das ist das Foto, das mir die KTU vom Medaillon der Obdachlosen Martina Meierhofer eben geschickt hat.« Sie hielt ihm das Handy hin. »Das Symbol erinnert mich an eine Schlange. So wie bei dem Äskulapstab. Nur dass sie sich in dieser Darstellung nicht um den Stab ringelt, sondern er sie quasi in der Mitte aufspießt.«

»Und wenn es doch Schriftzeichen sind?«, fragte er. »Ihre Schlange könnte doch auch eine Rune sein.« Er zog den Wikipedia-Ausdruck zum Runenalphabet aus der Schublade und verglich das Foto auf dem Smartphone mit den Zeichen. »Schaun S' einmal hier: die Sowilo-Rune. Die sieht Ihrem Bild doch sehr ähnlich. ›Sowilo‹ bedeutet ›Sonne‹, steht hier. Sie haben das Zeichen auf dem Medaillon beim Apotheker als Schiff oder als Schlittschuh der Wikinger gedeutet. Mein Vorgesetzter, der Herr Dr. Gschwandtner, hat bei dem des jungen Rom an einen Pfeil gedacht, der eine Wand trifft.« Er hielt inne und drehte sich dann zu Engel. »Wissen Sie, was wir brauchen?« Pause. »Wir brauchen einen Symbologen!«

Vielleicht hatte er das eine Spur zu wichtigtuerisch gesagt. Engel jedenfalls konnte ein kurzes Auflachen nicht unterdrücken. »Sie meinen, wie den Professor bei Dan Brown? So ein Forschungsfeld gibt's in Wirklichkeit doch gar nicht! Sagen Sie bloß, das wussten Sie nicht?«

Da stand er nun mit heruntergelassener Hose. Peinlich war das. Nicht dass er besonders viel von Dan Brown gelesen hatte, die Storys waren ja auch höchstens als Hörbuch beim Gemüseschneiden auszuhalten. Gut, unterhaltsam war der Brown schon, nur eben kein Faulkner. Aber er hatte wirklich geglaubt, dass Symbologie ein wissenschaftlicher Fachbereich sei. Bis eben. Lilly Engel schaute sehr überzeugt drein. Also war er wohl der Erfindung eines Bestsellerautors aufgesessen. Aber den Fehler durfte er nach seiner zugegebenermaßen etwas herablassenden Art von eben nicht einfach eingestehen. Vorwärts immer, rückwärts nimmer! Das war die Losung.

»Natürlich, natürlich. Symbologen im Sinne des Wortes habe ich auch nicht gemeint. Wir brauchen jemanden, der diese Zeichen gegebenenfalls als Symbole zu entschlüsseln vermag. Einen … Sie wissen schon …«

»Ikonografen oder Ikonologen«, sagte sie freundlich. Sie hatte die Oberhand und schien das genau zu wissen.

»Sie nehmen mir das Wort aus dem Mund, Frau Engel. Ich kam gerade nur nicht darauf.«

»Also brauchen wir einen Kunsthistoriker.« Sie nickte ihm lächelnd zu.

»Das wollte ich sagen. Genau das.« Er nickte eifrig zurück.

Sie blieb immer noch nett. Ohne ihre Überlegenheit auszuspielen. Zumindest nicht allzu offensichtlich. »Ich kenne da jemanden von der Universität München. Er ist eigentlich ein Bekannter meines Ex-Mannes. Persönlich ein Wichtigtuer, aber wohl eine Koryphäe auf seinem Gebiet. Soll ich für uns einen Termin bei ihm vereinbaren?« Sie wartete gar nicht auf seine Antwort, sondern zückte ihr Handy, suchte in ihren Kontakten und tippte eine Nachricht.

Ida Winkler sah weniger mitgenommen aus, als man es von einer Frau hätte vermuten können, die gerade vom Tod ihres Mannes erfahren hatte.

Lilly hatte noch von Hubers Dienststelle aus Martin angerufen und ihn gebeten, so schnell wie möglich zum Haus der Winklers zu fahren. »Nimm Brigitte Auberger mit«, riet sie ihm. »Besser, wenn auch eine Frau dabei ist.« Brigitte war eine der Streifenpolizistinnen aus Bad Reichenhall. Mitte fünfzig, mütterlicher Typ. Genau die Richtige für eine Situation wie diese. »Ich bin noch in Salzburg. Aber ich komme nach, sobald ich hier fertig bin.«

»Passt alles bei dir?«, hatte Martin gefragt. Etwas an ihrem Ton musste ihn alarmiert haben.

Nein, hätte sie fast gesagt. Ich muss mit der menschgewordenen Heimsuchung zusammenarbeiten, ich muss mich behandeln lassen wie ein dummes kleines Mädchen, ich muss … Ach, verflucht. Der ganze arrogante Mistkerl, verflucht.

Geantwortet hatte sie nur: »Ich bin in ungefähr einer halben Stunde bei euch.«

Das Grundstück der Winklers war riesig, zu beiden Seiten der Haustür standen zwei prächtige Rosenbüsche, die zu dieser Jahreszeit allerdings keine Blüten mehr trugen. Alles war großzügig und gepflegt. An der Wand lehnte ein Damenfahrrad, das nicht mit einem Schloss gesichert war.

»Möchten Sie einen Kaffee oder Tee?«, fragte Ida Winkler. Sie trug Bleistiftrock und Blazer. Den Ausschnitt ihres Tops hätte Huber vermutlich mindestens als »gewagt« bezeichnet, vielleicht aber auch noch ganz andere Worte dafür gefunden. Die zierliche Kette mit dem kleinen Tropfen als Anhänger hätte dagegen vermutlich seine Billigung gefunden. So etwas trugen Frauen, die etwas auf sich hielten. Warum lässt mich das nicht los?, dachte Lilly. Ein frustrierter Single, der seine aufgestaute Sexualität durch Beleidigungen abreagieren muss, das sollte mir doch egal sein. Sie sah an sich hinunter: enge Jeans, hohe Absätze. Ida Winkler hatte mehr Klasse. Trotz des Ausschnitts. Und die Haare sehr gepflegt hochgesteckt. Eine gut situierte Ehefrau mit Abo im Fitnessstudio und Putzfrau dreimal pro Woche. Lilly biss sich auf die Lippen. Nur noch dieser eine Fall, dachte sie. Beim nächsten soll der Huber mit jemand anderem ermitteln, mit Martin oder was weiß ich, mit wem.

»Tee«, sagte Lilly und lächelte. Wenn sie noch mehr Kaffee trank, würde ihr schlecht werden, sie kannte das schon.

Ida Winkler verschwand in einem anderen Raum, vermutlich der Küche, und Lilly ging zu Martin und Brigitte Auberger hinüber. »Man könnte meinen, sie stünde unter Schock«, sagte sie leise.

Brigitte Auberger schüttelte den Kopf. »Kein Schock. Ich würde sagen, sie wirkt gefasst, wenn nicht sogar …« Sie sah in die Richtung, in die Frau Winkler verschwunden war.

»Also, weh tut's ihr jedenfalls nicht«, beendete Martin den Satz. »Ich glaube, wir müssen hier nicht zu dritt herumstehen.«

»In Ordnung«, erwiderte Lilly. »Aber es wäre mir lieb, wenn du hierbleiben könntest.« Und an Brigitte Auberger gerichtet sagte sie: »Sie können dann wieder in die Dienststelle zurückfahren, wenn Sie wollen.«

Die Polizistin nickte. »Gerne.«

Ida Winkler kam zurück und stellte ein Tablett mit zierlichen weißen Porzellantassen und einer ebenso zierlichen Teekanne auf den Couchtisch. Dann holte sie aus dem Schrank eine kleine silberne Etagere mit kleinen Schälchen und verschiedenen Sorten Zucker. »Sie möchten jetzt sicherlich Informationen von mir zu meinem Mann.«

Lilly antwortete nicht sofort. Sie hatte das Gefühl, dass Frau Winkler noch mehr sagen würde, wenn sie ihr etwas Zeit ließe.

Aber die Witwe schenkte ihnen nur schweigend den Tee ein und schlug dann die Beine übereinander.

Lilly überlegte, ob sogar das eleganter wirkte als bei ihr. Mistkerl!

»Wie geht es Ihnen denn jetzt?«, fragte sie und bemühte sich um einen mitfühlenden Ton.

»Ich weiß nicht ... Es ist noch so neu. Aber, natürlich, es ist ganz schrecklich.«

Lilly wartete ab. Aber auch dieses Mal sagte Ida Winkler nicht mehr. Entweder hatte sie tatsächlich nichts zu sagen, oder sie behielt das, was sie sagen hätte können, aus irgendeinem Grund für sich.

»Wann haben Sie denn bemerkt, dass Ihr Mann nicht zu Hause war?«

Die Frau sah sie erstaunt an. »Natürlich schon beim Aufwachen. Aber das hat mich nicht gewundert, er hat manchmal schon ganz früh das Haus verlassen. Dann wollte er in der Apotheke sein, bevor der Trubel dort losging.«

Lilly fiel auf, wie mühelos die Frau die Vergangenheitsform benutzte. Die meisten Menschen, die gerade einen Angehörigen verloren hatten, sprachen noch lange im Präsens von ihm und korrigierten sich höchstens immer wieder.

»Wie früh war das?« Huber hatte sie um halb sieben angerufen, als er selbst sich schon eine Weile mit dem Toten auf dem Walserfeld beschäftigt hatte.

»Ich bin um sieben Uhr aufgestanden, meine Tochter muss um acht zur Schule«, erwiderte Ida Winkler. »Um die Uhrzeit war er meistens schon weg.«

Lilly hatte bisher nicht gewusst, dass es ein Kind gab. »Haben Sie Ihre Tochter schon mit in die Ehe gebracht?«

Die Witwe wirkte erstaunt. »Die Sandra ist unser gemeinsames Kind.« Und dann, als fiele ihr gerade erst ein, dass sie das vielleicht ergänzen sollte: »Sie ist sechzehn.«

»Wann kommt sie denn heute aus der Schule? Vielleicht möchten Sie jemanden bei sich haben, wenn Sie Ihrer Tochter vom Tod ihres Vaters erzählen?«

Ida Winkler schüttelte nur den Kopf.

»Frau Winkler«, schaltete sich jetzt Martin ein. »Ihr Mann ist heute Morgen um fünf Uhr zehn entdeckt worden. Der Zeitpunkt seines Todes dürfte aber noch weit davor liegen, wenn ich die Informationen aus Österreich richtig verstanden habe.« Er warf Lilly einen kurzen Blick zu, die nickte, und setzte seine Ausführungen fort:

»Die Obduktion ist für den Nachmittag angesetzt, aber der Pathologe schätzt, dass Ihr Mann so gegen Mitternacht ermordet wurde. Das heißt aber auch«, Lilly beugte sich leicht vor, »dass er die ganze Nacht nicht zu Hause war. Und das ist Ihnen nicht aufgefallen?«

»Ich hatte am Abend ein Schlafmittel genommen, das mache ich manchmal.«

»Wie oft?«, hakte Martin nach.

»Ab und zu. Wenn … ich nicht gut einschlafen kann.«

»Und wann können Sie nicht gut einschlafen?« Martin schien sich sehr bemühen zu müssen, nicht die Geduld zu verlieren.

Ida Winkler zuckte mit den Achseln und ließ mehrere Stücke Kandis in den Tee fallen. Zu viele für so eine kleine Tasse, wie Lilly registrierte. Die Frau war anscheinend keineswegs so gefasst, wie sie vorgab. »Ich hatte gestern viel zu tun. In der Apotheke war so viel Betrieb, dass mein Mann mich bat zu helfen. Und am Abend musste ich unsere Tochter nach Traunstein bringen. Sie spielt dort im Orchester, und ohne Auto kommt sie schlecht dorthin. Ich war zwar am Abend erschöpft, kam aber nicht zur Ruhe.« Sie sah Lilly hilfesuchend an. »Kennen Sie das nicht?«

»Doch«, erwiderte Lilly und ergänzte im Stillen, dass sie in solchen Situationen allerdings kein Schlafmittel nahm. Laut fragte sie: »Was haben Sie denn geschluckt?«

»Diazepam«, sagte Ida Winkler und ergänzte, »ein Tranquilizer.«

»Ziemlich hartes Geschütz für ein bisschen Stress«, meinte Martin. »Braucht man dafür nicht ein ärztliches Rezept?«

Ida Winkler lachte leise. »Das oder eine eigene Apotheke.«

»Die Dinger machen ziemlich schnell süchtig, soweit ich

weiß«, meinte Lilly. So langsam ging auch ihr diese Frau auf den Geist.

»Ich bin Apothekerin, ein bisschen kenne ich mich mit den Gefahren aus.«

Lilly stand auf. »Gut, dann war es das fürs Erste. Wenn Ihnen doch noch etwas einfällt, melden Sie sich bitte bei uns. Ich nehme an, Ihnen liegt daran zu erfahren, wer Ihren Mann ermordet hat. Und warum.«

»Sicher. Natürlich.« Die Antwort war zu schnell gekommen. Zu artig abgespult. Und als wäre das Ida Winkler in diesem Moment selbst bewusst geworden, schob sie hinterher: »Wie ist er denn umgebracht worden?« Anders als die meisten Angehörigen von Mordopfern schien sie die Antwort nicht zu fürchten.

»Er wurde erdrosselt«, erklärte Martin sachlich. »Und vorher mit Medikamenten ruhiggestellt. Er hat mitbekommen, dass er sterben sollte, aber keine Schmerzen gehabt. Und jetzt, liebe Frau Winkler, verraten Sie uns doch bitte noch schnell, wer so viel gegen Ihren Mann gehabt haben könnte, dass er ihn nicht mehr unter uns wissen wollte.«

Aber Ida Winkler fiel niemand ein.

Alles super, dachte Lilly, ein luxuriöses Haus, zwei Autos, ein gut behütetes Kind, das von Mama abends zur Orchesterprobe gefahren wird. Und ein Ehemann, den jemand mitten in der Nacht ermordet.

»Na, das nenne ich mal Trauer.« Martin warf seine Jacke über den Stuhl, kaum dass sie in ihrem Büro angekommen waren. »Schöne heile Welt.«

Anton Lechner steckte den Kopf zur Tür herein. »Die Minna hat wieder einmal angerufen. Dieses Mal sei es ganz dringend. Arsen …« Er grinste.

»Im Kaffee?«, fragte Martin genervt.

»Im Frühstücksei!«

»Hätte da nicht die Eierschale brechen müssen?«, fragte Lilly und schaltete ihren Computer ein.

»Grundsätzlich schon«, stimmte Lechner ihr zu. »Aber Sie wissen eh, wer Minna ermorden will, der findet immer Mittel und Wege. Apropos ermorden: Den Winkler von der Untersberg-Apotheke hat's jetzt auch erwischt, hab ich gehört.«

»Ja«, sagte Martin. »Und seine Frau ist am Boden zerstört.«

»Also, wenn die jetzt nicht drei Kreuze … ähm … Entschuldigung, passt wohl grad nicht so ganz. Aber traurig wird sie nicht sein. Wäre ich auch nicht, an ihrer Stelle.«

Lilly machte eine einladende Handbewegung zu Lechner, der immer noch in der geöffneten Tür stand. »Setzen Sie sich doch. Sie kennen Familie Winkler?«

Lechner nahm sich einen Bleistift aus Lillys Stiftebox und drehte ihn zwischen den Fingern. »Kennen? Kennen muss man die nicht. Jeder hier weiß … Aber über Tote soll man ja nichts Schlechtes sagen.«

»In dem Fall bitte ich sogar darum«, meinte Lilly und lächelte.

»Also …« Er schien immer noch zu zögern.

»Toni«, schaltete sich jetzt Martin ein, »wenn du was weißt, rück's raus. Das hier ist keine Gedenkstunde, sondern eine Mordermittlung. Und die adrette Frau Apothekerin war gerade eben alles andere als gesprächig.«

»Wie soll ich sagen … Nun ja, also, er hat sie geschlagen. Also, der Winkler seine Frau. Schon lange. Richtiggehend verprügelt. Einmal hab ich sie mit den Verletzungen gesehen, obwohl, rausgegangen ist sie danach ja meistens nicht. Aber an dem Tag, da musste sie wohl mit dem Auto in die Werkstatt oder so was. Jedenfalls sind wir uns begegnet. Richtige Prellungen hatte sie im Gesicht. Ich hab ihr gesagt, dass sie mit so etwas zu uns kommen soll, aber sie hat die übliche Geschichte erzählt. Sei gestolpert und dann wo dagegengeprallt. Nur davon zieht man noch kein Bein nach. Außerdem weiß das jeder hier, das ist stadtbekannt. Also, zumindest bei«, er sah Lilly entschuldigend an, »bei denen, die …«

»Ich versteh schon.« Lilly winkte ab. »Bei den Alteingesessenen. Und was wissen die ganz genau?«

Lechner drehte weiter verlegen den Stift. »Die Ida Winkler hat's immer schon schwer gehabt mit dem Mann. In der Apotheke, da ist er ein Gentleman, superhöflich, ist ja klar, da geht's ums Geschäft. Aber zu Hause … Sein Aushängeschild durfte sie sein, und hübsch ist sie wirklich. Aber arbeiten … nur wenn Not am Mann war in der Apotheke. Dabei hat ursprünglich ihr die gehört, also, die Apotheke. Er hat nur eingeheiratet.«

»Warum hat sie den Terror dann ausgehalten?«, fragte Lilly. »Schließlich saß ja eigentlich sie am längeren Hebel.«

»Die Ida ist so eine ganz Ruhige, so eine Liebe. Die hat schon als Kind nie gestritten. Und ich glaube, sie wollte die Apotheke auch eigentlich gar nicht übernehmen. Aber dann hat sie trotzdem Pharmazie studiert und da diesen *noblen* Herrn kennengelernt, und der hat ihr gesagt: ›Zu zweit, das machen wir. Ich gehe in die Apotheke, und du kannst machen, was du willst.‹ Malen wollte sie, die Ida, das hat sie schon immer gut gekonnt. Aber eine Künstlerin in *der* Familie …«

»Und so hat der Herr Winkler die Apotheke bekommen und die Ida die Prügel. Grund genug für einen Mord wäre das schon.«

Anton Lechner wehrte entschieden ab. »Niemals! Aber sie war einsam, und da hat sie …« Er presste die Lippen aufeinander, und für einen Moment schien es, als hätte er seine Gerüchteküche gerade geschlossen. Dann sprach er doch weiter: »Also, die Ida hat sich einen anderen genommen. Schon vor mehr als einem Jahr. Heimlich. Was hätten Sie denn gemacht, mit so einem Mann?«

Ich hätte mich jedenfalls nicht immer wieder misshandeln lassen, dachte Lilly.

»Wusste der nette Herr Winkler davon?«, fragte Martin.

»Jeder wusste davon!«

»Die erste Tatverdächtige!«, verkündete Martin, als Lechner das Büro wieder verlassen hatte.

»Zwei erste Tatverdächtige«, korrigierte Lilly ihn. »Ich fahre gleich noch mal zu unserer zufriedenen Witwe und lasse mir den Namen ihres Liebhabers geben.« Dann sah sie ihr Telefon an. Lange. Sollte sie? Huber auf den neuesten Stand bringen? Eigentlich müsste sie. Oder vielleicht doch erst später? Nachdem sie bei Frau Winkler und ihrem Lover gewesen war?

»Wartest du auf einen Anruf?«, erkundigte sich Martin.

Lilly schüttelte den Kopf. »Findest du meine Kleidung nuttig?«, platzte sie schließlich heraus.

Martin sah sie ein paar Sekunden entgeistert an. Dann prustete er los. »Vielleicht sollte man diesem Vollpenner da drüben mal eine dieser Damen vorbeischicken, wahrscheinlich braucht er die. Du hättest ihm einfach in die Eier treten sollen. Zack, und fertig ist das Thema.«

Eigentlich wollte Lilly in sein Lachen einstimmen, merkte aber plötzlich, dass sie kurz vorm Heulen war.

Martin war vielleicht nicht der größte aller lebenden Ermittler, aber er hatte feine Antennen. »Soll ich ihn für dich anrufen?«, fragte er vorsichtig.

Sie hob die Hand. Richtete sich kerzengerade auf. »Das könnte dem so passen.« Dann nahm sie den Hörer ab und drückte auf Hubers Kurzwahlnummer.

Zum zweiten Mal innerhalb von einer Stunde stand sie vor der Villa der Winklers, und auch diesmal hatte sie sich angekündigt. Es gebe da noch eine Sache zu besprechen, hatte sie am Telefon angedeutet.

Dieses Mal bot Ida Winkler ihr keinen Tee an, führte sie aber immerhin auch jetzt in das Vorzeigewohnzimmer.

Lilly hatte nicht vor, sich mit langem Vorgeplänkel aufzuhalten, schon deshalb nicht, weil sie heute pünktlich um vier mit der Arbeit fertig sein musste. Tobi hatte Fußballtraining und sie versprochen, endlich einmal zuzuschauen. Er war unglaublich stolz darauf, jetzt zu einer *richtigen* Mannschaft zu gehören. Wenn sie gewusst hätte, dass sie mitten in eine Mordermittlung hineinschlittern würde, dann … Aber sie konnte ihn einfach nicht versetzen.

»Frau Winkler, wir wissen, dass Ihr Mann Sie geschlagen

hat. Und wir wissen auch, dass Sie seit mehr als einem Jahr eine Affäre mit einem anderen haben. Ich hätte jetzt gerne gewusst, warum Sie uns beides verschwiegen haben.«

Ida Winklers Blick war anzusehen, dass sie bereits damit gerechnet hatte, ihr Geheimnis preisgeben zu müssen. »Wenn ich … Ich hätte mich doch zur Verdächtigen gemacht.«

»Zumindest wären Sie in den engeren Kreis der Verdächtigen gerückt«, bestätigte Lilly. »Aber das sind Sie jetzt auch.« Was sie nicht sagte, war, dass die Art und Weise, wie ihr Mann ermordet worden war, nicht zu einer Frau wie Ida Winkler passte. Und warum hätte sie ihn auf einem Feld nahe dem Salzburger Flughafen drapieren sollen? Andererseits hatte sie Zugriff auf sedierende Medikamente. Ein Gedanke blitzte auf. Vielleicht war genau das der Plan gewesen: Zuerst bringt man zwei Obdachlose um und lässt das Ganze damit wie eine Mordserie erscheinen, um schließlich den einen zu ermorden, um den es von Anfang an ging.

»Aber hätte ich ihn dann nicht schon viel früher töten können?«

»Ich frage mich, warum Sie sich nicht ganz einfach getrennt haben. Soweit ich weiß, gehört die Apotheke Ihnen.«

»Zur Hälfte«, erwiderte die Witwe. Sie sprach jetzt sehr leise. »Er meinte, das würden wir zu zweit locker schaffen. Und da habe ich ihm die Hälfte überschrieben. Damals …« Sie verstummte und schien zum ersten Mal tatsächlich gegen die Tränen anzukämpfen.

Lilly winkte ab. »Lassen wir das. Ich bin selber geschieden. Es fängt nie schon schlecht an.« Sie holte ein Taschentuch aus ihrer Handtasche und schob es Ida Winkler zu.

Die tupfte sich vorsichtig die Augen ab. »Ich war viel seltener in der Apotheke als er, von Anfang an. Ich habe damals sehr viele Kurse besucht, ich wollte Malerin werden. Aber … na ja. Und später … Die Kunden wollten alle nur noch zu ihm. Selbst wenn ich dort war. Sie haben mir nicht zugetraut, dass ich … Er hat mich vor ihnen korrigiert, geschulmeistert, ich müsse doch wissen, dass man dieses und jenes Medikament nicht einfach so kombinieren darf, ich müsse die Kunden darauf aufmerksam machen … Aber ich habe dieselbe Ausbildung wie er. Wir sind beide Pharmazeuten. Eine Trennung … Er hätte mir die Apotheke doch nie freiwillig überlassen. Und dann …«

»Dann haben Sie Schlafmittel genommen, und er war und blieb der Chef.«

»Hmmm.«

»Und jetzt gehört Ihnen die Apotheke wieder alleine.«

Ida Winkler nickte und rückte den Anhänger ihrer Kette in die Mitte ihres Ausschnitts.

»Noch mal zurück zu den Schlafmitteln. Stimmt denn wenigstens dieser Teil der Geschichte?«

Die Frau stand auf. »Möchten Sie auch ein Glas Wasser?«

Lilly bejahte.

Als sie zurückkam, standen auf dem Tablett zwei Gläser und eine Glaskaraffe, die so raffiniert geschliffen war, dass sich das Licht in allen Farben brach. Wunderschön. Vielleicht will diese Frau gar keinen Wohlstand zur Schau stellen, überlegte Lilly, vielleicht hat sie einfach nur einen unglaublich guten Geschmack.

»Ja«, beantwortete Ida Winkler schließlich die gestellte Frage, »der Teil stimmt. Allerdings nehme ich nicht nur ab und zu schlaffördernde Mittel, sondern regelmäßig. Und es sind auch keine Benzodiazepine … also, keine Valiumpräparate.« Zum ersten Mal seit Beginn des Gesprächs lächelte sie ein echtes Lächeln. »Es sind stark schlaffördernde Antidepressiva. Von ihnen geht keine Suchtgefahr aus, allerdings haben sie auch nicht denselben Effekt wie hoch dosiertes Valium. Man schläft besser, ist aber nicht wie künstlich ausgeschaltet. Man wacht also auch auf, wenn …«

»Und Sie sind aufgewacht? In der letzten Nacht?«

»Ja. Etwa um Mitternacht. Es hatte an der Haustür geläutet. Moritz muss noch auf gewesen sein, denn ich bekam mit, wie er unten an die Tür ging. Dann habe ich gehört, wie er sich seine Schuhe anzog und die Jacke vom Garderobenständer nahm. Sie kennen das sicher, dieses Klappern des Kleiderbügels. Danach wurde die Haustür geschlossen, und alles war wieder ruhig. Ich bin aufgestanden, habe mich ans Fenster gestellt und durch die Gardine gesehen, wie er zusammen mit jemandem weggegangen ist. Zu einem Auto, glaube ich.«

»Und Sie haben sich nicht gewundert?«

»Es war mir egal. Nein.« Sie unterbrach sich. »Das stimmt nicht. Ich war einfach nur froh, dass er nicht mehr im Haus war.« Sie lachte sogar leise. »Den Rest der vergangenen Nacht habe ich richtig entspannt geschlafen.«

Und gedacht, dass sich das Ganze jetzt endlich erledigt, ergänzte Lilly in Gedanken. Plausibel wäre es.

»Außerdem kam es ab und zu vor, dass die Leute nachts Medikamente brauchten.«

»Dafür gibt es doch Notdienste«, entgegnete Lilly überrascht.

»Natürlich, aber manche ... sagen wir mal ... schwierige Kunden gehen nur zum Apotheker ihres Vertrauens.« Beim Wort »Vertrauen« verzog Ida Winkler den Mund.

»Und die andere Person, konnten Sie die erkennen?«

Die Witwe schüttelte den Kopf. »Es war dunkel. Und der oder die war ganz in Schwarz gekleidet. Aber warten Sie ... Wer immer das auch war, hatte so eine eigenartige Feder am Hut. Stimmt, die Feder fand ich merkwürdig. Sie hat mich an eine Teufelsgestalt erinnert. Sie kennen doch den Teufel mit der Hahnenfeder? Der kommt in Volkssagen vor.«

Der Teufel. Da war er wieder. Und diese Zeugin war ganz und gar nicht verwirrt. »Haben Sie erkannt, ob die Person mit der Feder eine Frau oder ein Mann war?«, fragte Lilly.

»Ein Mann«, sagte Ida Winkler sofort. »Da bin ich mir jetzt sicher. Wegen der Statur. Und auch wegen des Gangs ...«

»Das Auto? Konnten Sie die Marke erkennen?«

»Wenn sie überhaupt zu einem Auto gegangen sind. Ich habe in dem Moment einfach vorausgesetzt, dass die beiden wegfahren. Ja, und ich hab mir noch gedacht, wenn den jetzt der Teufel holt, das wäre einfach ...« Sie brach ab und biss sich auf die Lippen.

»Zu schön?«, ergänzte Lilly.
Ida Winkler nickte.

Die Logik. Niemand konnte sie erkennen. Nur die Eingeweihten. Die Nummer drei war erledigt. Sie war stark gewesen, stärker als die anderen. Ein gutes Zeichen. Das Ziel rückte näher, der Widerstand wuchs. Der Knoten stand kurz davor zu platzen. Aber was hießen schon Nummern?

1, 2, 3 …?
3, 2, 1 …?
1, 3, 2 …?
3, 1, 2 …?

Keine Logik war zu erkennen, die Ziffern folgten nur dem großen Plan.

»Es war die Art zu allen Zeiten,
Durch Drei und Eins, und Eins und Drei
Irrtum statt Wahrheit zu verbreiten.«

So erkannte Mephisto die Menschen im »Faust«. Die Toren würden sich daranmachen, einen einfachen Geist entschlüsseln zu wollen. Sie würden einen Tölpel suchen, bei dem die Vier auf die Drei folgte und die Zwei auf die Eins. Aber so simpel war die Hexenküche nicht.

»Du musst verstehn!
Aus Eins mach Zehn,
Und Zwei lass gehn,
Und Drei mach gleich,
So bist Du reich.
Verlier die Vier!
Aus Fünf und Sechs,
So sagt die Hex,
Mach Sieben und Acht,
So ist's vollbracht:
Und Neun ist Eins,
Und Zehn ist keins.
Das ist das Hexen-Einmaleins!«

Die Verse waren gut. Auch wenn sie die Rede der Hexen

waren. Ihr Dichter hatte nicht zu den dunklen Mächten gehört, er hatte ihnen nur die Worte gegeben. Seine Worte.

Wie die Unberufenen bei der Ermittlung ihren einfältigen Gedanken folgten! Sie forschten falsch, ganz falsch, sie ließen die Taten nicht für sich selbst sprechen. Taten sprachen lauter als Worte. Oder Symbole. Fundorte. Fingerabdrücke. Entschlüsseltes Erbgut. Es ging um das große Ganze.

Hatte er Fieber? Dachte er im Wahn? Er durfte nicht durchdrehen, sich nicht gehen lassen – musste unbedingt durchhalten bis zur Erfüllung.

Ruhig Blut. Durchatmen. Er war nicht wahnsinnig. Alles war gut.

Er brauchte sich nur am großen Goethe und an seiner Hexenküche festzuhalten. Selbst Faust hatte gedünkt, dass die Hexe im Fieber sprach. Was hatte der Herr der Finsternis geantwortet?

»Denn ein vollkommner Widerspruch
Bleibt gleich geheimnisvoll für Kluge wie für Toren.«

Der große Plan war nichts für Schwächlinge. Es bedurfte eines starken, reinen Charakters, ihn zu erfüllen. Er war ausersehen dazu, der Erfüllung des Plans zu dienen. Weil er hinter die Fassade blickte, hinter das Offensichtliche. Wo die einfachen Gemüter nur ihr scheinbares Chaos sahen, das sie nicht durchdringen konnten, sah er die dahinter verborgenen Wahrheiten.

»Gewöhnlich glaubt der Mensch, wenn er nur Worte hört,
Es müsse sich dabei doch auch was denken lassen.«

Der Ausgangspunkt war eben falsch. Die Einfaltspinsel, sie dachten an Worte, Symbole, Spuren. Sie sahen nur die Fassade.

Keiner konnte ihn aufhalten. Keiner würde sie aufhalten.

Und deshalb würden alle anderen nur genau das sein, was die Vorsehung ihnen zumaß – das staunende Publikum. Mehr nicht.

Kulinarisch war Salzburg oft eine Zumutung. In Wien war er es gewohnt gewesen, zur Mittagspause aus der Tür zu treten und die internationale Küche vor der Nase zu haben. Aber hier an der Alpenstraße? Nichts als tote Hose! Daran dachte nämlich keiner, dass es auch Kriminalbeamte gab, die sich mittags nicht nur schnell aus dem Merkurmarkt verköstigen wollten. Es wäre doch interessant zu vergleichen, wie sich die Aufklärungsquote von Verbrechen zur Qualität der kulinarischen Grundversorgung der Polizei verhielt. Was da wohl herauskäme? Aber es half nichts, und so kaufte er sich seine obligatorische Leberkassemmel und ging damit zurück zur Polizeidirektion. Die Semmel war immer noch besser als das in jeder Hinsicht unzumutbare Kantinenessen. Seinetwegen mochte man ihn für blasiert halten, aber er konnte einem Kantinenkoch nicht trauen, der sagte, heute gebe es »Gnotschi«, und zwar mit einer »ganz leichten Tomatensoße«. Das Gnocchi-Tomaten-Trauma zu Beginn von Hubers Dienst in Salzburg. Für die Soße hatte der Dilettant offenkundig Ketchup mit Wasser verrührt. So ein Kantinenessen wäre sogar in Guantanamo verboten, da war sich Huber sicher. Also hatte er nur einen kleinen Schwarzen geordert, ihn angesehen und sofort Mitleid mit der Flüssigkeit in der Tasse bekommen. »Dieser Kaffee ruft um Hilfe«, murmelte er. Und der Dicke, der sich Koch schimpfte, sagte: »Im öffentlichen Dienst wird der Kaffee allgemein recht schwach gewünscht, von oben aus.« Woraufhin Huber den Dicken ziemlich lang und traurig angeblickt und erwidert hatte: »Mein Herr, dieser Kaffee ist nicht schwach – der ist hilflos!«

Seitdem hatte er keinen Fuß mehr in die Kantine gesetzt. Es gab Grenzen für kultivierte Menschen, wie er einer war. An der Fleischtheke des Supermarkts hatte er zuerst erfolglos nach Dijon-Senf gefragt, bis er sich dann ein Glas gekauft und an der Theke für sich deponiert hatte. Seitdem schmeckten die damit bestrichenen Fleischpflanzerl wenigstens so, dass man sie essen konnte. Es war deprimierend, was ein zivilisierter Mann in einer Welt voller Banausen ertragen musste.

Mit solchen Gedanken nahm Huber den Lift in die zweite Etage und stieg auf seinem Flur aus. Und rannte der Voithofer in die Arme, einer Kollegin, die gleich im Büro schräg gegenüber arbeitete und der er auswich, wo es ging. Erstens wegen ihres Odeurs – was immer sie da morgens aufsprühte, roch entsetzlich penetrant. Und zweitens, weil sie eine Schwätzerin war, die einen nicht aus den Fängen ließ, wenn sie einmal zugepackt hatte.

»Herr Major Huber, Sie hatten gerade Besuch, während Sie fort waren. Eine Dame, die nur Sie persönlich sprechen wollte.«

Huber scannte gedanklich kurz die Reihe der in Frage kommenden Damen, mit denen er eine persönliche Beziehung hatte, und sein Hirnprozessor errechnete als Ergebnis: null. *Nada. Niente. Zéro.* Darum sagte er nur: »Aha.«

»Ich hab mich ja auch gewundert, dass die Frau so darauf bestanden hat, mit einem so ansehnlichen Herrn«, sie zwinkerte ihm anzüglich zu, »wie Ihnen näher bekannt zu sein, aber sie hat mir partout nicht sagen wollen, worum es ging, und stattdessen mit so einer Visitenkarte gewedelt. Dabei hat sie immer wiederholt, nur mit Ihnen sprechen zu können, nur mit Ihnen allein, das sei eine Frage des Vertrauens.«

Huber googelte in seinem Innern aufs Neue nach den Stichwörtern »weibliche Person« und »Vertrauen«, aber auch diese Suchanfrage blieb erfolglos. Daher sagte er erneut: »Aha.«

Die Voithofer rümpfte nun die Nase. Ausgerechnet sie. »Ziemlich streng hat sie gerochen, die Frau, und ihre Kleidung war dreckig, löchrig und –«

Huber unterbrach sie: »War das am Ende eine der Roma-Bettlerinnen?«

Sie winkte ab. »Nein, nein, das war keine Tschuschin. Die war von hier. Früher muss die sogar mal recht hübsch gewesen sein, ist aber mittlerweile schon stark heruntergekommen. Hat mich gewundert, dass die eine Visitenkarte mit Ihrem Namen hatte. Na, jedenfalls machte sie auch einen ganz schön verrückten Eindruck, so hier.« Sie ließ ihren Zeigefinger vor der Stirn kreisen. »Und aufdringlich war die, und geplappert hat die in einer Tour, die wollte gar nicht mehr aufhören und holte kaum Luft zwischen den Wörtern – immer und immer wieder das Gleiche, dass sie ganz wichtige Informationen für Sie habe. Das muss man sich einmal vorstellen bei so einer …«

»Liebe Frau Voithofer«, ging er dazwischen, »da war also eine Dame hier –«

»Nein«, unterbrach sie ihn, »Dame war die keine. Das eben, das war Ironie.«

Er seufzte. »Gut, dann eben keine Dame. Und diese … Frau oder das Weib oder wie wir sie nun nennen, die wollte also mich sprechen. Ihren Worten entnehme ich, dass sie jetzt nicht mehr da ist?«

Die Voithofer schüttelte den Kopf.

Er sprach ganz ruhig. Überhaupt nicht genervt. Das wollte er sich abtrainieren, im Umgang mit den Mitmenschen zu überheblich zu wirken. »Hat denn diese Dame«, er dehnte das a, »einen Hinweis darauf hinterlassen, wie sie zu erreichen ist?«

Jetzt schaute die Voithofer ihn an, als wäre er schwer von Begriff. »Das war doch so eine Vagabundin, so eine Obdachlose!« Sie schien nach dem richtigen Wort zu suchen, bis sie schließlich herausplatzte: »Na, eine Sandlerin halt. Meinen Sie, die hätt mir ihre Anschrift und ihre Handynummer dagelassen? Sie kennen die Frau doch, denke ich.«

Huber ließ seine Stimme ganz sanft klingen. Und sprach ganz leise und langsam. Möglich, dass das für Außenstehende so wirkte, als würde er einer Dreijährigen etwas erklären, aber er gab sich wirklich Mühe, die ihm oft nachgesagte Arroganz abzulegen und – wichtiger noch – der Kollegin nicht den Hals umzudrehen: »Liebe Frau Voithofer: Zunächst einmal ist ›Sandlerin‹ ein sehr abwertender Begriff und höchst fragwürdig. Da ich gerade in einer Mordsache ermittle, wäre es wirklich wichtig, Kontakt zu der Dame aufnehmen zu können. Haben Sie wirklich keinen Hinweis?«

Sie zuckte mit den Achseln. »Sie sagte noch, dann würde sie jetzt eben wieder auf ihren Berg gehen. Das war dann wohl eine der Sand… der Obdachlosen vom Kapuzinerberg. Eine aus den Wehrtürmen.«

Verschwendete Worte. Und wie viele davon! Manchmal meinte er, Menschen sollten Geld bezahlen für die Anzahl ihrer Wörter, so wie früher beim Aufgeben von Telegrammen. Oder bei Ferngesprächen früher am Telefon – da hatte man sich auch vorher überlegen müssen, was man sagte, dass man nicht zu viel herumschwafelte; das war dann nämlich teuer. Aber heute war Telekommunikation ja praktisch kostenlos, da konnte jeder plappern, schwadronieren und palavern – sinnlos und ohne Informationsgehalt, einzig und allein, um viel zu reden, aber nichts zu sagen! Und schuld daran waren die neuen Medien! Soziale Dampfplauder-Anstalten! Ein Horror! Und das schlug sich auch in persönlichen Gesprächen nieder. Weil Sprechen ja angeblich nichts kostete – doch! Das tat es sehr wohl! Es kostete Zeit, seine Lebenszeit nämlich, die sinnlos vergeudet wurde. Aber das sagte Huber der Kollegin selbstverständlich nicht. Er war ja ein zivilisierter Mann. Daher räusperte er sich und fasste zusammen: »Da war also eine Obdachlose vom Kapuzinerberg hier, wollte mich dringend sprechen und ist jetzt wieder oben bei den Wehrtürmen. War's das?« Die Voithofer öffnete den Mund, aber er war schneller: »Oder wollten Sie nur eine Weile tratschen, weil Ihnen so fad ist?«

Wieder öffnete sie den Mund, diesmal allerdings als Zeichen von Perplexität, und er ließ sie stehen. Stolz auf die Verbesserung seiner Sozialkompetenz. Noch vor ein, zwei Jahren wäre er der Voithofer mit ihren Wortkaskaden über den Mund gefahren. Das hatte damals schon mit der Manuela immer zu so hässlichen Eskalationen geführt, wobei die auch so unnützes Zeug quasseln konnte, so redundant und unerheblich. Und trotzdem war's besser, man ließ die Frauen erst einmal ausreden. Besonders die Frauen. Da brauchte die Voithofer jetzt auch gar nicht so biestig zu gucken. Schließlich hatte er aus dem Wust ihrer Silbenbrocken erst einmal mühsam das Wesentliche herausdestillieren müssen. Sie aber sah ihn an, als würde sie ihm gleich die Zunge herausstrecken.

So – er machte auf dem Absatz kehrt, verließ die Polizeiinspektion und marschierte Richtung Kapuzinerberg.

Von der Linzer Gasse bog er durch einen Torbogen in den Stefan-Zweig-Weg ein und ging zu den Wehrtürmen hinauf. In Frage kam nur der Zweierturm; die anderen waren seit ein paar Jahren nicht zugänglich. Der Wind stand günstig – oder ungünstig, je nach Betrachtungsweise, jedenfalls roch er sein Ziel schon, bevor er den Wachturm mit den Habseligkeiten der Obdachlosen erblickte.

Und dort sah er bereits eine Frau, die vor dem Turm hin und her lief und dabei ohne Unterlass redete und mit den Armen fuchtelte. Huber ging auf sie zu, blieb etwa fünf Meter entfernt von ihr stehen und beobachtete sie. Die Frau schien ihn nicht zu bemerken. Auch ihre Worte konnte er nicht verstehen. Na sauber! Schließlich räusperte er sich – noch immer ohne Reaktion – und sprach die Verwirrte an: »Entschuldigen Sie bitte! Huber, Kripo Salzburg.« Er zückte seinen Dienstausweis und hielt ihn in ihre Richtung. »Wenn ich richtig informiert bin, haben Sie in der Polizeidirektion Alpenstraße nach mir gesucht und hatten eine Visitenkarte mit meinem Namen dabei. Ging es vielleicht um die ermordete Frau Meierhofer?«

Sie wandte sich um, breitete die Arme aus und kam auf ihn zu. »Der Teufel hat die Tina bezahlt. Da müsst ihr was tun! Er hat sie geholt, und jetzt will er uns auch holen. Hilf uns, bitte!« Sie fiel ihm um den Hals und presste den Kopf an seine Schulter. »Ich hab das Geld gefunden, für das die Tina in die Hölle gegangen ist. Dreihundert Euro. Die hat er ihr gezahlt.«

Huber drückte die Frau sachte von sich weg, hielt sie aber weiter an den Schultern fest. »Wollen wir uns nicht erst einmal setzen? Und dann erzählen Sie mir in aller Ruhe von dem Geld und was es damit auf sich hat.«

Vor dem Zweier standen drei Klappstühle um eine Feuerstelle herum. Huber nahm auf einem davon Platz und deutete auf einen der anderen. Dabei bin ich doch hier gar nicht der Gastgeber, dachte er. Aber es war ihm wichtig, das Gespräch in ruhige Bahnen zu lenken. Sitzen half. Sitzen und ein guter Espresso. Nur war kein Espresso da. Dann eben wenigstens sitzen. »Wie ist denn bitte Ihr Name?«, fragte er.

Die Frau nestelte an ihrer braunen Weste, zog einige Fünfzig-Euro-Scheine hervor und fächerte sie vor Huber auf. »Das sind die dreihundert Euro. Das Geld aus der Hölle.«

Er räusperte sich. »Gnädigste …«

»Ich bin die Hedi, der Tina ihre beste Freundin!«, rief sie.

»Werte Frau Hedi – es gibt weder Hölle noch Teufel. Und ganz sicher gibt es für dieses Geld eine ganz natürliche Erklärung. Mit Tina meinen Sie Frau Martina Meierhofer? Haben Sie das Geld bei deren Sachen gefunden?«

Sie ging gar nicht auf ihn ein, war ganz in ihrem Wahn gefangen. »Die Tina hat es mit dem Teufel getrieben. Und der Kilian war der Huantreiber.«

Huber beugte sich vor. »Sie meinen, dass Frau Meierhofer sich prostituiert hat und einen Zuhälter namens Kilian hatte?«

Sie fuchtelte weiter mit den Scheinen herum. »Unter seiner Isomatte hab ich's g'funden. Das Huangeld.«

Huber faltete die Hände zwischen den Knien. »Wo ist denn der Herr Kilian jetzt?«

Sie schaute auf, streckte einen Arm aus und zeigte hinter ihn. »Da kommt er schon. Für seinen Dirnenlohn. Der Satanshelfer!«

Er drehte sich um. Tatsächlich sah er einen Mann in etwa zehn Metern Entfernung. Der Unbekannte schien gut trainiert zu sein. Mit ein paar schnellen Sätzen legte er die Distanz zurück, war an Huber vorbei und griff nach den Geldscheinen in der Hand der Verwirrten. »Gib das her! Das ist meins! Du alte Hexe!«

Die Frau ließ sich die Scheine widerstandslos abnehmen, hob ihre Arme abwehrend und schrie dabei: »Ich bin keine Hexe, aber du, du bist der Teufel!«

Jetzt wandte der Unbekannte sich drohend Huber zu, der dabei erneut feststellte, wie gelenkig und trainiert der andere war. »Und wer bist du? Was hast du mit meinem Geld zu schaffen, hä?«

Huber erhob sich und zückte auf formelle Art seinen Dienstausweis. »Salzburger Polizei, wenn Sie gestatten. Major Sigmund Huber. Sind Sie Herr Kilian?«

Der Mann schaute ihn an, wie man jemanden anschaut, der die gesellschaftlichen Gepflogenheiten nicht einhält. »Ich bin der Kilian, du Kasperl von der Polizei. Was hast hier zu suchen? Hier gibt's nix zum Schnüffeln.«

Huber verhielt sich weiterhin ausgesucht förmlich. »Darf ich fragen, wie Sie in den Besitz dieser sechs Fünfzig-Euro-Scheine gelangt sind?«

Kilian schüttelte die Fäuste. »Das geht dich gar nichts an! Das ist mein Geld und basta!«

Huber blieb sachlich. »Im Laufe der Ermittlung in anderer Sache tauchte die Vermutung auf, dass sich die verstorbene Frau Meierhofer für finanzielle Gegenleistungen sexuell hingegeben und ihr Entgelt dann hier am Wehrturm verwahrt hat.«

»Deifö-Huantreiber!«, schrie Hedi.

»Halt's Maul!«, schrie Kilian zurück und trat bedrohlich nahe auf Huber zu. »Ich hab niemals kein Geld von der Tina genommen, keinen Dirnenlohn und auch sonst nichts. Schreib dir das hinter deine Ohren, du Wurschtl!« Kilian gehörte offenbar zur jähzornigen Sorte Mann. Er war puterrot, seine rechte Hand schoss auf Hubers Hals zu, anscheinend, um ihm zu demonstrieren, wie er sich die Worte hinters Ohr schreiben sollte.

Situationen wie diese übte Huber seit über zwei Jahrzehnten im Aikido. Wichtig war die Ruhe. Wer den Kopf verlor, hatte auch den Kampf schon verloren. Das erste Zucken von Kilians Schulter hatte er bereits registriert. Nun sah er die Hand wie in Zeitlupe auf sich zukommen, setzte den linken Fuß vor, drehte sich nach rechts, ergriff den Arm und zog ihn mit einer weiteren Drehung so weit nach unten, bis die Hand den Boden berührte. Kilians Rumpf drückte er nach oben, während sein Knie gegen dessen Ellbogen presste. Der Arm würde brechen, sollte Huber das Gewicht auf das Knie verlagern. Kilian ächzte. Huber dagegen war nicht einmal außer Atem.

»So, Herr Kilian oder wie auch immer Sie mit Familiennamen heißen mögen – halten Sie es jetzt für möglich, dass wir uns zivilisiert unterhalten?«

»Du kannst mich mal, bleder Kiberer!«

Huber erhöhte den Druck seines Knies auf den Ellbogen.

»Aaah! Is ja gut! Ich werd friedlich.«

Er ließ Kilian los. »Gandhi sagt: ›Es gibt keinen Weg zum Frieden. Der Frieden ist der Weg.‹«

»Oberg'scheiter!« Der Obdachlose rieb sich seinen Arm.

Huber hockte sich neben ihn. »Dann noch einmal von vorn: Darf ich fragen, wie Sie in den Besitz dieser sechs Fünfzig-Euro-Scheine gelangt sind?«

Der andere schien jetzt gezähmt. Er brummte: »Ich hab s' gefunden auf dem Basteiweg. In einem Geldbörsel. Die Scheine hab ich rausgenommen, das Börsel weggeschmissen. Hab mich so gefreut, dass ich auch einmal Glück hab. Aber hat ja wohl nicht sollen sein.«

»Wann haben Sie das Portemonnaie gefunden?«

»Ist noch keine Woche her. Vor ein paar Tagen. Als das Wetter so schön war am Mittag.«

Huber sah, dass der Mann log. Was brachte es dann, ihn weiter zu befragen? Etwas anderes als die Geschichte vom Fund konnte man ihm nicht beweisen; er würde also einfach weiterlügen. Und die andere Obdachlose war eher ein Fall für die Psychiatrie als für ein Polizeirevier. Aber er konnte ja noch Fragen zur Ermordeten stellen: »Hat sich Frau Meierhofer prostituiert?«

»Das weiß ich nicht!«, rief Kilian. »Und das geht mich auch nichts an. Aber wenn sie's getan hat, dann hätte sie bestimmt nicht mich als Zuhälter gebraucht. Ab und zu kommen so rechtschaffene Bürger aus der Stadt herauf und machen Angebote. Der Tina, aber auch mir. Vielleicht hat sie das eine oder andere Mal angenommen, was weiß ich.« Er machte eine Pause. »Die dreihundert Euro, kann ich die nicht vielleicht doch behalten?«

Huber machte eine wegwerfende Handbewegung. »Ich kümmere mich um Mord. Ihr«, er malte mit den Fingern Anführungszeichen in die Luft, »›Fund‹ geht mich dienstlich nichts an.« Er wandte sich zum Gehen und drehte dann doch noch einmal um. »Ach, sagen Sie: Was bieten denn die rechtschaffenen Bürger so, wenn sie hier heraufkommen?«

Kilian zuckte mit den Schultern. »Das hätten Sie die Tina fragen müssen. Ich hab mich darauf nie eingelassen.« Er grinste boshaft. »Ich kann mich aber nach den Tarifen umhören, wenn es Sie persönlich interessiert.«

Huber machte sich wieder an den Abstieg. Selbst wenn Martina Meierhofer sich prostituiert hatte – er konnte sich nicht vorstellen, dass sie ihr Entgelt in sechs Fünfzig-Euro-Scheine gewechselt hatte. Und sechs Nummern für jeweils fünfzig Euro? Das erschien ihm reichlich viel für eine heruntergekommene Obdachlose.

Wieder in der Linzer Gasse, überlegte er einen kurzen Moment lang, ob er sich noch in eines der Cafés setzen sollte, ließ es dann aber bleiben. In der Dienststelle wartete Arbeit auf ihn.

Lilly sah auf die Uhr: halb eins. Kein Wunder, dass sie Hunger hatte. Sie fragte Martin, ob sie ihm etwas zum Essen mitbringen solle, aber der lehnte ab. Schließlich machte sie sich auf den Weg zum Griechen direkt nebenan, wo sie einen großen Salat zum Mitnehmen bestellte und sich setzte, während sie wartete.

Als sie gerade zahlen wollte, klingelte ihr Handy. Der Anrufer stellte sich als Pater Pius vom Konvent St. Peter aus Salzburg vor. Er entschuldigte sich, dass er erst jetzt anrief, und bot ihr zum Ausgleich an, sich noch heute mit ihr zu treffen. Lilly überlegte kurz: Wenn sie in der nächsten halben Stunde losfuhr, war sie spätestens um zwei Uhr in Salzburg und konnte es noch bis vier zu Tobis Fußballtraining schaffen. Allerdings würde sie Huber zu dem Gespräch dazubitten müssen. Und das mit ihren Zeitvorgaben, na wunderbar!

Aber der Alleinerzieherinnenfeind gab sich überraschend handzahm, so wie auch schon vorhin, als sie ihm von ihrem ersten Besuch bei Ida Winkler berichtet hatte. Natürlich, das könne er gut verstehen, Fußball sei für Buben ja immer etwas sehr Wichtiges. Er sei zwar gerade noch in der Nähe vom Kapuzinerberg, aber er werde sich bemühen, pünktlich beim Kloster auf sie zu warten.

»Ach, übrigens«, sagte Lilly, ehe er wieder auflegen konnte. »Den Liebhaber der Frau Apothekerin können wir wohl vorerst außer Acht lassen. Auch sie hat nämlich den Teufel gesehen. Genau genommen einen Menschen mit Hahnenfeder auf dem

Hut. Er hat um Mitternacht mit ihrem Mann das Haus verlassen. Und Ida Winkler ist völlig klar, keine Spur von geistiger Verwirrung.«

»Eine Hahnenfeder?« Sie hörte Huber lachen.

»Haben Sie nie den ›Krabat‹ gelesen, von Preußler? Da gibt's den Herrn Gevatter, der auch als der Mann mit der Hahnenfeder beschrieben wird.«

Ja, das sei sicher alles sehr schön, meinte Huber, aber er stecke selbst gerade mitten in den Ermittlungen, und das könnten sie ja alles nachher noch besprechen.

Pater Pius aus dem Benediktinerstift St. Peter war klein und korpulent und Lilly auf Anhieb sympathisch.

»So wie Sie könnte ich mir wirklich einen Engel vorstellen«, sagte er zur Begrüßung am Eingangsportal und lächelte breit. Jeden anderen hätte Lilly für so einen Satz sofort geköpft, aber nicht diesen Mann.

»Danke«, sagte sie, ebenfalls mit einem Lächeln, und fasste die Locken am Hinterkopf zu einem Zopf zusammen, der sofort wieder auseinanderfiel, als sie losließ. »Aber versuchen Sie mal, so ein Engelshaar vernünftig zu kämmen.«

»Ja, alles hat seine Vor- und Nachteile. Aber es schaut wirklich sehr, sehr hübsch aus.«

»Nur reizen sollten Sie den Engel nicht«, schaltete sich jetzt Huber ein. »Dann holt er nämlich seinen Besen raus und fliegt auf den Blocksberg.« Er lachte aufgeräumt und legte dann seine Hand auf ihren Arm. »Das gerade war nur ein Witz.«

Pater Pius bat sie ins Innere des Klosters und schloss die große Pforte wieder. »Sonst haben wir in zwei Minuten den ganzen Hof voller neugieriger Touristen«, sagte er zur Erklärung.

Er ging ihnen voraus ins Gebäude, und ehe Lilly noch einen weiteren Blick auf die großartige Anlage werfen konnte, öffnete er ihnen eine der vielen Türen, führte sie durch mehrere Gänge und bat sie schließlich in ein kleines Besprechungszimmer. Er fragte, was sie gern trinken würden, und entschuldigte sich anschließend kurz.

Was jetzt?, dachte Lilly. Wir können hier doch nicht wie zwei pubertierende Jugendliche sitzen, die nicht wissen, wie sie miteinander umgehen sollen. Die Auseinandersetzung in Hubers Dienststelle hing ihr immer noch nach. Klar, sie hatte ihm Kontra gegeben, aber darum änderte sich einer wie er doch nicht.

Doch Sigmund Huber schien ihre Verunsicherung nicht zu teilen und grinste sie stattdessen an. »Offenbar muss man im Zölibat leben, um Ihnen ungestraft Komplimente machen zu dürfen.«

»Als wenn Sie das jemals getan hätten, das mit den Komplimenten«, sagte Lilly und seufzte.

Huber war tatsächlich außergewöhnlich gut aufgelegt. »Und ordentlich angezogen sind Sie inzwischen auch«, witzelte er. Wieder dieses dreiste Grinsen.

»Ich habe dasselbe an wie vorhin. Nur das Top mit dem gewagten Ausschnitt habe ich gegen einen Pullover getauscht«, erwiderte sie und betonte dabei das ›gewagt‹. »Mir war ganz einfach kalt.«

»Sie möchten also von mir Auskünfte zu den Obdachlosen«, sagte Pater Pius, nachdem er vor sie beide eine Tasse Kaffee gestellt hatte. Wasser mit Farbe, dachte Lilly nach einem kurzen Blick. Sigmund Huber hatte in seinem Büro definitiv den besseren. Sie trank trotzdem ein paar Schlucke, um nicht unhöflich zu wirken. Huber tat es ihr gleich. Ohne eine Miene zu verziehen. Na also, er konnte ja doch.

»Entschuldigung, jetzt habe ich doch tatsächlich …« Wie ein Pfeil sauste der Priester schon wieder aus dem Zimmer und kam kurz darauf mit einer bis über den Rand mit Kuchen gefüllten Schale zurück. Er gab jedem von ihnen eine Serviette. »Teller habe ich leider so schnell nicht finden können«, entschuldigte er sich.

So dürftig, wie der Kaffee aussah, so appetitlich war der Kuchen. Der Salat vom Griechen war heute doch nicht genug gewesen, das wurde Lilly bei dessen Anblick klar. Wie gebannt starrte sie auf die Kalorienbomben.

»Bitte!«, erklärte der Ordensgeistliche noch einmal und wiederholte die auffordernde Geste. »Vom Anschauen werden Sie nicht satt und die Stückerl nicht weniger.«

Huber nahm sich ein Höflichkeitsstück. Okay, wenn er zugriff, dann durfte sie auch.

Genau das hatte sie gebraucht, stellte sie fest, als der Schokokuchen in ihr verschwunden war. Ganz genau das. Und da lagen noch so viele andere Sorten. Mit Creme gefüllt, mit Obst belegt und schlichter Butterkuchen.

Pater Pius bemerkte ihren Blick und lachte. »Nicht zieren, sie sind wirklich zum Essen da!«

Aber für Huber schien die Mahlzeit jetzt beendet. Ja, erklärte er und legte demonstrativ die Serviette auf den Tisch, sie hätten tatsächlich gern Auskünfte zu den Obdachlosen. Genau genommen nur zu einer, zu einer gewissen Martina Meierhofer. Er machte eine Handbewegung in Lillys Richtung und bedeutete ihr damit, dass er die genauen Erklärungen ihr überließ.

Super Timing! »Moment.« Sie versuchte, deutlich zu sprechen, aber mit dem Mund voller Kuchen war das nahezu unmöglich.

Wieder lachte der Pater. »Nicht hetzen beim Essen. Ich habe Zeit.«

Huber bedachte sie mit einem Blick, der sagte, dass sie jetzt entweder freiwillig mit dieser Kuchenschaufelei aufhören könne oder er ihr ansonsten den Teller wegnehmen werde. Sie wurde rot. Mist!

Pater Pius schien von ihrer Verlegenheit nicht viel mitzubekommen. »Wenn Sie wollen, kann ich auch noch in der Küche nachschauen ... Wir hatten einen großartigen Schweinsbraten heute Mittag, mit Semmelknödeln.«

Hubers Blick war eindeutig. Wehe!

Also lehnte Lilly freundlich ab. Sie seien ja nicht hier, um zu essen. »Frau Meierhofer ist ermordet worden.« Sie hasste es, diesen Satz sagen zu müssen. Und tatsächlich wirkte der Priester regelrecht schockiert.

»Die Tina, mein Gott. Wer sollte denn etwas gegen die Tina

haben?« Er setzte die Kaffeetasse ab, die er gerade in der Hand gehalten hatte. Jetzt zitterte die Hand.

Lilly erzählte alles, was sie bisher wussten. Obwohl sie es lieber nicht getan hätte, schilderte sie auch die Art und Weise, wie die Obdachlose ermordet worden war. Schließlich kam sie auf die angebliche Tochter zu sprechen, der die Bettlerin Geld hatte geben wollen.

Pater Pius schüttelte den Kopf. »Die Tina hat … hatte keine Kinder. Aber …« Er zögerte eine Weile, bevor er wie zu sich selbst sagte: »Nein, das war kein Beichtgespräch …«

»Wenn es keines war, müssen Sie uns sogar erzählen, was Sie gerade gedacht haben«, meinte Huber und klang dabei sehr behutsam. »Es geht um eine Mordermittlung, und wir befürchten, dass noch weitere Morde auf das Konto desselben Täters gehen. – Und auch in Zukunft gehen werden. Wenn wir das Ganze nicht beenden«, ergänzte er nach einer kleinen Pause.

Pater Pius legte beide Hände vor sich auf den Tisch, hob den Kopf und sah Huber und Lilly direkt an. »Kinder gehabt hat die Tina, also Frau Meierhofer, nicht. Aber sie war mehrfach schwanger und hat diese Schwangerschaften abgebrochen. Ich weiß nicht, wie oft, aber ich schätze, an die vier- bis sechsmal dürften es gewesen sein.«

Huber zog scharf die Luft ein. »Das ist häufig«, murmelte er.

»Leider«, meinte Pater Pius traurig. »Sie hat in einem Bordell gearbeitet, im Laufhaus, direkt vor der Grenze auf dem Weg nach Bad Reichenhall. Damals, als sie noch sehr viel jünger war. Offenbar gab es mehr Geld, wenn sie auf die Kondome verzichtete. Sie war wohl sehr gefragt.« Er zuckte mit den Schultern. »Ich kenne Fotos aus der Zeit, die Tina hatte so etwas … so etwas Barockes. Ich kann mir schon vorstellen, dass manche Männer genau das wollten. Damals war noch ein bisserl was dran an ihr, dieses Verbrauchte, das kam erst später.«

»Und jetzt hat sie wieder angeschafft«, ergänzte Lilly. »Zumindest sagen das ihre Gefährten auf dem Kapuzinerberg.«

Pater Pius nickte.

»Geld haben wir keins bei ihr gefunden, aber das kann der Mörder auch mitgenommen haben.«

»Sie hat doch kaum was bekommen«, erwiderte der Priester. »Heute konnte sie sich ihre Kunden nicht mehr aussuchen. Und auch nicht mehr den Preis bestimmen. Ich zeige Ihnen nachher etwas, aber ich glaube, Sie haben erst noch weitere Fragen an mich.«

»Das stimmt«, meinte Lilly. »Hat sie Ihnen etwas von einem Mann erzählt, von dem sie sich bedroht fühlte?«

»Das hat sie«, bestätigte der Pater, »angeblich ist der Teufel mit rotem Licht und Hahnenfeder zu ihr gekommen und hat ihr gesagt, er würde sie sich holen, weil sie ihre Kinder umgebracht hat. Er würde ihr aber noch eine Chance geben, den Höllenqualen zu entgehen, sollte sie aufhören, ihren Körper zu verkaufen.« Er stützte sein Gesicht in die Hände. »Meine Güte, was hat sie für Angst gehabt.«

»Haben Sie ihren Erzählungen geglaubt?«, fragte jetzt Huber, und in der Frage klang tatsächlich kein bisschen Spott oder Geringschätzung mit. Allmählich verstand Lilly, warum er den Ruf hatte, in Verhören sehr geschickt zu sein. Es war sein Einfühlungsvermögen. Wie gesagt, er konnte, wenn er wollte.

Pater Pius nahm die Hände wieder vom Gesicht. Sie zitterten nicht mehr. »Ich war mir nicht sicher. Einerseits war sie jedes Mal so aufgewühlt, dass ich mir vorstellen konnte, da macht ihr jemand große Angst. Andererseits hätte die Tina dringend in psychiatrische Behandlung gehört. Ich bin kein Facharzt, aber ich denke, sie hat an Wahnvorstellungen gelitten und – das hängt damit wohl zusammen – auch sonst nicht ganz in der Realität gelebt. Sie hatte so eine Art religiöses Erweckungserlebnis, hat sich aber auch ihr eigenes Gottesbild mit eigenen Riten zusammengebastelt. Wir erleben so etwas öfter. Mit dem Glauben an die christliche Lehre hat das nicht immer etwas zu tun.«

»Sie wollte hier ins Männerkonvent aufgenommen werden, richtig?«, fragte Lilly.

»Das auch, ja. Und wenn sie sehr erregt war oder dieser

Wahn sie fest genug im Griff hatte, dann hat sie ein schreckliches Spektakel aufgeführt, hinten im Hof beim Kloster-Gasthaus«, ergänzte er.

Lilly kannte den Innenhof. Wenn man dort laut genug schrie, hallte der Lärm vermutlich von den Wänden wider.

»Ab und zu haben einige meiner Mitbrüder die Polizei geholt. Wir konnten sie ja schlecht bei uns aufnehmen«, fügte er entschuldigend hinzu. »Erstens, weil wir eben ein Männerkloster sind, und zweitens, weil wir damit gar nicht erst anfangen dürfen. Das klingt für Außenstehende vielleicht hart oder gar borniert, aber wenn die Klöster der einen Obdachlosen Unterkunft gewähren, dann werden sie über kurz oder lang zum Asyl für alle. Und für Obdachlose gibt es nun einmal andere Übernachtungsmöglichkeiten.«

»Das Haus Antonius zum Beispiel«, sagte Huber.

Der Pater nickte. »Ja, der Leiter des Hauses, Herr Brugger, ist ein guter Bekannter von mir. Er führt das Haus gut. Leider fehlen ihm immer wieder ehrenamtliche Helfer.«

»Kennen Sie auch die Obdachsuchenden dort?«, erkundigte sich Huber, und Lilly konnte eine gewisse Aufregung in seiner Stimme hören. »Die Roma?«

»Etliche, ja«, entgegnete Pater Pius ein wenig verwundert.

Huber holte das Bild des ermordeten Jungen heraus und zeigte es ihm.

Der Geistliche nickte. »Das ist Janero Burhan! Was ist mit ihm?« Er brach ab und sah Lilly und ihren Kollegen an, Entsetzen im Blick. »Sagen Sie nicht, dass auch er …?«

Huber nickte stumm.

»Er ist gerade achtzehn geworden. Ich habe ihm ein bisschen Deutsch beigebracht. Er wollte mehr aus seinem Leben machen, als nur zu betteln. Er …« Wieder konnte er nicht weitersprechen und rang sichtlich um Fassung.

Lilly warf Huber einen verstohlenen Blick zu, der nickte. Sie mussten dem Mann Zeit lassen. Pater Pius starrte vor sich hin, schien mit seinen Gedanken irgendwo weit weg zu sein. Lilly und Huber warteten.

Nach einer Weile wandte der Priester sich wieder den beiden Ermittlern zu. »Ich habe Janero gut gekannt, so wie viele der Roma. Die meisten kommen zum Betteln nach Salzburg. Sobald sie ein bisschen Geld zusammenhaben, bringen sie es nach Hause. Und ein paar Wochen später sind sie zurück und sitzen wieder auf der Straße. Das ist kein schönes Leben, glauben Sie mir.«

»Sicher nicht«, sagte Huber und trank einen Schluck kalten Kaffee. Für Lilly sah es so aus, als versuchte er, eine kleine Pause vor seiner nächsten Frage zu machen. »Hat Ihnen dieser Junge, Janero, auch etwas vom Teufel erzählt?«

Pater Pius wirkte erstaunt. »Nicht dass ich mich erinnern könnte.« Er schloss die Augen und dachte nach. Dann schüttelte er den Kopf. »Nein, den Teufel hat er nie erwähnt. Janero war nicht so … hm … leichtgläubig oder schnell in Angst zu versetzen. Er war ehrgeizig, zielstrebig. Ich glaube, er hätte geschafft, was er sich vorgenommen hat. Er war einer von denen, die jeden Job annehmen, den man ihnen anbietet. Dann hätte er weitergelernt. Er wollte etwas erreichen, verstehen Sie?«

»Aber er hatte keine Arbeit?«, fragte Lilly. Sie fühlte sich mehr denn je in der Schuld dieses unbekannten Jungen, dessen Leiche sie und Martin einfach achtlos über die Grenze gelegt hatten.

»Zunächst hätte er eine Arbeitserlaubnis gebraucht. Außerdem sind die Vorbehalte gegen die Roma groß. Und er konnte sich kaum verständlich machen, er hatte ja erst angefangen, Deutsch zu lernen.«

»Eine ältere Roma hat etwas vom Teufel oder einem Dämon gesagt, als ich ihr das Bild des Jungen zeigte«, begann Huber noch einmal. »Sie war völlig außer sich.«

»Sie sprechen vermutlich von Eugenia. Eine kleine, sehr korpulente Frau?«

Huber nickte.

»Auf sie dürfen Sie nicht viel geben. Eugenia ist ein bisschen wirr im Kopf.«

»Trotzdem redete auch sie von einem Teufel. Oder vielmehr von einem Mann, den sie anscheinend für den Teufel hält.«

»Merkwürdig ist das schon.« Der Pater überlegte eine Weile. »Jemand scheint Menschen Angst zu machen, die auf der Straße leben. Warten Sie kurz!« Er stand auf und bedeutete Lilly und Huber, sitzen zu bleiben.

»Nicht nur den Obdachlosen«, sagte Lilly, als sie allein waren. »Auch die Frau des Apothekers hat jemanden gesehen.«

»Hm.« Huber nickte. »Und die streut unserem Leibhaftigen nachträglich sogar noch Rosen dafür, dass er ihren Mann einkassiert hat.«

Lilly musste lachen. »Ich würde mich nicht wundern, wenn sie ihn vorher persönlich bestochen hätte.«

»Schon mal daran gedacht, dass das alles ein großes Ablenkungsmanöver der guten Ida und ihres bislang noch immer unbekannten Liebhabers sein könnte?«, fragte Huber, und Lilly bejahte.

Außerdem fiel ihr jetzt ein, dass sie tatsächlich vergessen hatte, Ida Winkler nach dem Namen des Mannes zu fragen. Verdammt, wie unprofessionell konnte man eigentlich sein? »Aber dafür finde ich die Wahl der Opfer etwas zu willkürlich. Auch in Reichenhall und Umgebung gibt's Obdachlose.«

»Die Willkür könnte Absicht sein.«

Sie verstummten, als die Schritte des Priesters näher kamen.

Pater Pius stellte eine große Metallschatulle auf den Tisch und holte unter seinem Habit einen Schlüssel hervor. »Von der hier«, er deutete auf die Schatulle, »wissen Sie offiziell nichts.«

Lilly und Huber sahen sich an. Beiden war klar, dass sie das Geheimnis des Priesters, worin auch immer es bestehen mochte, nicht unter allen Umständen für sich behalten konnten.

»Versprechen kann ich es Ihnen leider nicht«, erwiderte Huber demzufolge, »aber zeigen sollten Sie es uns auf jeden Fall, was immer es ist.«

Der Pater drehte den Schlüssel herum und klappte den Deckel des Metallkastens nach oben.

Lilly und Huber beugten sich gleichzeitig nach vorn. Das Innere der Schatulle war in mehrere kleine Fächer unterteilt, in denen je ein Briefumschlag lag. Die einzelnen Umschläge waren mit Namen versehen und nicht zugeklebt.

Pater Pius nahm einen davon heraus, auf dem Lilly »Martina« lesen konnte. Er öffnete ihn und legte hundert Euro in Zehnern und Zwanzigern auf den Tisch. »Das sind Martina Meierhofers Einnahmen der vergangenen zwei Monate. Viel hat sie nicht mehr bekommen für ihre Dienste. Und das hier«, er nahm einen weiteren Umschlag heraus und zog ein paar Fünf-Euro-Scheine hervor, »das hier sind die Bettel-Einnahmen von Janero. Und dann noch Geld für andere Dienste, wenn Sie verstehen, was ich meine. Solche wie die von Martina angebotenen, nur eben als Knabe. Janero hatte offizielle Einnahmen für den Clan und inoffizielle.«

Lilly und Huber nickten. Dann sagte Huber: »Ich dachte, die Roma wären nicht in Clans organisiert?«

»Natürlich nicht«, erwiderte Pater Pius lakonisch.

»Und das in den anderen Umschlägen, das ist ...«

»Richtig.« Der Pater steckte die Geldscheine wieder in die Umschläge zurück.

»Seit wann verwahren Sie dieses Geld, und wer weiß davon?«, erkundigte sich Lilly.

»Seit ungefähr zwei Jahren. Für viele Roma ist es dieses Geld, mit dem sie ihren Familien zu Hause wirklich helfen. Haben Sie einmal Bilder von den Baracken gesehen, in denen diese Menschen hausen?«

»Ja«, entgegnete Huber knapp. »Man möchte am liebsten hinfahren und helfen.«

Lillys Erstaunen wuchs von Minute zu Minute. Sollte der Herr Major mit den Designerklamotten am Ende so etwas wie sozial ambitioniert sein? Oder sogar empathisch? Sie musste daran denken, dass er sich schon vorgestern in seinem Büro ähnlich einfühlsam gezeigt hatte.

»Vergessen Sie den ominösen Teufel«, riet der Priester. »Eher befürchte ich, dass jemand Wind von diesem Depot bekommen hat und Janero den Aufbewahrungsort nicht preisgeben wollte.«

»Was ist mit Martina Meierhofer? Sie hat zu keinem Roma-Clan gehört«, gab Lilly zu bedenken.

»Aber auch für sie waren hundert Euro eine ordentliche Summe. Was, wenn jemand davon erfahren hat? Mord aus Gier wäre nicht das ungewöhnlichste Motiv.«

»Sie hat es für ihre Tochter gesammelt ...«, meinte Lilly.

Und Huber ergänzte: »Die sie nie hatte.«

»Was hat sie Ihnen denn über diese angebliche Tochter erzählt?«, fragte Lilly.

Der Pater zuckte mit den Schultern. »Viel und gar nichts. Sie war ja häufig nicht ganz klar, hat halluziniert oder sich Dinge zusammenphantasiert. Der viele Alkohol über all die Jahre ...« Er sah die beiden an, wie um sicherzugehen, dass er nicht erläutern musste, was er meinte.

Lilly nickte, und Huber sagte sachlich: »Drogeninduzierte psychische Störungen.«

»Genau. In den Momenten, in denen sie wusste, was sie getan hatte, wollte sie Seelenmessen für die ungeborenen Kinder bestellen. In anderen Momenten Babykleidung kaufen. Aber von der Idee konnte ich sie meist abbringen. Und einmal«, er lächelte schwach bei der Erinnerung, »kam sie mit einer Tüte voller Gläschen mit Babynahrung zu mir. Die sollte ich ihrer Tochter geben.«

»Oje!«, entfuhr es Lilly.

Vor ihr war plötzlich das Bild von Laura im Kinderstuhl aufgetaucht. Damals hatte sie ihren Mund jedes Mal schon beim Anblick des Breis weit aufgesperrt. Ganz anders Tobi. Bei ihm hatte sich Lilly sicherheitshalber eine riesige Kochschürze umgebunden und ab und zu sogar überlegt, den Fußboden mit Folie auszulegen. Karottenbrei hatte sie ihm wohlweislich gar nicht erst gegeben.

»Haben Sie Kinder?«, fragte Pater Pius.

Lilly nickte. »Zwei. Meine Tochter geht in den Kindergarten und mein Sohn in die Grundschule.«

»Ungelebte Möglichkeiten können schlimm sein«, meinte Huber und klang fast schon ein bisschen melancholisch.

Ob er gern Kinder hätte?, fragte sich Lilly. Seine Chancen auf eine Frau stünden gar nicht mal schlecht, zumindest, wenn man nur sein Äußeres betrachtete. Ein Gedanke blitzte auf: Vielleicht war er geschieden und konnte seine Kinder nicht so oft sehen, wie er es gern würde. Merkwürdig, dass sie darauf noch nie gekommen war.

»Ja, es war so ein Gemisch aus allem«, sagte der Pater. »Verpasste Möglichkeiten gehörten wohl auch dazu. Vor allem aber Schuldgefühle und eine«, er überlegte kurz, »reichlich wirre Religion aus Rächergott und christlicher Vergebung, aus Engeln und Teufeln. Aber auch Feen, Druiden und Nymphen kamen darin vor.«

Bei dem letzten Satz musste Lilly lächeln. Ein Blick zu Huber verriet ihr, dass es ihm genauso ging.

»Können Sie sich vorstellen, dass irgendetwas über Ihr privates Bankunternehmen –«, begann Huber.

Der Pater fiel ihm ins Wort: »Ich nehme keine Zinsen!«

»Um Himmels willen, nein«, beschwichtigte Huber sofort, »davon bin ich auch nicht ausgegangen. Dann eben ... Depot, wenn Ihnen der Begriff besser gefällt.«

»Verwahrung«, schlug Pater Pius vor. »Ich verwahre das Geld. Und bitte, lassen Sie das nirgends in Ihren Unterlagen aufscheinen. Was ich hier mache, ist ... nun ja ... nicht ganz meine offizielle Aufgabe als Geistlicher.« Er lächelte.

Huber lächelte zurück. »Wucher fällt nicht in meine Zuständigkeit.«

Bitte, bitte nicht doch noch den gezielten Schritt in den Fettnapf, dachte Lilly. Aber die beiden Männer warfen einander nur verschwörerische Blicke zu und lächelten.

»Weiß irgendjemand da draußen von dem, was Sie hier tun?«, fragte Huber.

»Nur die, deren Geld ich aufbewahre. – Zumindest bin ich immer davon ausgegangen.«

»Und Ihnen ist nichts aufgefallen?«, schaltete sich Lilly jetzt wieder ein. »Niemand, der um das Kloster herumschleicht oder von dem die Bettler erzählt haben? – Sieht man mal vom Leibhaftigen ab«, ergänzte sie.

»Der wohl eher in der Phantasie einer verwirrten Frau existiert«, erwiderte Pater Pius und legte dann eine lange Pause ein, in der er noch einmal nachdachte. »Nein«, sagte er schließlich. »Weder ist mir jemand aufgefallen, noch hat jemand außer Frau Meierhofer von einer Bedrohung gesprochen.«

»Dann erst einmal vielen Dank für das Gespräch.« Lilly sah auf die Uhr.

»Sie müssen los?«, fragte Huber.

Sie nickte. »Tobi lyncht mich, wenn ich nicht pünktlich auftauche.«

»Hm. Ihre Pünktlichkeit sollte er von seiner Wunschliste besser streichen.«

Viel hätte nicht gefehlt, und sie hätte ihm die Zunge herausgestreckt.

Der Pater nahm vier Servietten, breitete sie aus und legte in jede ein Kuchenstück. Dann verschwand er kurz und kam mit einem großen und einem kleinen Frischhaltebeutel zurück. Drei der zusammengefalteten Serviettenpakete landeten in der großen Tüte, das letzte in der kleinen. Die große gab er Lilly. »Für Sie und Ihre Kinder.« Die kleine drückte er Huber in die Hand, der sie leicht peinlich berührt festhielt, sich aber artig bedankte.

Lillys Dank fiel entschieden begeisterter aus. Am liebsten hätte sie den Geistlichen zum Abschied umarmt.

Er öffnete die Tür und dirigierte sie durch die Gänge zurück. Sie waren gerade abgebogen, als Huber stehen blieb und wie gebannt zum Ende eines weiteren Ganges sah, der sich links von ihnen erstreckte.

»Ihr habts Kicker!«, rief er aus. »Das habe ich seit Jahren nicht mehr gespielt.«

Pater Pius lachte. »Mögen Sie das?«

»Ich war früher einer der Besten!«

Der Pater machte eine einladende Geste in Richtung des Tisches. »Wenn Sie wollen …«

»Ähm, kann ich Sie beide dann hier alleine lassen?«, fragte Lilly. Halb vier. So langsam musste sie sich wirklich auf den Weg machen.

Huber drehte sich zu ihr um, und es schien, als würde er sich erst jetzt wieder an sie erinnern. Dann setzte er eine betont gravitätische Miene auf. »Ich komme natürlich mit.« Noch einmal wanderte sein Blick zu dem Tischfußball am Ende des Ganges. »Die Roten haben sich immer leichter drehen lassen«, sinnierte er.

»Hier nicht«, erwiderte der Pater, »bei uns müssen Sie mit Blau spielen. Wir können wirklich gerne …«

Huber schüttelte den Kopf. »Ich muss zurück an meinen Schreibtisch. Und die Kollegin«, er wendete sich wieder zu Lilly, »zu ihrem Sohn. – Ich hab sie alle geschlagen«, murmelte er im Weitergehen.

Am Tor gaben beide dem Pater die Hand. »Ihr Geheimnis ist eines der ehrbarsten, das ich kenne«, sagte Huber mit einem Nicken zu dem Geistlichen, und Lilly fiel zu dem Klang in seiner Stimme das Wort »Wärme« ein. »Bewahren Sie es gut.«

»Soll ich Sie noch in der Alpenstraße vorbeifahren?«, bot Lilly Huber an, als sie wieder allein vor der verschlossenen Klosteranlage standen. »So viel Zeit hätte ich schon noch, und Sie sparen sich den Weg. Es fängt garantiert gleich an zu regnen.«

Huber warf einen prüfenden Blick in Richtung der Wolken, die sich während ihres Besuchs beim Pater immer dräuender zusammengezogen hatten.

»Jaaa …«, meinte Huber und tat zumindest pro forma so, als würde er über ihren Vorschlag nachdenken. »Möglich, dass Sie recht haben mit dem Regen. Außerdem habe ich Ihnen noch gar nicht von meinem Ausflug zum charmanten Kilian dort drüben erzählt.« Er deutete auf die andere Seite der Stadt, hinüber zum Kapuzinerberg, und begann zu berichten, während sie gemeinsam zur Mönchsberggarage gingen.

»Dann müssen Sie aber verdammt gut in Aikido sein«, unterbrach ihn Lilly, als er schilderte, wie er den Obdachlosen von einem »freundlicheren Umgangston überzeugt« hatte, wie er es nannte. »Der Typ kann garantiert selber irgendeine dieser asiatischen Kampfkünste.«

»Jiu-Jitsu«, erklärte Huber, »aber nur die Basics.«

»Und Sie? Wie weit haben Sie's schon gebracht?«

Huber winkte ab, aber Lilly gab nicht nach.

»Dritter Dan«, murmelte er schließlich.

»Dritter!«, rief sie aus.

»Hm.«

»Dan? Das sind doch sozusagen schon die höheren Weihen. Wow! Dann traue ich mich mit Ihnen in Begleitung ja von nun an überallhin.« Sie lachte.

»Aikido ist eine Philosophie, kein Hau-drauf-Spiel für Raufbolde«, klärte er sie auf. »Was ich aber eigentlich sagen wollte –«

In dem Moment machte es »krack!«.

»Scheiße!«, rief Lilly und blieb stehen.

»Das wollte ich nun nicht sagen.«

Der Absatz. Immer wieder knickten diese blöden Dinger ab. Und schuld war dieses verdammte, dreimal beschissene Pflaster in der Altstadt. Nein, an sich war es das nicht, korrigierte sie sich, das Pflaster war ganz ordentlich, es war ihre eigene verdammte, dreimal beschissene Blödheit. Sie musste sich den Schuh anschauen und mit dem abgebrochenen Absatz wenigstens bis zum Auto kommen, und zwar möglichst nicht barfuß.

»Tut mir leid, lieber Herr Super-Aikido-Philosoph, aber ich brauche Sie jetzt als meine persönliche Stütze.« Sie hängte sich mit der einen Hand bei ihm ein und zog mit der anderen den Schuh vom Fuß. Na super. Der Absatz war so gut wie ab. »Oh Mist! Mist, Mist, Mist!«

»Genau wie bei der Manu, der ist das auch laufend passiert«, kommentierte er.

»Manu?« Interessant, es hatte also mal eine Manu gegeben.

»Wenn man nur eins sechzig groß ist, braucht man Absätze. Außerdem machen sie schöne Beine.«

»Und irgendwann kaputte Füße. Na, jedenfalls wird das

jetzt problematisch, so ganz ohne zweiten Schuh.« Es war eine sachliche Feststellung.

Und eine treffende noch dazu, dachte Lilly. Sie würde irgendwie zum Auto hinken müssen. »Wie hat denn Ihre Manu solche Situationen gemanagt?«

»Mit Jammern und Wehklagen und Fluchen. Nicht so viel anders als Sie.«

Sie humpelte los und ließ dabei noch immer nicht Hubers Arm los. »Könnten wir bitte so tun, als hätte ich mir den Knöchel verstaucht? Das sieht sonst so was von scheiße aus. – Und was hat der liebe Kilian nun eigentlich erzählt? Woher hat er das Geld?«

Huber legte ihr brav den Arm um die Hüfte. Perfekt. Jetzt konnte man tatsächlich glauben, dass er sie stützen musste. Irgendetwas muss heute Mittag in Huber vorgegangen sein, dachte Lilly, irgendeine wundersame Wandlung. Er wirkte umgänglicher. Sein affiges Gehabe war weg. Und diese verschwurbelte Sprache hatte er auch gegen normales Deutsch eingetauscht.

»Gefunden«, erklärte er. »Das Geld. Einfach so, auf der Straße.«

»Alles klar.«

Sie schwiegen eine Weile, und Lilly vermutete, dass er genauso wie sie über das Geld nachdachte. Für einen Obdachlosen waren dreihundert Euro eine astronomisch hohe Summe. Außerdem war da eben eine Erinnerung bei ihr aufgeflackert. Zu kurz, um sie zu fassen. Aber sie hatte etwas mit den Morden zu tun gehabt. Schuh? Manuela? High Heels? Barfuß gehen? Was zum Henker war es gewesen? Irgendetwas an dieser verkorksten Situation gerade hatte nur für den Bruchteil einer Sekunde ein Bild wachgerufen. Aber es war wichtig gewesen, das hatte Lilly gespürt.

Verflucht. Schon wieder war sie mit dem lädierten Schuh umgeknickt. Hubers Griff um ihren Oberkörper verstärkte sich. Er war gut eineinhalb Köpfe größer als sie, und wie auch immer er das anstellte, sie so festzuhalten, ab jetzt kam sie besser voran.

»Die Einkünfte von Frau Meierhofer sind das auf alle Fälle nicht«, meinte Huber.

»Und wenn er das Geld wirklich gefunden hat?«

»Oder der Teufel hat es ihm gegeben«, spöttelte er.

Sie blieb so plötzlich stehen, dass sie ihn zu sich herumriss. »Und wenn es wirklich der Teufel war? Nein! Natürlich nicht der Teufel. Aber jemand, der sich als Teufel ausgibt. Oder als irgendjemand, der an einen Teufel erinnert? Überlegen Sie doch mal: Drei Menschen haben jemanden gesehen, der sie an eine Teufelsgestalt erinnert. Wenn sich nun jemand die Opfer in so einer Verkleidung holt? Und wenn unser Wehrturmbewohner ihn dabei ertappt hat? Dann könnten die dreihundert Euro eine Art Schweigegeld sein.« Sie humpelte weiter.

»Gar nicht so dumm«, entgegnete Huber etwas gedehnt. »Dann müsste Kilian uns über den Teufel Auskunft geben können.«

»Oder auch nicht. Immerhin war es Schweigegeld. Und er weiß jetzt, was der Täter mit denen macht, die er mitnimmt. Dann wird er sicherheitshalber den Mund halten.«

»Wenn ich ihn lasse, dann ja!«

Uhh! Das klang jetzt sehr entschieden. Inzwischen traute Lilly Sigmund Huber zu, dass er sich den Obdachlosen eigenhändig unter den Arm klemmen und mit zu sich ins Kommissariat schleppen würde. Sie grinste. »Vorsicht, Huber. Bringen Sie den Herrn Kilian nicht gegen sich auf. Der kann Jiu-Jitsu.«

Der vierte Tag – Donnerstag

Huber saß in seinem Wagen und wartete. Und wartete. Und wartete. Keine Lilly Engel. Nirgends. Dabei waren sie um sieben Uhr vor ihrer Wohnung in Bad Reichenhall verabredet, in der Ludwig-Thoma-Straße. Doch sie tauchte nicht auf. Nicht um sieben Uhr zwei. Auch nicht um sieben Uhr drei. Die gnädige Frau ließ sich wie immer Zeit und würde ihm sicher gleich etwas von ihrer Überforderung als alleinerziehende Mutter erzählen. Seine Finger trommelten auf das Lenkrad. Gut, zwei Minuten würde er noch warten. Aber dann …

Um sieben Uhr fünf stieg er aus dem Auto, ging zu ihrem Wohnhaus und klingelte. Auf dem Schild stand nur: »Engel«. Bestimmt hatte sie ihren Mädchennamen wieder angenommen, und die Kinder hatten Doppelnamen. Oder den Namen des Ex-Mannes. Oder sie hießen auch Engel und mussten damit leben, dass ihr leiblicher Vater einen anderen Namen hatte. Was das für eine Verwirrung für die Kleinen sein musste, darüber machte sich die Mutter wohl gar keinen Begriff.

»Ich komm ja sofort. Oh Mann!« Lilly Engels Stimme drang aus der Sprechanlage. Kurz darauf hörte er eine Tür zuschlagen und Füße nach unten trampeln. Dann wurde die Tür aufgestoßen, und Huber konnte gerade noch ausweichen. Vor ihm stand Engel mit zerzausten Haaren, so als hätte sie keine Zeit mehr gehabt, sie zu einem Zopf zu binden.

»Sie sind vielleicht eine Nervensäge, Huber! Mit Ihrem Pünktlichkeitsfimmel gehen Sie mir so was von auf den Zeiger!« Dann mutierte sie innerhalb einer Zehntelsekunde zur fürsorglichen Mama und gab ihrem Jungen, der im Türrahmen erschienen war, einen Kuss auf die Stirn. »Ich hab's dir doch gesagt, Schatz, Mama muss nach München. Aber ich mach's am Wochenende wieder gut. Und klingel nach der Schule bei Ivo, der arbeitet heute zu Haus.« Sie gab ihm noch einen Kuss auf die Wange, den der Bub mit einem »Ihhh, nass!« wegwischte, während er seine Mutter hochbeleidigt anschaute. Huber schien er gar nicht zur Kenntnis zu nehmen, als er mit seiner Schultasche auf dem Rücken lostrottete.

Engel schaute wieder zu ihm. »Das war sowieso eine absolute Schnapsidee mit sieben Uhr, Herrgott! Laura muss noch in den Kindergarten, und der öffnet erst um sieben Uhr dreißig. Einen Kindersitz hat Ihr Auto wohl nicht?«

Womit sie recht hatte. Wozu auch? Aber mit gestressten Müttern sollte man sich nicht anlegen, das führte zu nichts Gutem. Er murmelte noch ein »Guten Morgen, Frau Engel« und ging zu seinem Wagen. »Wer ist eigentlich Ivo?«

»Ein Nachbar.«

»Aha.«

Sie setzte sich mit Laura auf den Rücksitz, und er ließ sich bis zum Kindergarten in der Münchner Allee dirigieren. Es war mittlerweile sieben Uhr dreizehn. Immer wieder sah er ihr Gesicht im Rückspiegel. Wirklich hübsch war sie. Nun zog sie auch das Haargummi aus der Tasche und zwängte ihre Locken hinein.

»Toll, Huber, ganz toll! Einen Kaffee hatte ich auch noch nicht. Und jetzt dürfen wir uns einen Ast abwarten, weil der Herr Major auf frühe, runde Uhrzeiten steht. Super.«

»Ich freue mich auch, Sie wiederzusehen, Frau Kollegin.« Das war nicht einmal gelogen. Und gleich würde sie neben ihm sitzen in ihrem Mini. Heute trug sie wieder einen. Darauf freute er sich. »Ich könnte Ihnen ein Stück Konfekt anbieten, mit Espresso gefüllt. Ich habe immer welche dabei.« Er öffnete das Handschuhfach, nahm ein Pocket Coffee heraus und reichte es ihr. »Wenn Sie mögen, auch zwei.«

Sie packte die Schokolade aus und sagte dann mit vollem Mund: »Davon können Sie mir gern auch drei geben. Ich liebe das Zeug!«

Er langte noch einmal ins Handschuhfach und reichte ihr die ganze Packung. Sie griff zu wie ein Raubvogel.

»Sagen Sie mal, Huber – kann es sein, dass wir heute Morgen die Rollen getauscht haben? Ich gebe heute die Kratzbürste und Sie den Netten?«

»Sie dürfen das Konfekt nicht so runterschlingen. Es hat überraschend ausbalancierte Nuancen.«

»Ach, halten Sie doch die Klappe!« Sie stopfte sich das nächste Pocket Coffee in den Mund.

Er drehte sich um. »Wollen Sie etwa Ihre Tochter an diese Art Umgang mit Männern gewöhnen?«

Laura hatte offenbar das richtige Stichwort gehört. »Männer sind scheiße, sagt Mama.«

Engel errötete. »Aber nein, Laura, das habe ich so nie gesagt. Nicht alle Männer sind so. Machos sind scheiße.«

»Machos sind scheiße«, wiederholte Laura brav.

»Na also, das klingt doch schon besser, meine Süße«, sagte die Mutter zufrieden.

»Ist der Mann da ein Macho?« Laura zeigte auf Huber.

Peinliche Stille. Die Mama begann zu stottern. »Der Mann … Ähm … Also …«

Huber half aus. »Ja, Laura. Ich bin ein Macho.«

»Der Mann ist scheiße«, folgerte das Mädchen.

Er grinste breit. »Ihre Tochter beherrscht ja bereits die syllogistische Logik, Frau Kollegin!«

Er hatte gedacht, dass seine gelassene Reaktion Lilly Engel freuen würde, aber sie schien genervter denn je zu sein. »Huber – sagen wir mal, meine Begriffsstutzigkeit liegt daran, dass es noch früh am Morgen ist: Was für eine Syllodingsbums soll Laura da angeblich beherrschen?«

Es war Zeit nachzulegen. Immerhin hatte er noch etwas gut für die Schmach mit Dan Brown und der Symbologie. »Aristotelische Logik, Frau Kommissarin: ›Alle Menschen sind sterblich. Sokrates ist ein Mensch. Also ist Sokrates sterblich.‹ Ein klassischer Syllogismus. Ihre Tochter hat diese Struktur soeben auf Machos, deren Beurteilung und meine Wenigkeit angewandt. Das spricht für einen wachen Geist.«

Jetzt war Engel verlegen. Nach einem Moment der Betretenheit sah sie eine Frau am Auto vorbeigehen und riss die Tür auf. »Frau Eder!«, rief sie. »Wir sind heute etwas früher da. Dürfte ich Ihnen Laura schon mitgeben? Wir müssen nach München.«

Die Erzieherin sagte lachend: »Ja, gerne«, und Laura krabbelte mit Engel aus dem Auto.

Huber hörte durch die offene Tür, wie Frau Eder verschmitzt nach dem gut aussehenden Herrn im Wagen fragte. Aber Engel winkte nur ab.

Dafür saß sie jetzt neben ihm. In ihrem Minirock. Schön. Aber er durfte sich natürlich keine Blöße geben – nicht eingestehen, dass er ihre Nähe genoss. Darum sagte er: »Ihnen ist schon klar, dass der Namensgeber Ihrer Straße im ›Handbuch des Antisemitismus‹ steht? Genauer gesagt in Band zwei.«

Sie war wohl wirklich kein Morgenmensch. »Ludwig Thoma? Für Sie wohne ich dann gern auch in der Rosa-Luxemburg-Straße. Oder in der Klugscheißer-Allee. Jetzt fahren Sie endlich!«

Er lenkte den Wagen auf die A 8 Richtung München. »Wir sind aber schon ein wenig spät dran. Der Termin mit Ihrem Bekannten an der Uni ist um neun Uhr.«

Sie schnaubte: »Mann, wie Sie nerven! Und müssen wir unbedingt BR-Klassik hören? Vielleicht mal was Normales zum Wachwerden?«

Sie würde es nicht wagen, sein Radio anzurühren. Auf keinen Fall lief im Wagen etwas anderes als klassische Musik! »Das Radio kann nur diese Art von Musik spielen. So ist es von mir dressiert. Wie heißt eigentlich Ihr Herr Professor?«

Sie drehte den Kopf zu ihm und grinste: »Wie soll wohl ein Experte für Symbolik heißen? Sein Name ist Robert Langer.«

Hatte er vielleicht mit Aristoteles und dem Handbuch, Band zwei, zu dick aufgetragen? »Sie verschaukeln mich. So ähnlich hieß doch der Professor bei den ›Illuminaten‹ und dem ›Sakrileg‹.«

Jetzt lachte sie. »Ich sehe, Sie kennen Ihren Dan Brown.« Dann zuckte sie mit den Schultern und lehnte sich wieder in den Sitz zurück. »Aber ich kann's nicht ändern – so heißt er eben.«

Professor Dr. Dr. h. c. mult. Robert Langer war ein Angeber, wie er im Buche stand. Huber hatte es zwar geschafft, dass sie pünktlich um neun Uhr vor seiner Bürotür waren, aber wer nicht da gewesen war, das war der Herr Professor. Da hatten sie nun gewartet wie bestellt und nicht abgeholt, in einem miefigen Universitätsflur, der auch nicht vornehmer aussah als der der Polizeiinspektion Salzburg. Eine geschlagene Viertelstunde hatte er sich mit Engel die Beine in den Bauch gestanden und sich ihre blöden Sprüche angehört von wegen, er müsse auch immer so hetzen und sie hätten noch gut Zeit für eine kleine Rast mit Kaffee gehabt ... Bla, bla, bla. Bis dann endlich der multiple Doktor-Professor aufgetaucht war, mit großspurigen Gesten und etwas von »akademischem Viertel« erzählend.

Pah!, dachte Huber, dieses akademische Viertel ist doch nichts als institutionalisierte Unpünktlichkeit. Für Schnarchnasen im Elfenbeinturm. Im richtigen Leben gibt's kein »cum tempore«, da zählt nur »sine tempore«. Erlauben Sie sich so etwas doch einmal beim Stundungstermin für Ihre Hypothek, Hörr Professor!

Da Huber mit seinen Gedanken völlig allein war, konnte er sich ehrlicherweise eingestehen, dass sie entscheidend mitbestimmt waren vom blendenden Aussehen Professor Langers und von seiner Wirkung auf Lilly Engel. Langer war der Typ George Clooney, deprimierenderweise mit noch einem Schuss Cary Grant. Und er begrüßte Engel wie eine alte Bekannte, was sie wohl auch wirklich war. Ihn, Huber, hingegen behandelte der große Kunsthistoriker wie Luft. So wie Engel, seit der Korridor-Casanova aufgetaucht war. Und sie ... Flirtete sie da etwa auch mit dem Wichtigtuer? Mit diesem Augenaufschlag? Es war Zeit für ein genervtes Räuspern. Für ein Huber-Spezial.

Ein Huber-Spezial zog immer. Die beiden Turteltäubchen wandten sich ihm unverzüglich zu. Engel murmelte irgendetwas von »österreichischer Kollege, mit dem ich hier ...«, und Langer war ihm gegenüber augenblicklich die Liebenswürdigkeit in Person, was ihn für Huber noch unsympathischer machte.

»Sie müssen Herr Kommissar Huber sein«, sagte der Clooney-Grant-Professor mit charmantem Lächeln und reichte ihm die Hand.

»Major. Major Huber«, stellte er richtig und schaute dabei wohl auch noch verkniffen. Na ja, wenigstens war die übliche Rollenverteilung jetzt wiederhergestellt, von der Engel in Bad Reichenhall geredet hatte – er war wie sonst der Miesepeter, der Spielverderber, der bad cop.

Langer bat sie in sein Büro. Er hatte es augenscheinlich so eingerichtet, dass jeder Besucher sofort erkennen musste, mit welch einer Koryphäe er es zu tun hatte. Im ganzen Raum hingen und standen Fotos, auf denen der Angeber lachend irgendwelchen Leuten die Hand schüttelte. Huber erkannte auf Anhieb den Dalai Lama, Barack Obama und Nelson Mandela. Die meisten Bilder zeigten allerdings bekannte Wissenschaftler oder Künstler.

Langer konterte das Huber-Spezial jetzt mit seiner Ich-bin-der-Beste-Nummer: Er sei ja ein so viel beschäftigter Mann – das sagte er wörtlich! – und habe seinen Kopf überall, morgens in Schanghai, mittags in Paris, abends in Rio. Ebenfalls wörtlich. Was für ein Blödmann. Immerhin machte er sich mit seinem arroganten Gequatsche augenscheinlich auch bei Engel allmählich unbeliebt, sodass Huber ihn gleich wieder sympathischer fand. Die Clooney-Grant-Visage half ihm jetzt bei der hübschen Kollegin auch nichts mehr.

»Herr Professor«, fiel Huber der akademischen Suade ins Wort, »wir ermitteln ja in drei zusammenhängenden Mordfällen. Und da hätten wir gern Ihre Expertise zu drei Medaillons, die sich bei den Opfern befanden.«

»Natürlich, natürlich. Ganz prächtig finde ich das von Ihnen, dass Sie als Polizist auch einmal die universitäre Forschung zurate ziehen. Dann zeigen Sie mal her.«

Was glaubte dieser universitäre Piefke eigentlich, wer er war? Was hatte der denn für eine Meinung von der Polizeiarbeit? Aber Huber war nicht zum Streiten hier, sondern wegen der Morde. Daher zückte er Fotos der drei Medaillons und legte sie nebeneinander auf den Schreibtisch. Langer zog sofort die Stirn in Falten. Das sah nach ganz schwerer Gedankenarbeit aus.

»Faszinierend«, raunte der große Kunsthistoriker. »Das ist ja … also … Und das haben Sie alles hier im Grenzraum zu Österreich …? Kolossal!«

»Hast du eine Vermutung, woher die Zeichen stammen könnten?«, fragte Engel.

Der Professor schnippte mit den Fingern, schnalzte, atmete tief ein und aus, wippte auf den Fußballen, beugte sich vor und zurück … So etwas hatte Huber noch nicht gesehen. Langer wirkte wie eine mechanische Denkmaschine, deren Rädchen, Riemen, Kolben und Düsen zusammen einen menschlichen Körper ergaben. Fast erwartete Huber, dass gleich ein Zettel aus Langers Mund fallen würde, auf dem das Ergebnis seiner Gedankenoperationen stand. Dann kam der Professorenkörper zur Ruhe, und sein Blick wechselte zwischen Engel und Huber hin und her, ein intensiver, bohrender Blick, der den weltweit anerkannten Fachmann auf dem Gebiet der Ikonologie vermutlich auszeichnete.

Er hob einen Zeigefinger. »Ich habe nicht die geringste Ahnung, liebste Lilly, was das für Zeichen sind.«

Huber konnte sich die Bemerkung nicht verkneifen. »Sie meinen, die Antwort ist ›42‹?«

Engel unterdrückte ein Auflachen und biss sich dabei auf die Unterlippe.

Der Professor war völlig aus dem Konzept gebracht: »Wie bitte?«

Huber grinste. »Ich meine, wie bei Douglas Adams. ›Per Anhalter durch die Galaxis‹«, erklärte er betont hilfsbereit.

Langer schaute immer noch wie eine Kuh, wenn's donnert. Mit solcherlei Trivia gab er sich offensichtlich nicht ab. Huber war klar, dass sein Gag verloren war. Gags, die man erklären musste, waren keine Gags. Trotzdem erläuterte er in aller Kürze: »In dem Buch stellt man einem Supercomputer die Frage nach dem Leben, dem Universum und dem ganzen

Rest, und der Computer gibt nach einigen Millionen Jahren Rechenzeit die Antwort: 42.«

Der Professor schaute Huber sekundenlang ernst an und sagte dann: »Das war also ein Witz. Sie haben einen Witz gemacht.«

Huber hob schuldbewusst die Schultern, worauf der Professor prustend loslachte, ziemlich laut und ziemlich unnatürlich, was wiederum Engel zum Lachen brachte, worauf dann auch Huber losprustete und sich dabei ganz schön dämlich vorkam.

»Prächtig, prächtig!«, exklamierte Langer. »Da nimmt mich der Herr Major auf den Arm, und ich merke es nicht einmal.«

Huber war ganz entschieden der Auffassung, dass der Gag mittlerweile ausgereizt war. »Um zurück zu unserer Frage zu kommen – Sie können uns also nichts über diese Zeichen sagen, Herr Professor?«

»Doch, doch, natürlich, mein Bester. Ich kann Ihnen nur nicht sagen, woher sie stammen und was das für Symbole sind. Ob es überhaupt Symbole sind ... Aaaber«, hier hob er wieder den Zeigefinger, »darum scheint es mir auch gar nicht zu gehen.«

»Nicht?«, fragten Engel und Huber gleichzeitig.

»Nein!«, war die triumphierende Antwort. »Die alles entscheidende Frage ist doch vielmehr: Was sagen uns diese Zeichen? Wie wirken sie auf uns? Und was verraten sie uns über Täter, Opfer und Tat? Sie müssen wissen, ich schaue sonntags so gerne den ›Tatort‹, und da habe ich mir auch ein gewisses kriminalistisches Denken antrainiert.«

Huber musste sich darauf konzentrieren, jetzt nicht mit den Augen zu rollen. »Den ›Tatort‹«, sagte er. »Ja, klar. Den mögen wir doch alle.« Engel stand neben ihm und knuffte ihn in die Seite. Anscheinend war ihm der Ton doch zu süffisant geraten.

Aber Langer war vollends in seinem kriminalistischen Denken gefangen und ging hinter seinem Schreibtisch auf und ab. »Wie sehen diese Zeichen für uns aus? Wir erkennen eine Schlangenform, eine Linie mit nach oben gebogenen Enden und eine Linie, in deren Mitte noch einmal zwei kürzere Linien schräg abstehen. Was sagt uns das?«, fragte er herausfordernd.

Engel und Huber blickten sich an wie Schulkinder.

Aber Langer hatte wohl keine Antwort erwartet. Er fuhr fort: »Das sagt uns gar nichts. Überhaupt nichts. Diese Zeichen sind für uns als unvoreingenommene Betrachter ein Nullum. Aaaber …«, diese lang gezogenen Konjunktionen gingen Huber gehörig auf die Nerven, »wir haben noch etwas Entscheidendes übersehen!«

Wieder blickte er die beiden an wie Studenten in einem Hörsaal. Das konnte der Robert Langdon bei Dan Brown auch nicht besser, dachte sich Huber, sagte aus mangelnder Lust auf Konfrontation aber nur: »Ach, wirklich?«

Langer blickte ihn geradezu enttäuscht an. »Aber ja, Herr Major. Sehen Sie doch – was ist allen drei Zeichen gemein?«

Lilly Engel hob wirklich und wahrhaftig die Hand wie ein Schulmädchen. »Da sind so Linien auf den Linien …«

»Genau!«, brach es aus dem Professor heraus. »Da sind so Linien auf den Linien! Du sagst es, liebste Lilly. Das Gemeinsame aller drei Zeichen ist, dass auf sie quasi im rechten Winkel eine Linie trifft. Wie wirkt sie auf uns?«

Die Frage schien ebenfalls eine rhetorische zu sein – er gab sich wieder gleich selbst die Antwort: »Jede dieser drei auf die Zeichen treffenden Linien wirkt wie ein Speer, der das Zeichen zerstört. Herrschaften, es geht bei den Symbolen als Ganzes also um Zerstörung. Um die Aufhebung des Bestehenden. Möglich ist auch eine phallische Bedeutung. Welches der Zeichen wurde bei welchem Opfer gefunden?«

Engel tippte nacheinander auf die Fotos. »Das Schlangensymbol bei der Obdachlosen, die Linie mit den abstehenden Linien beim jungen Bettler und die mit den gebogenen Enden beim Apotheker.«

»A-ha!«, rief Langer triumphierend. Huber war wenig überrascht, als er fortfuhr: »Keine Ahnung, was das bedeuten soll.« Er schnalzte mit der Zunge. »Rundungen finden sich nur auf dem Amulett mit der Schlangenform, das zum einzigen weiblichen Opfer gehört. Hm …«

Er ging um den Schreibtisch, um die Symbole von allen

Seiten zu betrachten. Aber offenbar führten seine Überlegungen zu keinem wissenschaftlich zufriedenstellenden Ergebnis. »Wenn ihr mich fragt – drei Zeichen sind sowieso Murks. Habt ihr nicht vielleicht noch ein viertes Opfer? Das wäre super. Wenn das vierte Zeichen wieder Rundungen aufweisen würde, dann könnte der Täter ein Transvestit sein. Wissen Sie«, er wandte sich direkt an Huber, »so ähnlich wie im ›Schweigen der Lämmer‹, wo Buffalo Bill seine Metamorphose …«

Also las der Professor doch nicht nur Simone de Beauvoir und Shakespeare. Da hätte er Douglas Adams aber auch kennen können, fand Huber.

Engel unterbrach entschieden: »Nein! Wir haben kein viertes Opfer bislang. Und darüber sind wir auch verdammt froh!«

»Natürlich, natürlich«, lenkte der Professor ein. »Es wäre halt nur schön gewesen aus wissenschaftlicher Sicht. Um die Erkenntnisbasis zu verbreitern. Dafür bräuchte man halt mehr Daten …«

»Herr Professor«, sagte Huber leicht ungeduldig, »sehe ich es richtig, dass wir über den Sinn der Symbole nur spekulieren können?«

Langer blickte ihn anerkennend an. »Richtig. Das haben Sie in nuce formuliert. Genau. Auf den Punkt gebracht. Wir wissen gar nichts. Wir sind nur blinde Sucher in einem Meer uns unbekannter Fakten. Diese drei Zeichen sind die Köpfe dreier Stecknadeln, mehr nicht. Und das Leben und das Chaos sind die Welt, in der diese Stecknadelköpfe vergraben sind. Uns bleibt nur das sokratische Nichts. Wir müssen erkennen, dass wir nichts wissen. Um es mit Boëthius zu formulieren: ›*Si tacuisses, philosophus mansisses.*‹ Wir werden nur zu wahren Wissenschaftlern, zu Philosophen, zu Liebhabern der Weisheit, wenn wir demütig schweigen und bekennen, dass wir Sterblichen nichts wissen können. Ein faustischer Moment, jawohl.«

»Spinner«, sagte Engel, als sie wieder im Auto saßen.

»Spinner«, sagte auch Huber.

»Das Einzige, was von seinem Mist zu gebrauchen war, war

die Sache mit der Zerstörung und der Aufhebung des Bestehenden«, dachte sie laut.

»Nur können wir damit auch nichts anfangen«, seufzte er.

»Was für ein Schwachkopf«, seufzte sie.

Er räusperte sich. »Aber gut schaut er aus.«

Sie blickte abwesend aus dem Fenster, aber das schien sie doch gehört zu haben. »Ich steh ja gar nicht auf solche Clooney-Typen.«

Huber lächelte innerlich.

Der große Plan stand über den Menschen. Und zwar gleich in zweierlei Hinsicht: Zum einen war er wichtiger, viel wichtiger als der Einzelne, als zehn, hundert, tausend oder eine Million Menschen. Zum anderen stand er über dem kleinkarierten Denken der Menschlein. Er war schon viele Jahrhunderte alt und hatte Gesellschaften und Kulturen kommen und gehen sehen. Trotzdem war er mächtig und kraftvoll geblieben. Denn der Plan war ein organisches Lebewesen. Das machte ihn aus, das machte ihn stark. Natürlich bedurfte er eines Auserwählten. Und dieser Auserwählte war er, das erfüllte ihn mit Stolz. Doch dieser Stolz durfte nicht dazu führen, dass er sich zu wichtig nahm. Er war nur ein demütiger Diener. Die Vorsehung hätte einen anderen auswählen können, an einem ganz anderen Ort, zu einer anderen Zeit. Zur Erfüllung der Vorsehung gehörte daher die unbedingte Bescheidenheit. Er war nur ein Werkzeug.

Der große Plan hatte schon viele Verhältnisse erlebt. Und jetzt, da er in die Tat umgesetzt wurde, da er seine Bestimmung erfuhr, war es seine Aufgabe als Auserwählter, den Plan nach den Verhältnissen auszuführen, die hier und jetzt galten. Das hieß auch: In der Wahl der Opfer blieben sie flexibel, bis zuletzt. Das Individuum war nicht wichtig. Bereits ausersehene Opfer konnten ausgetauscht werden, wenn ein anderes geeigneter erschien. Sie mussten zueinander passen, natürlich, aber es gab Spielraum.

Wer als Opfer erwählt wurde, durfte genauso dankbar sein wie er selbst. Denn das Leiden gehörte zum großen Plan wie Judas' Elend zum Heilsplan. Was war denn der Mensch? Ein

Nichts. Für diese Erkenntnis brauchte man nur auf den Kirchturm von St. Nikolaus zu klettern. Von da oben sahen die Leute schon viel kleiner und unbedeutender aus. Und stieg man erst den Untersberg hinauf, wurden die Menschen winziger als Ameisen. Da oben spürte man die Erhabenheit und Größe von Abertausenden von Jahren und nahm das unter einem Liegende nur als Gewürm und Geschmeiß wahr.

Es war ein Jammer, dass er im Verborgenen arbeiten musste. Die Heimlichtuerei war ihm im Grunde zuwider, aber er hatte keine Wahl. Niemand in der sogenannten ehrbaren Gesellschaft würde ihn verstehen. Gerade hatte er einen Zeitungsartikel gelesen. Sein Titel: »Du bist nichts. Dein Volk ist alles.« Ja, klar – eine Parole der Nationalsozialisten. Doch durch so ein formalistisches Pseudoargument war die Parole längst nicht widerlegt! Und an sich war sie auch nicht falsch. Vielmehr war sie damals nicht ernst genommen worden. Hätten die Herren Nazis den Satz so praktiziert, wie er lautete, dann hätte es den Zweiten Weltkrieg nicht gegeben. Denn der hatte dem ganzen Volk geschadet! Hätte Hitler jene Parole befolgt, die die Heime seiner Hitlerjugend zierte, dann hätte er zum Wohle des großen Ganzen zwar Individuen aus dem Volk entfernen, aber nie – niemals! – das ganze Volk verraten dürfen.

Das war die Logik, glasklar und unbestechlich. Was tat man, wenn man zehn Menschen opfern musste, um viele Millionen zu retten? Jedes Kind wusste das. Man opferte die zehn. Was hatte die japanische Regierung bei der Atomkatastrophe von Fukushima gemacht? Ein Selbstmordkommando gebildet, um den Druck im Reaktor manuell zu entlasten. Fünfzig Mann geopfert, um Millionen zu retten.

Der Plan stand kurz vor seiner Verwirklichung. Jetzt nicht unvorsichtig oder ungeduldig werden. Einen kühlen Kopf bewahren. Die Vorsehung war nahe.

Er befand sich mit Engel auf der A 8, zwanzig Kilometer vor Bad Reichenhall, als Huber sagte: »Ich schlage eine Lagebesprechung vor. In Ihrem Büro?«

»Das klingt ja fast nach: ›Gehen wir zu mir oder zu dir?‹«, witzelte sie.

Sein Kopf wurde schlagartig heiß. Bestimmt war er puterrot. »Ähm … Frau Engel … das haben Sie ganz falsch interpretiert. Ich meinte: Dienstbesprechung … oder Nachbesprechung vielmehr … Sie wissen schon.«

Jetzt grinste sie und knuffte ihn zu allem Überfluss auch noch in die Seite. Schon wieder. »Sie können ja richtig süß sein, Huber. Wenn Sie mir nicht gerade wieder zeigen müssen, wie viel toller Sie sind als ich.«

Nein, er war nicht süß! Ganz entschieden überhaupt und gar nicht! Toller als sie? Ja, möglich. Manchmal. Aber eben hatte er eine vollkommen sachliche Frage nach einem beruflichen Austausch gestellt. Ohne Hintergedanken! Und dann hatte sie quasi hinterrücks mit ihm poussiert. Aus dem Nichts. Auf dieselbe Weise wie mit dem Professor. Das gehörte sich nicht. Vor allem nicht, wenn sie so nahe neben ihm saß mit ihrem Minirock. Und einem nicht gerade puritanischen Top. Dann solche Zweideutigkeiten …

Sie knuffte ihn noch einmal. »Ich schlage vor, wir gehen zu mir.« Und lächelte. Dann sprach sie betont tief und setzte mit spielerischem Ernst hinzu: »Aber natürlich in die Polizeiinspektion. Nicht dass Sie denken, ich bin so eine!«

Er war perplex. So ein Wechsel der Kommunikationsebene, das war wie Partisanenkrieg. Erst gestern hatte sie ihn noch klipp und klar zurechtgewiesen. Wegen der Blicke in ihr Dekolleté. Dabei war das gnadenlos übertrieben gewesen. In diesem Ausmaß. Er glotzte doch nicht!

Sie saß neben ihm und lachte. »Jetzt müssen Sie sagen, dass Sie nur die lautersten Absichten haben.«

»Habe ich auch!«, empörte er sich, wohl eine Spur zu kindlich-trotzig.

Endlich wurde sie wieder sachlich. »Dann werden wir beide jetzt mal wieder zu zwei erwachsenen Bullen. Oder Kiberern. Also … Ermittlern. Ich habe gar kein richtiges Büro in Bad Reichenhall, aber das wissen Sie ja sicher.«

Das war vertrautes Terrain. Ohne Doppeldeutigkeiten. Er fühlte sich gleich entspannter. »Ich weiß, dass die Kriminalpolizei für das Berchtesgadener Land in Traunstein sitzt. Pendeln Sie jeden Tag dorthin?«

»Genau. Ich wohne in Reichenhall. Hat sich so ergeben mit meinem Ex-Mann, wegen der Nähe zu Salzburg, damit er sich besser um die Kinder kümmern kann – wenn er's denn mal tut«, schob sie mit einem Seufzen nach. »Ich ermittle und wohne auf deutscher Seite, und er musiziert und wohnt auf österreichischer. Die Wege für die Kinder sind kurz, und von Reichenhall bis Traunstein ist es nur eine halbe Stunde.«

»Und wenn es einen Mord in Bad Reichenhall gibt, so wie jetzt, dann …?«

»Genau«, bestätigte sie den nicht vollendeten Satz. »Dann krieche ich in der Reichenhaller Polizeiinspektion unter. Bei Martin Obermüller, den Sie so schätzen.« Jetzt grinste sie wieder.

Er setzte den Blinker und nahm die Ausfahrt. »Dann mal auf zur Poststraße.«

Das Gebäude der Reichenhaller Polizei in der Poststraße war ein schmucker, sauberer Bau in zartem Ocker. Es strahlte Ruhe und Frieden aus, passend zum idyllischen Kur- und Alpenstädtchen. An der Wand neben der Bürotür von Martin Obermüller war in Kopfhöhe ein kleiner Sockel angebracht, auf dem ein blau uniformierter Polizist mit Pickelhaube stand. Die Statuette machte einen freundlichen Eindruck, und als Huber das Büro betreten hatte, erkundigte er sich bei Obermüller zuerst einmal nach der demonstrierten bayerisch-preußischen Freundschaft.

»Heilige Maria und Josef!«, entfuhr es Obermüller. »Niemals ist das ein preußischer Polizist! Gottseibeiuns!«

»Aber die Pickelhaube«, wandte Huber ein, doch Obermüller fasste ihn am Arm und zerrte ihn wieder zurück vor die Tür. Es war zwar zu sehen, dass er frotzelte, aber die Empörung wirkte nicht nur gespielt. Er legte Huber einen Arm um die Schulter.

»Hören Sie, mein austriakischer Verbündeter – das da ist eine echt bayerische Pickelhaube. Schaun S' mal! Zu erkennen an der Spitze ohne Kugelaufsatz, anders als bei den Saupreißn. Diesen bayerischen Gendarmeriehelm trugen unsere bajuwarischen Vorfahren, Gott hab sie selig, sogar noch länger als die preußische Polizei.«

»Im Deutschen Reich unter preußischer Führung, die die preußische Pickelhaube eingeführt hat. Nennt man so etwas nicht Stockholm-Syndrom?«, witzelte jetzt Huber.

Obermüller feixte und stieß einen theatralischen Seufzer aus. »Dafür, dass ihr Salzburger vor gerade einmal zweihundert Jahren noch zu Bayern gehört habt, seid ihr ganz schön keck geworden.«

Huber überlegte kurz, ob er noch ins Spiel bringen sollte, dass er kein Salzburger war, sondern Wiener, ließ es dann aber bleiben. Genug der Scherze. Also ging er mit Obermüller wieder in das Büro zurück. Während der Pickelhauben-Szene hatte sich ein Polizist an ihnen vorbeigedrängt und plauderte jetzt mit Engel.

»Darf ich vorstellen? Herr Lechner, das ist Sigmund Huber von der Salzburger Polizei; Herr Huber, das ist Anton Lechner, ein Rückgrat unserer Dienststelle.«

Lechner winkte bescheiden ab. »Ich bin doch nur ein kleiner Polizeiobermeister. Ein POM.« Er schmunzelte. »So wie der POM-BÄR zum Knabbern.«

»Ganz im Gegenteil«, sagte Engel charmant, »die Bayerische Polizei wäre froh, wenn sie mehr wie Sie hätte. Herr Huber – hätten Sie etwas dagegen, wenn Herr Lechner und Herr Obermüller bei unserer Besprechung dabei sind? Vier Köpfe haben mehr Ideen als zwei.«

»Durchaus nicht«, sagte Huber. »Die Ergebnisse des Termins bei der Uni München bieten leider nur wenig Futter für Ideen, aber schaden kann es bestimmt nicht.«

Lechner blickte ihn kurz an. Offensichtlich war er dankbar dafür, an einer richtigen Fallbesprechung teilnehmen zu dürfen.

Obermüller fläzte sich in seinen Bürostuhl, während Lechner sich artig dorthin setzte, wo sonst wohl Besucher saßen. Huber ignorierte den Stuhl, den Martin Obermüller dazugeschoben hatte, und blieb stehen.

Engel machte sich an einem Flipchart zu schaffen. »Vielleicht sollten wir noch einen Schritt vor dem heutigen Termin in München beginnen. Gestern waren wir im Salzburger Stift St. Peter und haben dort mit Pater Pius gesprochen«, sagte sie.

»Den kenn ich«, meldete sich Lechner zu Wort. »Ein sehr feiner Mensch. Offen und freundlich.«

»Das habe ich auch so empfunden«, sagte Engel lächelnd. »Der Besuch im Konvent hat uns außerdem zu einem möglichen Motiv für die Morde an Martina Meierhofer und Janero Burhan geführt: Pater Pius verwahrt Geld für eine Reihe von Obdachlosen und Bettlern. Auch das Geld der beiden Ermordeten ist darunter. Frau Meierhofer hatte einige dürftige Ersparnisse bei ihm zurückgelegt, erworben durch Prostitution.«

Huber mischte sich ein. »Offenbar haben gewisse Leute einen Fetisch und sprechen gezielt Obdachlose an.«

Engel fuhr fort: »Ein möglicher Gedanke ist, dass die beiden Opfer gezwungen werden sollten, das Versteck ihrer Reserve preiszugeben, indem der Täter eine Schlinge um ihren Hals zusammenzog.«

Huber unterbrach erneut. »Außerdem hat eine obdachlose Gefährtin Martina Meierhofers dreihundert Euro gefunden, von denen sie behauptet, dass ein dritter Obdachloser sie für die Prostitution kassiert habe.«

Obermüller schaute skeptisch. »Aber der Apotheker aus Reichenhall hatte doch die gleichen Erdrosselungsmale am Hals. Und bei allen drei Opfern fanden sich diese … diese Plaketten.«

»Touché, Herr Kollege«, räumte Huber ein. »Wir haben eben nicht viel und greifen deshalb nach jedem Strohhalm. Aber weil Frau Meierhofer das Geld für ihre Dienste bei Pater Pius deponiert hatte, ist es sehr wahrscheinlich, dass die dreihundert Euro nicht von ihr stammen. Und Habgier gegenüber den Obdachlosen als Motiv passt leider nicht zum Apotheker.

Schließlich sind da noch die schon angesprochenen Medaillons bei jedem Opfer …«

»Eine Möglichkeit wären auch Verdeckungsmorde«, warf Engel ein. »Ein vollkommen anderer Ansatz. Die Apothekersfrau und ihr Geliebter könnten die Obdachlosen als Bauernopfer benutzt haben, um den eigentlichen Mord am störenden Ehegatten zu verschleiern.«

Obermüller runzelte die Stirn. »Das scheint mir viel zu kompliziert gedacht. Die inszenieren doch keine drei Erdrosselungen mit Beigabe von Medaillons, wenn sie eigentlich nur den Winkler Moritz beseitigen wollen. Dazu ist die Ida Winkler auch gar nicht der Typ. Wenn die ihren Mann umgebracht hätte, dann im Affekt mit der Bratpfanne: peng, bumm und aus. Es sei denn, der Liebhaber … Wissen wir eigentlich inzwischen, wer das ist?«

Lechner wiegte bedächtig den Kopf. »Das ist ein offenes Geheimnis. Das ist nämlich«, er streckte einen Zeigefinger nach oben zur Decke, »der Chef.«

»Nein!«, tönte es unisono.

»Der Auinger? Erster Polizeihauptkommissar Auinger?«, rief Obermüller.

»Du kriegst die Tür nicht zu«, murmelte Engel.

»Das sind ja geradezu Habsburger Verhältnisse bei Ihnen«, witzelte Huber.

Lechner hob die Hände und sprach sehr akzentuiert: »Aber von mir haben S' des net.«

»Nun denn«, sagte Engel, »damit können wir die letzte Hypothese wohl auch begraben. Der Chef ist kein skrupelloser Verdeckungsmörder.«

»Eher schon ein Totlangweiler«, nuschelte Obermüller. »Andererseits, dass der mit einer verheirateten Frau … Und dabei ist er doch selbst verheiratet. Na ja, stille Wasser sind tief … und dreckig.«

»Wir schweifen ab, Herrschaften. Lassen Sie uns das Kaffeekränzchen doch für eine Weile verschieben.« Huber wollte zum Thema zurückkommen. »Meiner Auffassung nach können wir auch den Obdachlosen mit den dreihundert Euro oder einen unbekannten Mr. X aus der Szene ausschließen. Keiner von denen hätte den Apotheker erdrosselt und ihn dann samt Medaillon am Denkmal auf dem Walserfeld abgelegt. Das Gleiche gilt für eventuelle Roma-Bettler. Die hätten Martina Meierhofer und Moritz Winkler doch in Ruhe gelassen.«

Engel hatte die Namen der Opfer und der möglichen Verdächtigen auf das Flipchart geschrieben und teils mit Pfeilen verbunden. Das Ergebnis sah nicht gerade nach einer runden Theorie aus. »Was wir brauchen«, sagte sie, »sind Gemeinsamkeiten, nicht Unterschiede. Was haben die Opfer gemein? Alle drei wurden auf die gleiche Art erdrosselt. Alle drei wurden vorher stark sediert. Alle drei trugen ein Medaillon bei sich. Und alle drei wurden extra an einem anderen Ort abgelegt als dem, an dem sie ermordet wurden: die Obdachlose am Kloster auf dem Kapuzinerberg, der junge Bettler auf dem Dürrnberg und der Apotheker auf dem Walserfeld.«

»Und im Beisein von allen drei Opfern wurde der ›Teufel‹ gesehen, sogar mit Hahnenfeder«, fügte Huber hinzu.

Engel zuckte mit den Schultern. »Unterm Strich muss ich leider Herrn Professor Langer vom heutigen Termin zitieren: ›Wir wissen gar nichts. Wir sind nur blinde Sucher in einem Meer uns unbekannter Fakten.‹«

»Das war alles, was so ein Professor aus München über die Medaillons sagen konnte?«, fragte Lechner sichtbar enttäuscht.

Huber war die Lagebesprechung überhaupt nicht angenehm. Sie standen vor den beiden Kollegen da wie mit heruntergelassener Hose. Beziehungsweise Minirock. Sie hatten nichts.

»Professor Langer hat darauf verwiesen, dass jedes der Zeichen auf den Medaillons von einer Orthogonalen getroffen wird. Von einer Linie, der er eine möglicherweise phallische Bedeutung zumisst.«

»Phallisch?«, unterbrach Lechner belustigt. »Was is denn des fürn Schmarrn?«

»Der Kunsthistoriker hat sich bisweilen recht blumig ausgedrückt«, erklärte Lilly Engel.

Da Huber nicht mit völlig leeren Händen dastehen wollte, fügte er hinzu: »Er deutete die Linien als Zeichen von Zerstörung und von Aufhebung des Bestehenden. Das sind aus seiner Sicht die Gemeinsamkeiten.«

»Also, das finde ich jetzt wirklich interessant«, erklärte Obermüller mit ironischem Unterton. »Was könnten die Morde an einer Obdachlosen, an einem Bettlerjungen und einem Apotheker mit der Zerstörung des Bestehenden zu tun haben? Oder wollte der Mörder seine Opfer vielleicht auch nur irgendwie individuell kennzeichnen?«

»Hm«, machte Huber, und weil sonst niemand etwas zu sagen wusste, entstand für einige Sekunden eine Pause. »Vielleicht verbindet der Mörder ja mit den abgelegenen Fundorten irgendeine tiefere Aussage«, meinte er dann. »Dieses Denkmal auf dem Walserfeld mit der Leiche davor – das war schon gespenstisch. Einen kleinen Moment …« Er zückte sein Handy aus dem Jackett und suchte in seiner Diktier-App. »Ich hab's gleich. Gerade habe ich mich an etwas erinnert, das auf dem Triptychon des Denkmals steht. Hier ist es ja.« Er tippte auf das Display, und sein Diktat klang durch das Büro: *»Sein linker Arm weist auf das Triptychon mit der Inschrift: ›Gewalt zerstört – Erinnerung lehrt – Friede vereint‹. Was will der Mörder damit sagen?«*

Huber blickte die anderen drei an. »Die Stelle meine ich: Gewalt zerstört, und Friede vereint. Will der Täter uns das mitteilen? So paradox es klingt – sollen die Morde ein Protest gegen Gewalt und ein Aufruf zum Frieden sein?«

»Das müsste schon ein ziemlich durchgeknallter Geist sein, der auf so etwas kommt«, sagte Engel.

»Vielleicht ein übergeschnappter Geistlicher?«, warf Obermüller in die Runde. »So einer, der die Offenbarung des Johannes herbeiführen will? Der sich für einen apokalyptischen Reiter hält?«

»Das sind natürlich alles nur Spekulationen«, sagte Lechner bedächtig. »Auch wenn religiöser Wahn die seltsamsten Blüten treiben kann. Müssten in diesem Fall aber nicht auch die Medaillons eine religiöse Bedeutung haben?«

»Vielleicht eine, die wir nicht erkennen«, versuchte sich Engel an einer Erklärung. »Die dann allerdings auch der große Herr Professor nicht erkannt hätte.«

»Was ist mit diesem Pater Pius?«, fragte Obermüller. »Traut ihr dem zu, dass er drei Morde begeht, weil er komplett durchgedreht ist?«

Huber blickte zum Kruzifix, das an der Wand hing. »Dazu wirkt er auf mich zu bodenständig. Es sei denn, er leidet unter einer Art Persönlichkeitsspaltung.«

Engel protestierte sofort. »Pater Pius ist doch keine multiple Persönlichkeit. Und er wirkt auch überhaupt nicht religiös wahnhaft. Im Gegenteil, es ist, wie Sie sagen: Der steht mit beiden Beinen im Leben.«

»Ich bin darin ja kein Experte«, meldete sich Lechner zu Wort, »aber wenn jemand mehrere Persönlichkeiten hat – kennen die sich dann überhaupt? Und sieht man dann nicht von außen immer nur eine der Personen? Oder … ja … vielleicht spielt so jemand ja auch mit seinen Identitäten. Wenn nun der Mörder mit seinen Taten wirklich gegen Gewalt protestiert und zum Frieden aufruft, spielt er nicht vielleicht einfach ein doppeltes Spiel? Kann doch sein, dass er einem gutbürgerlichen Beruf nachgeht und tagsüber seinen Hund streichelt, seiner Frau ein Bussi gibt, mit dem Nachbarn tratscht. Sie wissen, was ich meine … Aber nachts wird er zum Rächer. Weil er nämlich gar nicht verrückt ist, sondern, im Gegenteil, sehr gewieft.«

Huber seufzte. »Wir haben einfach nichts. ›Much Ado About Nothing‹. Viel Lärm um nichts.«

Alle schwiegen für einen Moment. Dann sagte Engel leise: »Die Wahrsagerin hat prophezeit, es würden weitere Opfer folgen, bis die Zeit vollendet ist und das letzte Zeitalter heranbricht.«

Lechner blickte erstaunt. »Eine Wahrsagerin? Herrschaftszeiten! Und so was hat die gesagt? Woher will die das denn wissen?«, fragte er spöttisch.

Obermüller stieß einen Seufzer aus. »Na servus, so weit ist es mit der Bayerischen Polizei also schon gekommen.«

Engel schien das Gespräch mit Mühlbauer noch einmal in Gedanken durchzugehen. Sie sprach langsam, als sie sagte: »Beide trugen das Zeichen des schlafenden Mannes …«

»Was?«, rief Lechner.

»Die Opfer …«, erklärte Engel. »Annemarie Mühlbauer sagte, sie trügen das Zeichen eines schlafenden Mannes.«

Lechner schaute kurz perplex zu den anderen, dann prustete er los. »Die Mühlbauer mit ihrem Astrokram, das ist Ihre Wahrsagerin? Die kenn ich. Vergesst's, das ist eine Spinnerin. Sie wirkt immer so vernünftig, aber das ist ihre Masche. Allerdings könnte auf sie ganz gut dieser religiöse oder sonstige Wahn zutreffen, von dem Sie eben geredet haben. Auch die gefundenen Amulette oder Medaillons würden zu der passen.«

Die anderen beiden Männer nickten. »Das wäre doch wenigstens ein Anhaltspunkt«, meinte Huber mit einem Anflug von Hoffnung.

»Nein«, sagte Engel laut und fest. »Ida Winkler, die Frau des Apothekers, hat einen Mann gesehen. Da ist sie sich ganz sicher. Wegen Statur und Gang. Einen Mann mit Hahnenfeder auf dem Hut.«

»Richtig.« Huber bedauerte es zwar, aber es stimmte. »Das ist eine weitere Gemeinsamkeit: In den Zeugenaussagen zu allen Morden taucht der Teufel auf. Eine Roma-Bettlerin nannte das Romani-Wort *beng*, das ›Teufel‹, ›Unhold‹ oder ›Dämon‹ bedeutet. Eine Obdachlose auf dem Kapuzinerberg meinte, der Teufel habe Martina Meierhofer bezahlt. Und von der Apothekerin hat Kollegin Engel ja gerade erzählt.«

»Am Ende ist das Zeichen des schlafenden Mannes noch ein Teufelszeichen«, spottete Lechner. »Ich bin ja nur ein ganz normaler Polizist, aber in meinem Berufsalltag orientieren wir uns an Fakten und nicht an Höllengestalten und Wahrsagerinnen. Oder wollen S' den Teufel jetzt steckbrieflich suchen? Mit Hut und Hahnenfeder?« Er lachte schallend.

»So kommen wir nicht weiter«, sagte Huber bestimmt. »Ich schlage vor, wir gehen noch einmal gemeinsam zu dieser Wahrsagerin, Frau Engel. So leid es mir tut – etwas Besseres haben wir derzeit nicht. Und alle Anwesenden bitte ich, sich zu der Teufelsgestalt Gedanken zu machen. Vielleicht hat sich ja zum Beispiel nur jemand ganz alpenländisch als Krampus verkleidet.«

Obermüller verzog das Gesicht. »Als Krampus? Na, der begleitet doch nur den Nikolaus, außerhalb der Adventszeit fällt man in so einem Schreckkostüm doch auf wie ein bunter Hund! Immerhin ist der gemeine Krampus nicht gerade ein Zwerg.«

»Es geht ja auch nur darum, Ideen zu sammeln«, sagte Huber.

Engel hob einen Zeigefinger. »Wenn wir gerade beim Brainstorming sind – da fallen mir die Teufelshöhle ein, das Teufelsloch, die Teufelshörner und die Teufelsschlucht. Die liegen doch alle hier nahe dem Untersberg. Am Eingang zur Teufelshöhle befindet sich auch eine lebensgroße Teufelsfigur in kräftigem Rot – allerdings ohne Hut und Hahnenfeder.«

Obermüller und Lechner schien das Teufels-Brainstorming unvereinbar mit anständiger Polizeiarbeit. Lechner verschränkte ostentativ die Arme vor der Brust und zog beide Augenbrauen hoch; Obermüller stützte seine Ellbogen auf die Schreibtischplatte und vergrub das Gesicht in den Händen. »Seids übergeschnappt, ihr bayerisch-österreichisches Duo? Ihr wollt wirklich einer Teufelsgestalt nachjagen? Warum fragt ihr nicht einfach die damische Seherin, diese Mühlbauer?«, nuschelte er durch seine Finger.

Huber spitzte die Lippen und nickte. »Gute Idee, mein bajuwarischer Kollege! Lassen Sie uns gleich hingehen, Frau Engel. Ich möchte Sie lieber begleiten, ich fürchte, Sie sind ein bisschen – voreingenommen, was Frau Mühlbauer angeht. Mir scheint, Ihre Sympathie für die Dame könnte Ihnen bei der Befragung im Weg stehen.«

Jetzt schaute sie reichlich angesäuert, die Kollegin. Es war wohl besser, gleich wieder auf Schönwetter umzuschalten.

»Natürlich sind Sie Profi genug, um sich bei einer Befragung nicht von Ihrem Gefühlsleben beeinflussen zu lassen, Frau Engel! Aber vielleicht ist es trotzdem gut, wenn ich mir als gänzlich Unvoreingenommener auch einen Eindruck verschaffe.«

Engel war offenbar nicht an weiterer Konfrontation gelegen. »Lassen Sie mich zuerst noch einmal alleine zu ihr gehen. Vorhin, als Sie nach dem Ticketautomaten für den Parkplatz gesucht haben, habe ich einen Termin mit ihr vereinbart. Wenn ich gleich jetzt unangemeldet bei ihr auftauche und Sie mit Ihrer«, sie schaute zu ihm hinüber, als prüfte sie seine aktuelle Laune, »also, mit Ihrer derzeit recht ... ungeduldigen Grundstimmung mich auch noch begleiten, dann verschließt sie sich womöglich völlig.«

»Sie sehen das ja ziemlich entspannt«, gab er zurück.

Aber Obermüller pflichtete ihr bei. »Die Lilly ist in diesen Dingen wirklich geschickt. Die hat so eine Intuition ...«

»Die mir natürlich völlig abgeht«, unterbrach Huber Engels Kollegen. »Aber sei's drum. Lassen Sie sich eine hübsche Sternenbehandlung angedeihen, Frau Engel. Und vielleicht noch ein paar bunte Fingernägelchen und ein Peeling. Als gestresste Multitasking-Mama brauchen S' das sicher ab und zu.«

Au, au, und wieder zielsicher in den Fettnapf! Vielleicht hatte Obermüller ja sogar recht, und er war heute nicht mehr in der diplomatischsten aller Verfassungen. Aber verdammt, hier mordete ein Wahnsinniger, und den mussten sie stoppen. Lieber jetzt gleich als in einer Stunde. Wer wusste denn schon, ob er sich nicht gerade in diesem Moment den Nächsten schnappte und ihm die Schlinge um den Hals legte?

Der fünfte Tag – Freitag

Liebe Güte, war sie müde! Laura hatte sie bis um zwei Uhr am Morgen immer wieder aus dem Schlaf gerissen. Schon die dritte Nacht in Folge. Pavor nocturnus, so nannte der Kinderarzt das Phänomen, und als Lilly ihn damals, vor einem Jahr, etwas ratlos angesehen hatte, hatte er den Ausdruck mit »nächtlichem Angstschreck« oder auch »Nachtangst« übersetzt. Aber egal, welchen Namen man dem Ganzen nun gab, ob einen lateinischen oder deutschen: Die Kleine fing nachts urplötzlich an zu schreien und zu weinen, mit sperrangelweit geöffneten Augen. Aber sie war nicht wach. Sie erkannte Lilly nicht und reagierte auch nicht, wenn sie sie streichelte. Sie heulte bloß so laut, dass es einem alles zusammenzog. Bis zu einer Viertelstunde konnte so ein Anfall dauern. Nach dem ersten war Lilly am nächsten Tag völlig panisch beim Kinderarzt aufgelaufen, der ihr dann die Geschichte vom Pavor nocturnus erklärte. »Das ist ganz harmlos, liebe Frau Engel, das bekommen vor allem die besonders aufmerksamen Kinder. Sie sammeln tagsüber mehr neue Eindrücke, als sie verarbeiten können.« Dann hatte er noch gesagt, Laura werde währenddessen tatsächlich nicht richtig wach und so ein Pavor halte selten länger als eine Viertelstunde an. Dann würden die Kinder kurz aufwachen und schliefen anschließend sofort wieder ein. »Aber sie erinnert sich an gar nichts«, hatte Lilly insistiert. Auch das sei normal, hatte der Doktor geantwortet, sonst hätte Laura »nur ganz normale Alpträume«. Was der nette Herr Kinderarzt damals verschwiegen hatte, war, dass sich das Geschrei und Geweine in diesen Nächten bis zu vier- oder fünfmal wiederholen konnte, es begann immer etwa eine Stunde nach dem Einschlafen.

Gestern war wieder so eine Nacht gewesen. So wie vorgestern. Und die Nacht davor auch schon. Lilly hatte die schreiende Laura auf dem Arm durch die Wohnung getragen. Nach einer Viertelstunde war der Spuk vorbei gewesen, und ihre Tochter hatte sich wieder in ein friedliches kleines Murmeltier verwandelt. Und nach gut einer Stunde war das Ganze von vorn losgegangen. Bis um zwei Uhr. Lilly wusste aus Erfahrung, dass auf ein oder zwei Pavor-Nächte meist eine mehr oder weniger lange Pavor-Phase folgte. Also das gleiche Programm auch in den kommenden Nächten anstand. Und das ausgerechnet jetzt.

Das Schild von Annemarie Mühlbauer leuchtete in allen Farben des Regenbogens. »MARYS STERNENKOSMETIK« stand darauf.

Als Lilly sich gestern für den heutigen Vormittag angekündigt hatte, war Annemarie Mühlbauer sofort bereit gewesen. »Aber dann machen wir auch gleich so eine superschöne Farbberatung. Nicht bloß ein lausiges Krimigespräch.« Lilly hatte eingewilligt. Warum auch nicht, wenn es der Vertrauensbildung diente.

Dieses Mal war Annemarie ganz in Lila und Pink gekleidet. Gar nicht übel, fand Lilly, obwohl sie selbst solch einen Rüschenrock nie angezogen hätte. Außerdem roch es in der kleinen, zum Studio umgewandelten Wohnung wunderbar nach ätherischen Ölen.

Eigentlich hatte Lilly zuerst das Gespräch führen wollen, aber bevor sie dazu kam, wurde sie schon in einen großen hellblauen Korbsessel genötigt. Bequem, stellte sie fest. Vielleicht sollte sie sich auch so ein Möbel anschaffen, selbst wenn damit das halbe Wohnzimmer zugestellt wäre.

Dann reichte ihr die Kosmetikerin einen Zettel, auf dem Lilly lauter Fragen zu Geburtsort, -zeit, -jahr und noch Diversem mehr beantworten musste. Das brauche sie zur Bestimmung des Typs, so Annemarie Mühlbauer.

»Wieso eigentlich ›Mary‹?«, fragte Lilly schließlich, während die Hellseherin in einem Nachbarraum, der ohne Türen angrenzte, mit etwas hantierte. »Auf dem Schild draußen, meine ich.«

»Würdest du etwa Annemarie heißen wollen?«, kam die Rückfrage. »Wofür steht denn Lilly? Elisabeth?«

»Nein«, antwortete Lilly und seufzte. »Lilly steht für Lilly. Leider.«

Annemarie alias Mary kam mit einem Tablett zurück. Darauf ein doppelwandiges Glas mit einer blau schimmernden Flüssigkeit, von der ein süßlicher Duft ausging. Sie stellte alles vor Lilly ab. »Das ist doch hübsch. Und Lilly Engel klingt sogar wie ein sprechender Name. So sanft, richtig lieblich.«

»Vor der Ehe mit Herrn Engel hieß ich allerdings Jakobsen.« Sie zeigte auf das Glas. »Was um alles in der Welt ist das?«

»Tee.« Mary lächelte. »Früchtetee, ohne Farbzusätze. Man bekommt ihn drüben in Salzburg in einem Teeladen in der Altstadt. Blau ist die Farbe des sechsten Chakras. Sie verhilft uns zur inneren Klarheit, zur Seelenschau, zur Wahrnehmung des Wahren. Außerdem entspannt Blau.«

Lilly hatte nur eine ungenaue Vorstellung davon, was Chakras waren, wollte aber auch nicht nachhaken. Sonst verzettelten sie sich noch völlig.

»Trink du erst einmal deinen Tee, und ich richte dir in der Zwischenzeit die Liege her. Anschließend machen wir eine Gesichtsmassage nach traditioneller chinesischer Medizin, die löst deine Blockaden. Danach kommst du mit deinen Ermittlungen viel besser voran, du wirst sehen.«

Eigentlich hatte sie keine Zeit für so etwas, andererseits war Entspannung nach der dritten Nacht mit nur vier Stunden Schlaf wahrscheinlich sogar genau das, was sie jetzt brauchte. Also trank Lilly brav das blaue Zeug, das wider Erwarten gar nicht schlecht schmeckte.

Währenddessen zog Mary die bunten Tüllvorhänge vor die Fenster, sodass der Raum in regenbogenbuntes Licht getaucht wurde. Sie wies Lilly an, sich auf den Rücken auf die Liege zu legen, und begann, ihr mit sehr vorsichtigen, weichen Bewegungen über das Gesicht zu streichen.

»Abschalten!«, befahl sie sanft. »Das ist jetzt deine ganz eigene halbe Stunde. Du kannst dich eh entspannen, der Mörder ist mit seinem Werk fertig. Es wird nun keine weiteren Opfer geben.«

Wenn das nur wahr wäre …

Ursprünglich hatte Lilly noch gedacht, dass sie während der Massage bereits mit ihrem Gespräch beginnen könnte, musste nun aber einsehen, dass es völlig unmöglich war, mit jemandem zu reden, wenn dieser Jemand ihr mit den Fingern über Augen, Mund und Nase strich. Außerdem fühlte sich das Ganze unglaublich gut an. Und noch besser war die Ruhe! Denn auch ihre Masseurin sagte nichts. Nach einer Weile merkte Lilly, dass sie in einen Schwebezustand zwischen Wachen und Schlafen glitt. Sie sah sich selbst, wie sie durch eine sich ständig ändernde Phantasielandschaft ging, über eine Wiese, am Meer entlang, durch die Berge. Über eine Straße. Durch eine alte Stadt. Sie schien einer vorgegebenen Route zu folgen …

Und da war es auf einmal wieder. Das, wonach sie vorgestern auf dem Weg zur Parkgarage so vergeblich in ihren Erinnerungen gegraben hatte: die Stadt! Sie war auch damals mit dem Fuß umgeknickt. Der Absatz ihres Schuhs war abgebrochen. Und als sie sich gebückt hatte, da hatte sie neben sich auf der Straße diese Bronzeplatte mit dem Bild gesehen. Ein Geflecht aus mehreren Buchstaben, die über einer Raute in der Mitte der Platte zusammenliefen und sich zu weiteren Buchstaben verbanden. In Aachen war das gewesen, und das Bild war … Richtig! Es war das Signum Karls des Großen gewesen. Ich muss es mir merken, dachte sie im Halbschlaf, aus dem selbst diese Erkenntnis sie nicht herausreißen konnte. Ich muss mir den Namen merken. Karl der Große. Er ist wichtig. Ich muss … Und wieder glitt sie hinüber in die wunderbare Schwere, in der nichts wichtig war und nur einzelne Bilder an ihrem inneren Auge vorbeizogen.

»So!«, hörte sie irgendwann Mary halblaut sagen. »Jetzt schaust du gleich ganz anders aus.«

Die Vorhänge wurden wieder geöffnet, und Lilly fühlte, wie die andere sie hochzog, bis sie saß. »Brauchst du etwas zum Wachwerden?«, fragte Mary. »Einen Espresso vielleicht? Du hattest eine wichtige Erkenntnis eben, vor ungefähr zehn Minuten, kann das sein? Ich hoffe, sie ist dir nicht wieder entfallen.«

Lilly dachte, dass sie jetzt eigentlich überrascht sein müsste, vielleicht sogar erschrocken, weil die Frau schon wieder etwas wusste, das sie unmöglich wissen konnte. Doch sie fühlte sich immer noch zu weit weg. Immerhin war ihr der Name in Erinnerung geblieben. »Schreib doch bitte mal für mich ›Karl der Große‹ auf«, bat sie die Hellseherin. Hilfe, klang sie weggetreten!

Während Mary Zettel und Stift holte, schleppte sich Lilly wieder zurück in den Korbsessel. »Sag mal, hast du mir irgendwas in den Tee getan?«, fragte sie.

Die Kosmetikerin oder Wahrsagerin, oder was auch immer sie nun war, lachte. »Das ist dein Kreislauf. Zu wenig Schlaf und zu viel Wirbel. So! ›Karl der Große‹ ist notiert.« Sie gab Lilly den Zettel, die ihn in ihre Handtasche steckte. Dann ging sie erneut in den Nachbarraum, und Lilly hörte das laute Summen einer Espressomaschine.

Kurz darauf setzte Mary sich auf den Sessel Lilly gegenüber und reichte ihr eine lilafarbene Espressotasse.

»Sag mal, dein Herr Engel, das ist ein ziemliches Arsch, habe ich recht?«

»Egomane trifft es besser«, erwiderte Lilly. »Warum?«

»Vor mir sind solche Bilder aufgestiegen, während der Massage. Bilder von einem attraktiven, miesen Kerl, dem du komplett wurscht bist. Ich habe deine Enttäuschung gespürt. Er ist Künstler, richtig?«

Lilly nickte. »Musiker, klassischer. Und Ex. Ex-Mann, seit zwei Jahren schon. Aber ich bin nicht mehr enttäuscht. Ich habe ihn abgeschrieben, komplett. Er taugt ja nicht einmal zum Wochenendvater.«

»Dann solltest du auch keine Erwartungen mehr an ihn haben.« Mary lächelte. »Auch nicht als Wochenendvater. Der Kerl war offenbar ein Griff in die Mülltonne.«

Jetzt musste Lilly lachen. An Müll hatte sie im Zusammenhang mit David noch nie gedacht. Aber das Bild passte.

»Und du?«, fragte sie und dachte im selben Moment, dass sie nicht hier war, um mit dieser Frau über Beziehungsprobleme zu reden.

»Mein Freund lebt weit weg, auf Island«, erzählte Mary freimütig. »Ich finde das ideal, wir sehen uns nicht oft, und wenn, dann ist es richtig gut. Kein zu enges Auf- und Aneinanderkleben, aber ich fühle mich auch nie alleine. Wir sind energetisch sehr eng miteinander verbunden. Aber weißt du was? Später, wenn ihr diesen Mörder gefunden habt, treffen wir uns mal auf einen Kaffee, und dann quatschen wir beide richtig. Aber nun ab nach drüben.« Sie deutete auf einen Stuhl vor einer Art Frisiertisch. »Jetzt kommt noch das Make-up, und danach widmen wir uns diesem Monster, das hier umgegangen ist und der Reihe nach über unschuldige Menschen gerichtet hat.«

Lilly vermutete, dass es keinen Sinn hatte, die Reihenfolge ändern zu wollen, die diese Frau nun einmal festgelegt hatte. Zum Glück hatte der Espresso ihren Kreislauf wieder in Schwung gebracht. Sie fühlte sich bereit für die Farbberatung.

Mary zog eine Art Jalousie vor dem Spiegel herunter, sodass Lilly nicht sehen konnte, wie sie ihr Gesicht mit Cremes, Pasten und allem möglichen anderen bearbeitete, das sich nach Peeling und nassem Waschlappen anfühlte. Im Anschluss kamen Schwämmchen und Pinsel zum Einsatz.

Eine Viertelstunde später saß Lilly einem Spiegelbild gegenüber, dessen Augenringe auf wundersame Weise verschwunden waren. Außerdem sah die Frau ihr gegenüber nicht erschöpft aus. Stattdessen strahlte ihr Gesicht und wirkte frisch. Auch die sehr, sehr ebenmäßige Haut fiel ihr auf. Sicherheitshalber fuhr sie sich mit der Hand durch die Haare, aber ja, die andere tat dasselbe. »Genial!«

»Es kommt nur darauf an, dass man den richtigen Typ erkennt.«

Sie kehrten wieder zu dem großen Korbsessel zurück, und Lilly musste sich bremsen, um nicht die Beine unter sich zu ziehen und es sich allzu bequem zu machen. »Das Morden hat also aufgehört?«, fragte sie.

»Ich denke schon, ja. Er hat sein Werk vollendet. Nun wartet er, dass der, den er zu sich ruft, auch sein Wort einlöst.«

Hm. Die Andeutungen halfen ihr kein Stück weiter. »Kanntest du den Apotheker? Moritz Winkler?«

»Jeder kannte ihn. Er war auch so ein Fall für die Mülltonne.«

»Könntest du dir vorstellen, dass seine Frau etwas mit den Morden zu tun hat?«

Mary schüttelte entschieden den Kopf. »Wenn, dann wäre das ihre erste selbstständige Handlung gewesen. Jahrelang hat die Ida in ihrem Puppenhaus gesessen und sich wie ein kleines Mädchen bevormunden lassen. Nein. Die hat keinen umgebracht. Dazu fehlt ihr jede Eigeninitiative.«

So, wie sie das sagte, hatte Lilly fast den Eindruck, als bedauerte Mary Ida Winklers Passivität in Sachen Ehegattenmord. »Und ihr Liebhaber?«

Jetzt lachte die andere abschätzig. »Denkst du, der riskiert seine Position für eine Affäre? Das bisschen Spaß, das nimmt er gern mit, aber so viel ist ihm die schöne Ida nun auch nicht wert.«

Aber wer war es dann?, sinnierte Lilly schweigend. Laut sagte sie: »Nehmen wir einmal an, du könntest wirklich hellsehen –«

»Was ich nicht kann«, unterbrach Mary sie freundlich, aber bestimmt. »Ich empfange Bilder und innere Wahrheiten. Ich fühle sie. Das ist kein Hellsehen.«

Lilly fragte sich, was denn dann Hellsehen sei, aber darum ging es hier nicht. »Gut, dann eben Bilder«, lenkte sie ein. »Was siehst du, wenn du an die drei Ermordeten denkst? Du bist ja deshalb sogar zu uns gekommen.«

»Gar nichts habe ich gesehen. Nur gefühlt, dass sich mit diesen Morden etwas erfüllen muss. Jemand bringt Menschen um, damit er selber von einem anderen erlöst wird.«

»Das klingt ziemlich meschugge, wenn du mich fragst.«

Mary schien darüber eine Weile nachzudenken. »Ja. Das ist auch ziemlich meschugge.«

»Und profanere Gründe als irgendwelche Welterlösungsszenarien hast du nicht gefühlt?«

Mary sah Lilly an, hob die Schultern und ließ sie langsam wieder sinken. »Wie gesagt, es sind keine Bilder. Da ist nur dieses dunkle Gefühl. Dass Seelen gegen etwas verstoßen haben. Gegen eine Ordnung. Ein Prinzip. Klarer sind meine Wahrnehmungen leider nicht.«

Lilly beugte sich vor. »Tut mir leid, ich muss das jetzt fragen, sonst lyncht mich mein Salzburger Kollege: Wo warst du vorgestern Nacht? Als Moritz Winkler ermordet wurde?«

»Zu Hause«, gab Mary seelenruhig zurück. »Ich habe mit Baldur geskypt.« Sie legte Lilly die Hand auf den Arm. »Ich weiß, dass du jeder Spur nachgehen musst«, sagte sie beruhigend. »Ich kann euch das Protokoll gern zeigen. Und im Interlunium, also zu Neumond, sitze ich die halbe Nacht vor meinem großen Mandala und meditiere.« Jetzt lachte sie. »Das lässt sich natürlich nicht so einfach beweisen.«

»Wo soll ich suchen?«, entfuhr es Lilly. »Wenn du so viel spürst, dann sag mir doch um alles in der Welt, wo ich suchen muss.« Sie biss sich auf die Lippen. So weit war es schon, dass sie eine Wahrsagerin um Hilfe bat.

»Ich weiß es nicht«, erwiderte Mary ehrlich ratlos. »Ich möchte euch wirklich helfen, so gut ich kann, aber ich will dir nichts vorlügen. Ich habe keinen Schimmer, wo ihr suchen müsst. Ich hatte mir gedacht, dass ich durch die Massage deine innere Sicht wachrufen könnte. Wir können das auch gerne jederzeit wiederholen.« Jetzt machte sich ein Lächeln auf ihrem Gesicht breit. »Wenn die Massage nicht der Wahrheitsfindung dient, dann tut sie dir wenigstens gut.«

Lilly sah ein, dass sie hier nicht weiterkam. Entweder konnte Annemarie Mary Mühlbauer wirklich nicht mehr sagen, oder sie wollte es nicht. Beides lief auf dasselbe hinaus. Abgesehen davon freute Lilly sich wirklich schon darauf, sich nach der Lösung des Falls mit ihr zu treffen.

Als sie bereits wieder vor dem Kosmetikstudio stand, hörte sie schnelle Schritte hinter sich. »Lilly, warte! – Eben gerade, als du aus der Tür hinaus warst, hab ich es gespürt. Die Lösung liegt im Wasser, ihr müsst nach Verbindungen zum Wasser suchen.«

Warum hatte er eigentlich »Hamburg, meine Perle« als Klingelton für sie gewählt? Er mochte das Lied nicht einmal. Aber eben, als »Haserl Reichenhall« anrief, hatte sein Herz einen Hüpfer gemacht. Aufgeregt war sie. Sie habe die Lösung für die Symbole auf den Medaillons! Ob er in der Polizeiinspektion sei? Sie wolle sofort vorbeikommen. Er wollte sie noch fragen, ob sie ihm nicht schon einmal am Telefon verraten … Aber da hatte sie bereits aufgelegt.

In Krimis oder Thrillern wäre das der Moment, in dem der Anruferin etwas Schlimmes zustößt und die entscheidende Information damit verloren ist, dachte er. Und erschrak. Natürlich geschahen solche kuriosen Ereignisse nur im Film, aber – verdammt noch mal! – ihr sollte nichts passieren. Die nächste halbe Stunde konnte er sich auf nichts mehr konzentrieren. Einmal rief er noch zurück, aber sie nahm nicht ab. Auch das noch. Er tigerte durch sein Büro und wusste nichts mit sich anzufangen. Also wählte er ihre Nummer noch einmal. Draußen auf dem Flur erklang die Zithermusik aus dem »Dritten Mann«, dann klopfte es an die Tür.

»Haben Sie mich zweimal angerufen, Huber?«, fragte sie, als sie eintrat.

Er sah sie an. Wow. Er war baff. War sie schön! Sie brauchte sich auch ansonsten nicht zu verstecken, aber jetzt sah sie einfach nur umwerfend aus. Irgendetwas hatte sie mit sich angestellt, wirkte ganz frisch und entspannt. »Sie sehen entspannt aus«, sagte er.

»Ich? Meinen Sie etwa, ich hätte gefaulenzt? Ich habe bis eben bei der Wahrsagerin ermittelt«, protestierte sie. »Und ich glaube, wir haben den Schlüssel.«

Mist, das Kompliment war komplett in die Hose gegangen. Nun denn, dann ging es eben weiter wie immer. »Und warum gehen Sie nicht an Ihr Handy? Mussten Sie erst noch Ihr

Schminktäschchen ausrauben?« Er hatte sich doch schließlich Sorgen um sie gemacht. So irrational sie auch gewesen waren.

Ihre Hand flog zu ihren Haaren. So hätte man sie glatt für das Titelbild der »Madame« ablichten können. Aber sie kokettierte nicht, sie war eingeschüchtert. Das hatte er nicht gewollt.

»Ich dachte eigentlich, das Make-up würde ganz natürlich wirken«, sagte sie ein wenig zaghaft.

»Tut es auch. Und steht Ihnen gut.«

So, das war jetzt eindeutig gewesen. Ein Kompliment. Nicht das charmanteste, aber unverkennbar. Das musste sie doch verstanden haben. Als sie nichts sagte, fuhr er fort: »Ermittelt haben Sie also. Bei der Wahrsagerin.« Das hatte er vielleicht einen Hauch zu süffisant gesagt. Also schnell weiter im Text. »Und welchen Schlüssel haben Sie dabei entdeckt?«

»Den hier!« Triumphierend zückte sie ihr Handy und wischte darauf herum. »Ich hab's unterwegs gegoogelt. Schauen Sie sich das mal an.«

Engel hielt ihm ihr Handy hin. Auf dem Display sah er das Foto einer metallenen Scheibe mit vier Buchstaben darauf, je einem links und rechts, oben und unten. In der Mitte waren sie durch Linien verbunden, die bei ihrer Überschneidung eine Raute bildeten.

»Teufel auch!«, stieß er aus. »Das sind unsere Zeichen auf den Medaillons.« Jetzt war er es, der aufgeregt war.

»Darf ich vorstellen, Herr Major«, sagte sie stolz, »das Karolus-Monogramm. Es war das offizielle Signum Karls des Großen. Dazu gibt es auch einen Wikipedia-Artikel …«

Sie öffnete ein weiteres Browserfenster und hielt ihm das Smartphone wieder vor die Nase. »Das Monogramm besteht aus den Buchstaben K-R-L-S, die über ein Kreuz verbunden und um eine Raute angeordnet sind, die auf der Spitze steht. Die Raute als Ganzes ist als O zu lesen. Ihr oberer Teil ergibt das A und der untere das U. Alles zusammen macht K-A-R-O-L-U-S. Was Ihr Chef beim Medaillon des Rom-Jungen für einen Pfeil hielt, ist das K. Die Schlangenlinie bei der Obdachlosen ist das S und das Zeichen auf der Plakette des Apothekers das L. Die

Linien, die der Professor als Zeichen von Zerstörung sah, sind die Verbindungen zur Raute.«

»Sie haben recht!«, rief Huber. »Die Buchstaben sehen genau so aus wie unsere Zeichen. Wie sind Sie bloß darauf gekommen?«

Engel lächelte. »Ich war doch gerade bei Mary Mühlbauer. Sie hat meine Energien ausgeglichen, mit einer chinesischen Gesichtsmassage, glaub ich. Und während der Entspannung fiel mir ein, wie ich vor ein paar Jahren in Aachen war. Damals ist mir wie gestern in der Altstadt einer meiner Absätze abgebrochen. Genau neben einer Bronzeplatte mit dem Karlsmonogramm.«

»Ach, dann war das die metallene Scheibe auf dem Foto gerade«, erinnerte er sich.

»Genau. Von diesen Bronzeplatten gibt es«, sie schaute bei Wikipedia nach, »ganze hundertvierzig Stück in der Aachener Innenstadt. Sie markieren den Rundweg ›Kaiser Karl führt durch Aachen‹ und sehen ein wenig so aus wie diese Stolpersteine, die an die Opfer des Nationalsozialismus erinnern.«

Huber war begeistert. Endlich hielten sie etwas in der Hand, das sie in diesem Fall weiterbringen konnte. Er fasste Engel bei den Schultern und schaute sie bewundernd an: »Sie haben den Code geknackt, Frau Kollegin. So wie Sie muss sich Jean-François Champollion gefühlt haben, als er die Hieroglyphen auf dem Stein von Rosette entschlüsselte.«

Sie errötete. Was ihn irritierte. Denn das eben war doch ein rein fachliches Kompliment gewesen.

Dann rief sie: »Aua! Sie tun mir weh!«, und er erschrak. Er musste unbemerkt seinen Druck auf Engels Schultern verstärkt haben.

Er löste seine Hände von ihr und ging im Büro auf und ab. »Ist Ihnen denn auch klar, was das heißt? Das Wort ›Karolus‹ besteht aus sieben Buchstaben, und wir haben erst drei Tote mit Medaillons und entsprechenden Zeichen gefunden. Es fehlen von den Konsonanten noch das R oben im Signum und alle drei Vokale. Selbst wenn der Täter die Raute in der Mitte als O und damit als einheitliches Zeichen behandeln sollte, schweben noch zwei Menschen in Lebensgefahr. Mindestens.«

»Verflucht«, flüsterte sie. »Mary hat doch gesagt, der Mörder sei fertig. Es würde keine Opfer mehr geben. Das Werk sei vollendet, und der Täter würde nur noch darauf warten, dass jemand sein Wort einlöst.«

»Es scheint, als hätte sich die liebe Mary geirrt«, lästerte er.

Sie seufzte. »Wir müssen mit diesem Schlüssel weitermachen, um ihn aufzuhalten. Schauen Sie in Ihrem Computer doch einmal nach, was Wikipedia zu Karl dem Großen schreibt. Vielleicht finden wir so einen Hinweis auf das nächste Opfer.«

Sie setzten sich an seinen Schreibtisch, und er suchte die entsprechende Seite. »Der Beitrag ist zweiundvierzig Druckseiten lang, Madame Champollion«, stöhnte er. »Wonach halten wir Ausschau?«

Sie zog die Stirn kraus. »Keine blasse Ahnung. Ich schlage vor, Sie drucken alles aus, und jeder von uns geht eine Hälfte durch. Wer etwas findet, schreit laut.«

Huber gab den Druckbefehl, und sie teilten sich die Seiten auf. Er übernahm die erste Hälfte, Engel die zweite. Jeder saß auf einer Seite des Schreibtischs und las konzentriert.

»Haben Sie schon etwas?«, fragte Engel nach einer Dreiviertelstunde.

»Nichts, gar nichts«, nuschelte er zurück. »Bin gerade beim Ende der Selbstständigkeit Bayerns.«

»War also schon damals ein Thema«, kommentierte sie.

Sie vertieften sich wieder.

»Hier ist das Signum abgebildet«, sagte er nach einer Weile. »Aber das hilft uns auch nichts.« Noch einmal das Stöhnen. Doch kurz darauf fing er an zu brummen. »Das hier vielleicht …«

»Haben Sic jctzt etwas?«, fragte sie hoffnungsvoll.

Er wiegte den Kopf. »Ich weiß nicht. Hören Sie mal: ›Ein wichtiges Instrument der Königsherrschaft war die Gesetzgebung, von der Karl ausgiebig Gebrauch machte. Mit den sogenannten Kapitularien wurde eine weitgehend einheitliche Gesetzgebung geschaffen …‹ und so weiter. Und hier steht: ›Im März 789 erließ Karl das Kapitular ›Admonitio generalis‹. Es war ein programmatisches Kapitular, das eine allgemeine Ermahnung beinhaltete und sich gegen Missstände in der Kirche und im Reich richtete.‹ Vielleicht ist das ein Anhaltspunkt.«

»Eine allgemeine Ermahnung?«, übersetzte sie. »Missstände in der Kirche und im Reich … Haben Sie dazu noch mehr?«

Er las weiter. »›In zweiundachtzig Kapiteln wurde auf die kirchliche Neuordnung, Belebung des Wissens und Bekämpfung von Häresie und Aberglauben eingegangen und allgemein auf eine bessere Lebensführung der Untertanen hingewirkt. Es wurde für Frieden und Eintracht geworben, unerwünschte Faktoren wie Hass, Neid und Zwietracht wurden verurteilt.‹«

»Das könnte doch etwas sein«, warf sie ein.

»Und schließlich«, fuhr er fort, »›Das gesamte Leben im Reich sollte sich an dem Programm der ›Admonitio generalis‹ orientieren.‹«

Engel legte ihre Hand auf seine. »Monsieur Champollion, das könnte wirklich ein Treffer sein. Steht da noch mehr?«

Ihre Hand war weich und warm. Die Haut so glatt.

»In diesem Artikel nicht«, sagte er. »Es gibt aber einen Link zur ›Admonitio generalis‹. Schauen wir mal …« Er rückte zu seinem Computer und klickte den Link an. »Hm.« Dann las er vor: »›Die ›Admonitio generalis‹ (lateinisch: ›allgemeine Ermahnung‹) ist ein im Jahre 789 von Karl dem Großen erlassenes Kapitular. Sie gehört zu den bekanntesten Kapitularien überhaupt.‹«

Sie kam auf seine Seite des Schreibtischs herüber, legte eine Hand auf seine Schulter und sah gemeinsam mit ihm auf den Monitor.

Er las weiter: »›Die in Aachen verfasste ›Admonitio generalis‹ ist ein ausführliches Send- und Mahnschreiben, das an die Bischöfe, den übrigen Klerus, die weltlichen Würdenträger und das Volk des Reiches gerichtet ist.‹« Er scrollte etwas weiter nach unten. »›Ziel war es, das alte, als vorbildlich angesehene Kirchenrecht wiederherzustellen.‹ Hm. Und hier steht noch: ›Karl der Große beabsichtigte damit die Fundamentalchristianisierung der oft noch heidnisch geprägten Stammesgesellschaft des Reiches.‹ Das war's.«

Engel wirkte enttäuscht. »In dem Artikel steht nichts über die Bekämpfung von Häresie und Aberglauben oder die gewünschte bessere Lebensführung der Untertanen. Auch nichts zu Frieden, Eintracht, Hass, Neid und Zwietracht, so wie davor.«

Ihre Hand lag immer noch auf seiner Schulter. Die Nähe machte ihm Lust auf mehr Berührung und lenkte ihn ab. Doch dies war nicht der Moment.

»Wir brauchen den Text der ›Admonitio‹«, erklärte er. »Hier gibt es aber nur einen Link zum lateinischen Original.« Er klickte darauf. »Super. ›*Regnante domino nostro Iesu Christo in perpetuum. Ego Karolus, gratia Dei eiusque misericordia donante rex et regnor regi Francorum …*‹ Können Sie das fließend lesen, Frau Kollegin?«

»Machen Sie Witze?«

»Dann brauchen wir die deutsche Übersetzung. Am besten ins aktuelle Deutsch, nicht ins Mittelhochdeutsche. Bei Wikipedia wird auf eine Textausgabe verwiesen.« Er rief die Seite der Universitätsbibliothek Salzburg auf. »Hier«, sagte er. »›Die Admonitio generalis Karls des Großen‹, das Werk ist verfügbar in der Unibibliothek.«

Engel nahm ihre Hand von seiner Schulter. »Dann auf in die UB!«

Die Universitätsbibliothek Salzburg lag gegenüber vom Großen Festspielhaus, ein schmucker Bau in der Altstadt. Vor dem Eingang in der Hofstallgasse fuhr gerade ein Fiaker vorbei, als Engel und Huber dort ankamen. Sie traten ein, und Huber ging zielstrebig in einen großen Raum im ersten Stock, setzte sich an einen Computer und suchte nach der Textausgabe der »Admonitio«. Er war vertraut mit der Bibliothek.

»Zwischen all diesen großartigen Büchern verliere ich mich leicht. Aber uns sitzt die Zeit im Nacken«, sagte er, während er sich die angezeigte Signatur notierte. »Gut. Das Buch steht im Freihandbereich, der Präsenzbibliothek. Wir können es hier also einsehen.«

»Sie sind wohl öfter hier«, sagte Engel anerkennend.

Er reagierte nicht, steuerte stattdessen mit seiner Notiz gezielt eines der Regale an, suchte kurz und zog dann ein Buch heraus.

»Zweisprachig, wer sagt's denn – Latein und Deutsch«, raunte er.

Er schlug den Band auf, und Engel drängte sich von hinten an ihn, um mitlesen zu können. Ihre Brust drückte gegen seinen Rücken. Das lenkte ihn wieder ab, und er wollte sich jetzt nicht ablenken lassen. Waren Sie eigentlich schon so vertraut miteinander? Wollte sie ihn vielleicht reizen?

»Verdammt, das sind fast dreihundert Seiten«, zischte er und blätterte ungeduldig, fand aber auf Anhieb nichts, was seine Aufmerksamkeit auf sich zog. »Wir machen das ungestört in meinem Büro und lesen wieder zu zweit.«

»Dreihundert Seiten!« Sie sah ihn entsetzt an.

Er zuckte mit den Schultern. »Uns wird nichts anderes übrig bleiben.«

»Aber das Buch kann man nicht ausleihen. Wollen Sie das etwa klauen, Huber?«, fragte Engel schmunzelnd.

»Ach was. Wir ziehen uns das auf einen Stick«, sagte er. Sie sollte bitte nicht so kokett gucken. Dafür war er nach den Berührungen zu empfänglich.

»Und Sie haben einen dabei?«

Er taxierte sie. »Die kann man hier erwerben. Unten bei der Ausleihe.«

Also besorgten sie sich einen USB-Stick und gingen wieder in den Freihandbereich. Huber stellte sich vor ein Gerät, mit dem er die entscheidenden Seiten des Werkes scannen und abspeichern konnte, und machte sich an die Arbeit. Nach gerade einmal einer halben Stunde war er fertig. Für ihn war das Routine. Er zog den Stick ab, und sie fuhren wieder zur Alpenstraße in die Polizeiinspektion.

»Jetzt brauch ich erst einmal einen guten Kaffee«, sagte er und machte sich an der Maschine zu schaffen.

Engel steckte währenddessen den Stick in den Computer und druckte das PDF-Dokument zweimal aus. Er hoffte, dass ihr der Duft der Arabicabohnen in die Nase stieg, und stellte fest, dass es ihm Spaß machte, ihr etwas Gutes zu tun. Nachdem er eine Tasse vor ihr abgestellt hatte, setzte er sich auf die ihr gegenüberliegende Seite seines Schreibtischs.

»Wenn wir das hier schaffen, gebe ich eine Runde Leberkassemmeln aus«, scherzte er. »Mit Dijon-Senf. Aber erst der Kaffee.« Mörder hin oder her – den Kaffee musste man zelebrieren. Dann funktionierten die kleinen grauen Zellen noch mal so gut, wie Meisterdetektiv Hercule Poirot gesagt hätte.

»Können wir nicht vielleicht schon mal parallel die ›Admonitio …‹?«, wagte Engel zu fragen.

»Nein! Das können wir nicht«, wies er allein die Vorstellung empört zurück. »Wie ich bereits sagte: Bei uns in Österreich schüttet man Kaffee nicht mal so eben zwischendurch in sich hinein, so verbreitet das bei euch Piefkes auch sein mag.«

Er erwies seinem Kaffee die Achtung, die ihm gebührte, da konnte Engel noch so demonstrativ auf die Ausdrucke schielen. Als die Tasse geleert war, schaute er sie herausfordernd an. »Nun – dann wollen wir mal: Fangen wir einen Mörder!«

Sie teilten sich die Blätter auf und studierten sie. Es war still im Raum. Nur das Umblättern war zu hören.

Huber überflog die Einleitung der Herausgeber und machte sich dann an den deutschen Text der »Admonitio generalis«. Schon auf der ersten Seite markierte er etwas. »Hören Sie mal: ›Karl hält die Hirten der Kirche dazu an, irrende Schafe in Sicherheit zu bringen, damit nicht der lauernde Wolf irgendeinen, der die kanonischen Satzungen oder die väterlichen Überlieferungen überschreitet, aufspürt und verschlingt.‹«

Sie sah auf. »Der lauernde Wolf? Wenn das mal nicht unser Mörder ist. Beziehungsweise – wenn unser Mörder sich mal nicht dafür hält. Für einen Rächer, der irrende Schafe verschlingt.«

Huber blickte versonnen. »Aber nach welchem System wählt er seine Opfer aus?«

Sie zuckte mit den Schultern. »Vielleicht finden wir ja die Antwort auf Ihre Frage, wenn wir weiterlesen.«

Wieder wurde es still. »Hier beginnt das Programm der Fundamentalchristianisierung«, raunte Engel an einer Stelle. Und nach einer Weile: »Und hier steht was vom Teufel, ich zitiere: ›Wie die Gottlosen wegen ihrer Schandtaten mit dem Teufel in das ewige Feuer geschickt werden …‹ Und hier wieder: ›Ebenso ist mit ganzer Sorgfalt allen zu predigen, für welche Verbrechen sie mit dem Teufel zu ewiger Strafe verurteilt werden.‹« Hastig überflog sie die weitere Seite. »Bingo!«, rief sie plötzlich aus. »Wir haben unseren Sündenkatalog. Ich zitiere: ›Wir lesen nämlich, wie der Apostel sagt: Offenkundig aber sind die Werke des Fleisches, das sind Unzucht, Unlauterkeit, Ausschweifung, Götzendienst, Zauberei, Feindseligkeit, Streit, Eifersucht, Groll, Zorn, Zank, Entzweiungen, Häresien, Spaltungen, Neid, Totschlag, Trinksucht, Schwelgerei und dergleichen.‹«

»Frau Kollegin, Sie sind großartig!« Huber stand auf und ging um den Schreibtisch zu seinem Computer, direkt neben Engel. Sie roch so gut. Dezent nach Blumenwiese. Und außerdem war sie eine wirklich fähige Ermittlerin, ausgesprochen scharfsinnig. Was in diesem Augenblick noch wichtiger war. Trotzdem ein betörender Duft …

»Der Apostel ist wahrscheinlich Paulus«, sagte er. »Geben Sie mir noch einmal ein paar Stichwörter zum Googeln – ach was, ich nehme gleich den ersten Halbsatz, wie war der noch mal?«

Er schaute auf das Blatt vor ihr und tippte »offenkundig aber sind die werke des fleisches« in die Suchmaske. »Da haben wir's! Paulus, Galaterbrief, 5, 19–21. In der Lutherbibel 2017 heißt es folgendermaßen: ›… Werke des Fleisches, als da sind:

Unzucht, Unreinheit, Ausschweifung, Götzendienst, Zauberei, Feindschaft, Hader, Eifersucht, Zorn, Zank, Zwietracht, Spaltungen, Neid, Saufen, Fressen und dergleichen.‹«

Engel legte gleich los. »Unzucht passt auf Janero Burhan. Laut Pater Pius hat er sich ebenso prostituiert wie Martina Meierhofer. Das könnte auch unter Unreinheit und Ausschweifung fallen. Götzendienst und Zauberei passen auch auf die Obdachlose. Sie soll sich doch in ihrem Wahn ihr eigenes Gottesbild mit eigenen Riten zusammengebastelt haben. Und sie hat mehrfach abgetrieben. Das wäre vielleicht der Totschlag, wie er in der ›Admonitio‹ steht. Beim netten Herrn Winkler haben wir ein noch größeres Paket an Sünden und Motiven: Er hat seine Frau geschlagen, die sich wiederum einen Geliebten genommen hat …« Sie räusperte sich. »Sie wissen schon, wen. Da kommen Feindschaft, Hader, Eifersucht, Zorn, Zank, Zwietracht und Spaltungen in Frage. Vielleicht auch Neid.«

»Es scheint so, als wollte der Mörder bei jedem Opfer gleich mehrere Fliegen mit einer Klappe schlagen«, kommentierte Huber. »Dann sucht er sich seine Opfer also nach den im Galaterbrief gelisteten Sünden aus. Die sich fast eins zu eins mit denen in der ›Admonitio generalis‹ Karls des Großen decken.«

»Dabei geht er aber nicht systematisch vor«, sagte sie. »Vielmehr will er mit wenigen Opfern viele Sünden abdecken.«

»Vielleicht denkt er, dass er mit den Morden die Zahl der Buchstaben im Karlsmonogramm einhalten muss«, überlegte Huber laut. »Andererseits ist der Täter nicht genau festgelegt auf den Sündenkatalog. Der ist ja nicht abschließend. Er endet mit ›… und dergleichen‹. Die Aufzählung davor umfasst nur Beispiele.«

Engel schaute zwischen dem Ausdruck und dem Monitor hin und her. »Welche ausdrücklich genannten Sünden sind denn noch übrig?«

»Die letzten.« Huber deutete auf den Ausdruck, der vor ihr auf dem Tisch lag. »In der Fassung der ›Admonitio‹: ›Trinksucht und Schwelgerei‹. Nach der Lutherbibel: ›Saufen und Fressen‹.«

»Toll«, spottete sie. »Wir suchen also einen Alkoholiker, der gleichzeitig ein Vielfraß ist. Da gibt es in Reichenhall und Salzburg wohl einige Kandidaten ... Sagen Sie mal – wie spät ist es eigentlich?«

Er blickte auf seine rechte Armbanduhr. »Viertel nach drei. Warum?«

»Verflucht! Verdammt! So ein verfluchter Mist! Ich muss Laura aus dem Kindergarten abholen. Der schließt um fünfzehn Uhr dreißig. So eine Scheiße!«

Sie sprang auf, riss ihre Jacke vom Stuhl und rannte zur Tür, bevor er auch nur ansatzweise sagen konnte, dass das hier keinerlei Aufschub duldete. Als sie schon halb draußen war, drehte sie sich um und winkte ihm noch einmal zu. »Wir kriegen den Dreckskerl. Tschüs, Huber!« Und schwupp, weg war sie.

Natürlich war es unprofessionell gewesen, die Besprechung so überstürzt zu verlassen, jetzt, wo die Ermittlung endlich, endlich in Gang gekommen war. Aber David hatte gestern Abend am Telefon wieder einmal den Entrüsteten gegeben, als sie ihn fragte, ob Laura heute Nacht bei ihm bleiben könne. Was sie sich denn dabei denke, sich erst zu trennen und ihm dann, sobald im Job »mal drei Handgriffe mehr« anfielen, die Kinder anzuhängen?

Der Satz war derart bescheuert gewesen, dass sie das Gespräch weggedrückt und ihm eine SMS geschickt hatte: »Wenn du so weitermachst, beantrage ich das alleinige Sorgerecht.« Natürlich hatte er darauf nicht reagiert.

Aber arbeiten musste sie jetzt nun mal. Lilly rief Hubers Nummer auf.

»Nichts mit Multitasking-Mum?«, fragte er, statt seinen Namen zu nennen.

»Zumindest nicht so, wie Sie sich das vorstellen. Aber –«

»Warum bitten Sie nicht Ihren schwulen Nachbarn um Hilfe? Kann der das Kind nicht abholen?«

Klasse. Wieder mal Stau an der Grenze. Die Erzieherin würde ihretwegen wieder warten müssen. »Ivo? Wieso soll der schwul sein?« Sie konnte sich nicht einmal daran erinnern, Huber von Ivo erzählt zu haben. Oder hatte sie vielleicht doch? Neulich, auf der Fahrt nach München?

»Weil kein heterosexueller Mann sich freiwillig bereit erklärt, sich um die Brut der Nachbarin zu kümmern, ohne nicht wenigstens eine angemessene Gegenleistung dafür zu bekommen.«

Also doch wieder! Ganz der Alte. Wenn sie ihm jetzt die Abfuhr verpasste, auf die er es offenbar anlegte, hätte er gewonnen. Also entschied sie sich für die andere Variante: »Vielleicht bekommt er sie ja. Schon mal darüber nachgedacht?«

So! Huber erwiderte nichts mehr! Deshalb fuhr sie fort: »Aber, nein, heute kann Ivo nicht. Und deshalb wollte ich Ihnen vorschlagen, dass Sie so gegen halb neun, neun zu mir kommen. Dann ist Laura im Bett, und wir können weiterarbeiten. Tobias übernachtet bei einem Freund. – Ich weiß«, hängte sie schnell an, »Frauen, die wirklich richtig arbeiten, gehen dafür in ihr Büro. Aber ich mache den Job ja auch nur aus Spaß, dann geht das von zu Hause aus. Könnten Sie sich damit anfreunden? Ich stelle auch das Bügeleisen aus, wenn Sie da sind.«

Offenbar waren ihm die arroganten Antworten gerade ausgegangen, denn er fragte sie nur, wann ganz genau er da sein solle.

»Halb neun, neun«, wiederholte sie. »Kann auch halb zehn werden, bevor wir weitermachen können, Laura schläft nie früh ein. Nehmen Sie sich vielleicht noch etwas zum Lesen mit.«

»Ich bin um halb zehn da.«

»Wer hat hier das Sagen?«

»Du natürlich. Aber ...«

»Kein Aber. Dann machen wir es auch so, wie ich sage.«

»Aber er war nicht vorgesehen.«

»Das stimmt. Trotzdem muss man flexibel bleiben. Nur weil wir bisher nichts von ihm wussten, hat er noch lange kein Recht darauf, in seinem schädlichen Tun fortzufahren. Er ist einer der Unwürdigen! Ist er einer der Unwürdigen oder nicht?«

»Schon.«

»Hast du Zweifel? Willst du aufhören?«

»Nein! Nein.«

»Dann weiß ich nicht, worüber wir noch reden.«

»Aber er ist doch …«

»Keine Ausnahmen. Wir hatten das doch ausführlich besprochen, dass für niemanden andere Regeln gelten als die, die uns vorgegeben sind.«

»Du hast recht. Er muss eliminiert werden.«

»Dann gibt es kein Aufschieben. Noch heute Nacht wird das Urteil vollstreckt.«

Der Anruf kam um halb neun. Laura hatte sich gerade in ihrem Schlafanzug ins Bett gekuschelt, »Pippi Langstrumpf« lag vorlesebereit auf dem Tischchen neben ihrem Bett.

Lilly sah Martins Namen auf dem Display ihres Handys. Am Freitagabend. Oje.

»Tut mir leid, Lilly«, sagte er gleich, nachdem sie sich gemeldet hatte. »Du musst nach Salzburg. Der Nächste. Dieses Mal auf dem Mönchsberg, du weißt schon, der Berg mitten in der Altstadt.«

Nein, dachte Lilly. Nein! Nein! Nein! »Wieso ruft denn nicht Huber selbst an? Ist doch sein Revier. Und woher willst du so genau wissen, dass es der oder die Nächste ist? Das kann doch auch etwas ganz anderes sein.«

»Nein, Lilly, der Mord gehört zu dieser Serie. Warum sonst hätte sich Huber bei uns gemeldet? Er hat mich angerufen, eben gerade. Ich solle sofort kommen. Hat irgendwas davon genuschelt, dass du heute Abend verhindert seist, so genau habe ich ihn nicht verstanden. Merkwürdig, es klang fast so, als wollte er dich nicht dabeihaben.«

»Nein«, meinte Lilly, »daran liegt es nicht. Er weiß, dass ich heute Abend absolut nicht wegkann.«

Sie merkte, dass ihr schwindlig wurde. Der wenige Schlaf und jetzt auch noch das. Sie hätten den Mörder stoppen müssen. Das war ihr Job, bevor … Der Gedankengang war müßig. Sie standen immer noch am Anfang ihrer Ermittlungen, und wer auch immer da einen Menschen nach dem anderen auf äußerst grausame Weise ermordete und dann zwar nicht an prominenten Orten, aber doch an solchen drapierte, wo man ihn finden musste, er war ihnen mindestens zehn Schritte voraus.

»Ich bin gar nicht so richtig drin in dem Fall«, hörte sie Martins Stimme wieder. »Du und dein schicker Herr Major von drüben, ihr hockt doch inzwischen dauernd zusammen, sogar zu Besprechungen bringst du ihn schon mit.« Martin klang fast so, als hätte sie ihren Liebhaber ins Büro eingeladen, fand Lilly. War er eifersüchtig?

»Du, Laura …«

»Es ist sinnlos, wenn ich rüberfahre, glaub mir.«

Und genauso sinnlos zu argumentieren, dachte sie. Aber Martin hatte schon recht, es war tatsächlich mehr ihr Fall als seiner. Also fragte sie ihn nach der genauen Adresse.

»Warte mal … Du musst über Mülln fahren«, er schien die Angaben von einem Zettel abzulesen, »dann kommst du über die Augustinergasse auf den Berg.«

Sie hatte keine Alternative. »Komm, mein Mäuschen«, sagte sie zu Laura. »Ich helfe dir beim Anziehen. Wir zwei müssen noch mal weg.«

»Hast du wieder eine Leiche, Mama?«

Die Kleine kannte sich schon viel zu gut mit dieser Arbeit aus, stellte Lilly fest. Zumindest waren ihr die entscheidenden Begriffe geläufig. Leider. Das war doch nichts, womit sich Kinder beschäftigen sollten. Sie hatte immer versucht, das Grauenhafte, Bedrohliche ihres Jobs von Laura und Tobias fernzuhalten. Solange sie nur von anonymen Menschen hörten, die gestorben waren, und sich nichts weiter darunter vorstellen konnten, sei es okay, hatte sie gedacht. Und Krimis durften die Kinder auch keine sehen, nicht mal zufällig beim Durchzappen.

Das ist unverantwortlich, schoss es ihr durch den Kopf, als Laura in die Hose schlüpfte. Ich hätte wirklich Martin bitten sollen, das zu übernehmen. Aber es war *ihr* Fall, und seit heute hatten sie endlich eine Spur. Oder wenigstens den Anfang davon. Sie hatte keine Wahl. Egal, ob Huber sie als ernst zu nehmende Ermittlerin abgeschrieben oder es tatsächlich gut gemeint hatte, als er bei Martin anrief. Sie musste zum Mönchsberg fahren. Mit Laura.

»Du darfst auch meinen iPod mitnehmen«, sagte sie und zog Laura den Pullover über den Kopf. »Was willst du denn anhören? ›Hui Buh‹?«

»Lieber ›Das kleine Gespenst‹. Das kann nämlich singen.« In dieser Hinsicht war sie eindeutig Davids Tochter. Sie liebte Musik und konnte sogar schon richtige kleine Melodien auf ihrem bunten Xylophon spielen.

»Gut, dann ›Das kleine Gespenst‹.« Lilly schaltete den iPod an und überprüfte, dass das Hörbuch auch wirklich in der Bibliothek gespeichert war. Dann steckte sie das Gerät in ihre Umhängetasche. »Komm, meine Hübsche. Schuhe an und los.«

Die Techniker hatten ihre Scheinwerfer aufgestellt, Lilly sah das Licht schon von Weitem. Sie parkte in einigem Abstand hinter einem Wagen mit Salzburger Kennzeichen, möglicherweise dem von Dr. Novak, dem Pathologen, stieg aus und öffnete die hintere Autotür.

Laura saß hellwach in ihrem Kindersitz. »Wohin gehst du, Mama?«

»Nach dort hinten.« Sie deutete in Richtung des Lichts. »Dahin, wo die vielen Leute sind.«

»Ist da auch die Leiche?«

Lilly ging nicht auf die Frage ein, sondern holte den iPod aus der Tasche und rief »Das kleine Gespenst« auf. »Ich bin nicht lange weg. Und schön im Auto bleiben, hörst du, Laura?«

Laura sah hochinteressiert erst auf den iPod, den Lilly immer noch in der Hand hielt, und dann dorthin, wo die Scheinwerfer den Tatort ausleuchteten. Zum Glück war vom Auto aus nicht zu sehen, ob dort jemand auf dem Boden lag, grauenvoll zugerichtet, von Grablichtern eingerahmt, als wäre er oder sie ein dargebrachtes Opfer. Lilly fasste Laura behutsam an den Schultern. »Mäuschen, hast du mich gerade gehört?«

Laura nickte.

»Was habe ich denn gesagt?«

»Was machen die Leute da?«

»Die gehen nur so herum und schauen. Laura, was sollst du jetzt tun?«

Keine Antwort.

Lilly legte den iPod in Lauras Schoß und steckte ihr die Kopfhörerstöpsel ins Ohr. »Ich bin gleich wieder da. Und ganz lieb sitzen bleiben!«

Mit dem unguten Gefühl, ihre Tochter unbeaufsichtigt im Auto zurückzulassen, ging Lilly auf das beleuchtete Areal zu. Die Scheinwerfer waren zwar so hell, dass sie das Licht der vier Kerzen überstrahlten, aber da standen sie: vier Grablichter, zwei zu beiden Seiten des Menschen, der dort lag, eines am Kopf, eines bei den Füßen. Und in der Mitte … Oh nein! Lilly bückte sich unter der Absperrung hindurch und rannte los, ohne auf die Kriminaltechniker zu achten. Sie brauchte das entstellte Gesicht des Toten nicht zu sehen, um zu wissen, wer er war. Sein schwarzes Ordenskleid, der massige Körper. Gestern noch hatte der liebenswerte Pater sie mit Kuchen versorgt.

»Verdammt!«, rief sie leise und ging neben dem toten Körper in die Hocke. Ihre Beine zitterten, sodass sie sich auf die Fersen setzen musste. »Warum?« Sie biss sich auf die Lippen, merkte, dass ihr Blick verschwamm. Nicht auch noch heulen! Sie hatte ihn doch kaum gekannt.

»Gula«, sagte eine Stimme über ihr.

Sie sah auf und erkannte durch den Tränenschleier Sigmund Huber. »Die Völlerei, Fressen und Saufen. Eine der sieben Todsünden.«

Sie nickte und zog die Nase hoch. »Und die nächste aus dem Katalog Kaiser Karls.«

»Wo haben Sie Ihre Tochter gelassen?«

»Sie ist … Ihr geht’s gut. Sie ist untergebracht.«

»Eine Spaziergängerin hat ihn gefunden. Ich spreche jetzt mit ihr, und danach sollten wir in meine Dienststelle fahren.«

Mit Laura?, dachte Lilly. Wo sollte sie sich dort hinlegen? Sie gehörte doch dringend ins Bett.

»Hier gibt es für uns nichts mehr zu tun. Dr. Novak ist da und wird den Pater mit in die Gerichtsmedizin nehmen. Aber ich denke, auch er wird keine neuen Erkenntnisse gewinnen.« Hubers Stimme klang ruhig, fast schon monoton. Auch ihn nahm der Fund wahrscheinlich mehr mit, als er zugeben wollte.

»Er war so ... freundlich.« Sie hörte, wie sie stammelte.

»Ja, das war er.«

Warum er?, fragte sich Lilly und sah auf den Körper des Mannes. Was hatte er getan? Wegen der Gula, weil jemand sich der Völlerei hingab, brachte man ihn doch nicht um. Überhaupt, woher wussten sie denn, dass Pater Pius unmäßig gewesen war beim Essen? Und dass er getrunken hatte? Konnte man das nur aufgrund seiner Figur annehmen? Jetzt gab es keinen Zweifel mehr: Sie hatten es mit einem Geistesgestörten zu tun. Mit einem religiösen Eiferer im Namen Karls des Großen. Nein, korrigierte sie sich, mit einem, der im Namen Kaiser Karls mordete. Das war mehr als nur Eiferertum. Und wenn das vermeintliche Motiv gar nicht zutraf? Wenn der arme Mann für etwas ganz anderes umgebracht worden war? Wieso hatte er überhaupt so spät den Konvent verlassen? Und wo um alles in der Welt war er ermordet worden? Irgendjemand hätte doch etwas sehen müssen. Und irgendjemand hatte mit Sicherheit auch etwas gesehen.

»Frau Engel.«

Als sie an ihrer Schulter berührt wurde, erschrak sie. Es war Dr. Novak.

»Wir würden den Toten jetzt gerne mitnehmen. Das wenige, das es im Augenblick zu besprechen gibt, habe ich schon Major Huber gesagt. Er wird es an Sie weitergeben.«

Lilly stand auf. Sie fühlte sich benommen. Wo war Huber eigentlich? Er hatte doch eben noch bei ihr gestanden. »Lag auch ein Medaillon bei ihm?«, fragte sie.

Novak nickte. »Es war an seinem Habit befestigt. Die KTU hat es schon an sich genommen.« Er zeigte auf einen Mann, der ein paar Meter weiter auf der anderen Seite der Absperrung stand.

Lilly ging zu ihm hinüber und bat ihn, ihr das Medaillon zu zeigen. Er reichte ihr den Asservatenbeutel, und sie schaltete die Taschenlampe ihres Handys ein. Wie sie vermutet hatte: das R. Der vierte Konsonant. »Danke.« Sie reichte dem Mann den Beutel zurück.

»Es werden keine Fingerabdrücke drauf sein«, sagte er. »Bei dem anderen haben wir auch keine gefunden. Wer auch immer das hier tut«, er machte eine Handbewegung, die das abgesperrte Areal umfasste, »er oder sie weiß, wie man keine Spuren hinterlässt. Keine Finger-, keine Fußabdrücke, keine Fasern. Gar nichts. Wir haben absolut nichts.« Die beiden letzten Worte hatte er frustriert ausgestoßen.

»Wissen Sie zufällig, ob jemand schon das Kloster informiert hat?«

Jetzt deutete der Mann hinter sich. Dort, auf der anderen Seite des Absperrbandes, standen zwei Männer, einer von ihnen im Ornat der Benediktinermönche.

Lilly ging zu den beiden, stellte sich vor und fragte, ob sie wüssten, warum Pater Pius das Kloster so spät abends verlassen habe.

Der zweite der beiden Männer, er trug eine graue Hose und eine dunkle Windjacke, erklärte ihr, dass er das alles bereits ihrem Kollegen gesagt habe. Er wirkte sichtlich bedrückt.

»Könnten Sie es für mich noch einmal wiederholen?«, bat Lilly ihn.

Erst jetzt reichte der Mann ihr zum Gruß die Hand und stellte sich als Abt von St. Peter vor. »Er hat einen Anruf bekommen«, sagte er. Irgendetwas sei wohl mit einem seiner »Schützlinge« passiert, woraufhin der Pater das Kloster verlassen habe. »Mehr wissen wir leider auch nicht.«

Lilly überlegte kurz. Natürlich war diese Frage pietätlos, so kurz nach dem gewaltsamen Tod eines Mitbruders, trotzdem musste sie sie stellen. »Viel gegessen hat Pater Pius sicher bei seiner Figur, aber hatte er auch ein Alkoholproblem?«

Der Abt sah sie verständnislos an. »Er ist … Er …« Der Mann stockte und setzte dann von Neuem an. »Er war ein Genussmensch. So nennt man das wohl. Aber er hatte keinerlei Essstörung, wenn Sie darauf anspielen. Und Alkohol … hat er auch nur in dem Maße konsumiert, wie das bei einem Menschen seines Naturells eben der Fall ist. Aber Probleme?« Er sah den anderen Pater an, der bisher noch kein Wort gesprochen hatte und ebenso schockiert wirkte, und schüttelte den Kopf. »Er war einer der nettesten Menschen, die man sich vorstellen kann«, sagte er schließlich. »Wie kommen Sie darauf, dass er ein Alkoholproblem gehabt haben könnte?«

Dazu dürfe sie leider nichts sagen, entschuldigte Lilly sich und erklärte dann, dass sie sich erneut melden werde und es ihr leidtue, all diese Fragen in so einem Moment zu stellen. Jetzt musste sie dringend nach Laura sehen. Für die Besprechung würde Huber mit zu ihr nach Hause kommen müssen.

Als sie zu ihrem Auto zurückging und die hintere Tür öffnete, war der Kindersitz leer. Der iPod lag direkt daneben auf der Rückbank. Laura war weg.

Leichen, Leichen, Leichen. Immer nur Leichen. Das war ja schlimmer als in Wien. Er musste weg vom toten Pater Pius, mit dem er gestern noch gesprochen hatte. Vielleicht konnte er mit etwas Abstand ja besser nachdenken. Er ging den Weg entlang und atmete die kühle herbstliche Nachtluft ein.

Sie hatten den nächsten Mord nicht verhindert. War der Mönch wegen seiner Trunksucht und Völlerei ermordet worden, wegen Saufens und Fressens? Warum er? Sicher, Pater Pius hatte voller Leidenschaft vom Essen gesprochen, vom Schweinsbraten mit Knödeln, und er hatte sie fürstlich mit Kuchen bewirtet. Viel zu viel hatte er aufgefahren. Aber hatte er auch viel getrunken? Den guten Messwein oder das Bier der Augustinerbrauerei?

Allerdings: Wie viele Alkoholiker und Gourmands gab es

in Salzburg und Bad Reichenhall? Bestimmt nicht wenige. Was hatte den Pater also so besonders gemacht, dass der Mörder gerade ihn auswählte? Oder war es Zufall gewesen? Hatte er nur irgendeinen Säufer und Vielfraß gebraucht? Und hatte der Mönch noch andere Sünden auf sich geladen?

»Hallo, du. Ich kenn dich«, sagte plötzlich eine Stimme von unten.

Er schaute hinunter und sah ein kleines Mädchen. Die blonden Locken … Das war doch … Engels Tochter! Schockschwerenot! Was machte die denn hier? Verstand Lilly Engel das unter »gut untergebracht«?

»Was machst du hier?«, fragte er.

»Ich langweil mich.«

Sie beantwortete zwar präzise seine Frage, aber das hatte er eigentlich nicht gemeint. Er musste genauer nachhaken. »Wie bist du denn hierhergekommen?«

»Zu Fuß. Aus Mamas Auto.« Sie blickte ihn ernst an.

»Aha.« Er bückte sich etwas und legte die Hände auf seine Oberschenkel. Das hatte er schon oft gesehen, dass man das bei Kindern so machte.

»Ich will zu Mama, Leiche mit angucken. Das ist nicht so fad.«

Ihr Ton verriet ihm, dass sie keine Ahnung hatte, was das bedeutete – »Leiche angucken«.

»A geh, Leichen sind sogar ganz schrecklich fad. Die sind sozusagen todlangweilig. Aber ich kenn dich auch. Du bist doch das aufgeweckte Mädchen, das gestern in den Kindergarten musste. Ich heiße Sigmund, und wie heißt du gleich noch mal?«

»Ich bin die Laura«, antwortete sie offen.

Sie war viel zu zutraulich für so ein kleines Mädchen, fand er. Da konnte doch weiß Gott was passieren. Verdammt, die Kleine hier mitten in der Nacht ganz allein – und nebenan das Opfer eines verrückten Serienkillers!

»Ich bin ein Kollege deiner Mama, Laura. Von der österreichischen Polizei.« Er hatte das Gefühl, sich ihr gegenüber irgendwie autorisieren zu müssen.

»Ich weiß. Du bist der doofe Huber. Mama schimpft oft über dich.« Sie blickte ihn ganz sachlich an. »Was ist eigentlich ein Macho?«

Er blieb genauso sachlich. »Das ist ein abwertender Begriff, Laura. Auf Spanisch bedeutet *macho* so viel wie ›männlich‹. Ein Macho ist also ein Mann, der glaubt, immer seine Männlichkeit unter Beweis stellen zu müssen. Ungefähr so …« Er kratzte sich mit einer Hand am Kopf, fuhr sich mit der anderen über die Brust und grunzte wie ein Affe.

Laura gluckste und hielt sich den Bauch. Sie lachte mit ihrem ganzen Körper. »Das ist lustig! Machos sind lustig.«

»Ja – weißt du, bei der Polizei sind wir alle den ganzen Tag lang so lustig.« Irgendwie musste er sie von der Idee abbringen, das Mordopfer zu inspizieren. Also würde er vorübergehend den Entertainer mimen.

Laura schien ihm nicht zu glauben. Ganz schön auf Zack, die Kleine. »Die Mama ist oft aber gar nicht lustig. Die ist ganz müde, weil sie so viel arbeiten muss. Und traurig ist sie auch oft, wenn keiner ihr hilft mit ihren vielen Aufgaben. Aber dann kitzeln wir sie, und dann lacht sie wieder.«

»Bringst du mich zum Auto deiner Mama?«

Sie ergriff seine linke Hand und zog ihn zurück zu Engels Hyundai.

»Wie bist du denn da rausgekommen?«, fragte er. Hatte der Wagen denn keine Kindersicherung?

»Ich bin nach vorne geklettert, da war die Tür offen«, sagte sie arglos. »Hinten ist die Tür immer von innen kaputt.«

Er zog am Griff der Fahrertür. Sie war verriegelt. »Schau, jetzt ist die Vordertür von außen auch kaputt. Magst du mit zu meinem Auto kommen? Dann warten wir da auf die Mama.«

Sie schaute ihn offenherzig an und nickte. »Machst du noch mal das mit dem Macho-Affen?«

Er bückte sich zu ihr. »Du, Laura, das ist jetzt aber eine ganz, ganz große Ausnahme, okay? Weil grundsätzlich darfst du niemals zu einem Mann ins Auto steigen oder mit ihm reden, wenn du ihn nicht wirklich gut kennst, verstehst du?«

Sie schaute ihn wieder ernst an und nickte. »Das sagt die Mama auch immer. Und der Papa auch. Aber du bist ja Polizist. Du fängst doch die bösen Männer.«

Er lächelte. »Ich geb mir jedenfalls Mühe. Und weil ich auch bei der Polizei bin, so wie deine Mama, da ist das als Ausnahme auch in Ordnung. Aber sonst darfst du so etwas nie tun, versprichst du mir das?«

Sie nickte eifrig, und er nahm sie mit zu seinem Honda.

»Du darfst dich hier auf den Beifahrersitz setzen.« Er hielt ihr die Tür auf, schloss sie hinter ihr, stieg selbst ein und stellte das Radio an, Ö1. Sie spielten die »Mondscheinsonate«.

»Das ist schön«, sagte Laura verträumt.

»Das ist von einem Mann namens Beethoven«, erklärte er. »War ein Deutscher, aber quasi Österreicher, Wiener ehrenhalber. Ist deine Mama wirklich so oft traurig?«

Beethoven wirkte. Laura wurde müde. »Schon. Tobi sagt manchmal, Mama braucht einen Mann. Damit sie sich die Arbeit teilen kann. Und dass sie nicht so allein ist. Aber der Papa will nicht mehr …«

Ihr Kopf kippte zur Seite. Er stellte das Radio leise, öffnete die Tür, stieg aus und drückte sie sachte von außen zu.

Dann zückte er sein Handy und wählte Engels Nummer. »Falls Sie Ihre Tochter suchen sollten, die ist bei mir im Auto und schläft.«

Für einen Moment hatte Lilly die schlimmsten Szenarien vor sich gesehen: Der schwarz gekleidete Mann mit Hahnenfeder trug Laura wie einen Sack voller Getreide mit sich fort. Ihre liebe, arglose Laura, das kleine Köpfchen mit den blonden Locken hing über seine Schulter. Er würde auch ihr Valium einflößen, würde auch ihr die Kette oder was auch immer um den Hals legen, mit einem Tuch darunter … Um alles in der Welt, NEIN!

Sie wollte gerade losstürzen und Huber suchen, ihn oder irgendjemanden, der ihre kleine Laura retten konnte, da klingelte ihr Handy. Sie nahm ab, hörte Hubers Stimme und rannte los.

Er stand vor seinem Auto und wartete. Sie stürzte auf ihn zu, fiel ihm um den Hals. »Danke! Um alles in der Welt. Danke! Was hab ich für Angst gehabt.«

Er schob sie von sich fort und zeigte auf die Wagentür. Durchs Fenster sah Lilly Laura friedlich auf dem Beifahrersitz schlafen.

»Dazu hatten Sie auch allen Grund«, sagte Huber, leise und so scharf, dass Lilly zusammenfuhr. »Hier draußen läuft ein Geistesgestörter herum, der der Reihe nach Menschen umbringt. Wer sagt denn, dass er sich nicht irgendwo in der Nähe versteckt? Sie wissen so gut wie ich, dass viele Täter zurückkommen und zuschauen, wenn ihre Opfer gefunden werden, das gibt denen ... was weiß denn ich? ... einen Kick vermutlich. Das heizt ihre kranke Psyche so richtig an. Und dann sieht der Täter die Frau Kommissarin und dass das Kind alleine im Auto zurückbleibt. Na super!«

»Ich ...«, setzte Lilly an.

Aber Huber ließ sie überhaupt nicht zu Wort kommen. »Was glauben S' denn? Dass Sie kraft Ihres Amtes geschützt sind? Dass der Frau Kommissarin schon keiner was antut? Ist Ihnen eigentlich klar, wie zutraulich die Kleine ist? Die geht mit jedem mit, die hat noch nicht begriffen, dass es da draußen jede Menge Verrückter gibt. Die Verbrecher, die Ihre Laura kennt, das sind die netten, dummen Trottel aus ›Pippi Langstrumpf‹. Aber in so einer Welt leben wir nicht, und das wissen Sie ganz genau.«

»Es ist nur ...«, setzte Lilly noch einmal an.

Aber er schien sie nicht zu hören. »Wie wichtig kann einem Menschen denn die Karriere sein? Haben Sie überhaupt begriffen, was für ein liebes, entzückendes Kind Sie haben? Verantwortung, liebe Frau Engel, ist Ihnen das Wort bekannt? Sie haben Ihrer Tochter gegenüber Ver-ant-wor-tung! Das hier hätte ich auch noch alleine hinbekommen, wenn sich Ihr unfähiger Kollege denn außerstande sieht, an einem Freitagabend seine Couch zu verlassen. Aber nein, Sie müssen ja unbedingt herfahren und Ihre vierjährige Tochter unbeaufsichtigt zurücklassen.

Im Dunkeln. An einem Leichenfundort. Nur weil die Mama kurz mal Superwoman spielen will.«

Ohne es zu bemerken, war Lilly unter der Wut, die er da gerade auf sie niederprasseln ließ, zurückgewichen, bis sie gegen etwas Hartes stieß. Sie drehte sich um. Es war eine Palette aus Holz, weiter zurück konnte sie nicht mehr.

»Ich hätte nicht übel Lust, Sie beim Jugendamt zu melden«, tobte Huber noch immer. »Wer weiß, vielleicht mache ich das auch noch.«

»Glauben Sie denn, das wäre mir alles nicht auch klar?« Sie sank auf die Holzpalette, hatte keine Kraft mehr. Ihre Beine zitterten, und sie war sich nicht sicher, ob Huber sie überhaupt verstanden hatte. Dann kamen nur noch Satzfetzen: »... hilft keiner ... Job ernst nehmen ... so viele Nächte ... Laura ... nicht alleine lassen ...« Irgendwann spürte sie etwas zwischen den Händen, ein Taschentuch. Dann eine Hand auf ihrer Schulter. Huber hatte sich neben sie gesetzt.

»Sie sind wirklich ziemlich am Limit, hm?« Er sprach genauso leise wie eben, allerdings war die Schärfe aus seiner Stimme verschwunden.

Sie nahm das Tempo, putzte sich die Nase, trocknete ihr Gesicht. »Ich habe seit vier Nächten nicht mehr als vier Stunden geschlafen. Pavor nocturnus, Laura wacht bis zwei Uhr nachts immer wieder auf.«

»Pavor?«, fragte er zurück. »Alpträume?«

»Nein«, sie zog die Nase hoch. »Pavor nocturnus ist etwas anderes.«

Er nahm seine Hand von ihrer Schulter. »Ich weiß nicht, ob ich Sie in diesem Zustand alleine Auto fahren lassen soll«, sagte er. »Aber wir zwei müssen weiterarbeiten. Jetzt gleich. Wenn's nicht anders geht, dann eben bei Ihnen zu Hause. Pavor hin oder her.«

Sie stand auf. »Es geht schon. Sie wissen ja, wie Sie zu mir kommen.«

Er nickte, erhob sich ebenfalls und ging zu seinem Auto. Er öffnete die Beifahrertür und hob Laura heraus. Lilly war überrascht zu sehen, wie behutsam er dabei vorging. Im Schlaf schlang Laura ihre Arme um seinen Hals. »Sie muss in den Kindersitz«, erklärte er, als wüsste sie das nicht selbst. Vorsichtig bugsierte er das Kind wieder auf die Rückbank von Lillys Wagen.

»Fahren Sie los. Ich halte mich direkt hinter Ihnen. – Ach, warten Sie!« Er verschwand in der Dunkelheit und kam kurz darauf mit einem kleinen, länglichen Päckchen in der Hand zurück. »Versuchen Sie's damit. Besser als nichts.« Es waren Pocket Coffees, eine neue Packung.

Huber folgte ihr bis in die Ludwig-Thoma-Straße in Bad Reichenhall und ging dann mit ihr in ihre Wohnung. In der Küche ließ er seinen Blick schweifen.

»Bringen Sie Ihre Tochter mal ins Bett. Ich bereite uns ein kleines Nachtmahl zu. Wir haben noch zu tun.«

Sie tat, was er sagte, und er öffnete den Kühlschrank. Macht schon mehr Spaß, wenn man nicht nur für sich allein kocht, dachte er und erinnerte sich, wie gern er sie im Büro mit seinem Arabica verwöhnt hatte. Nun denn, an die Arbeit! Kochen war sein Terrain. Da konnte er ein wenig glänzen vor der hübschen Kollegin.

Nach kurzer Inspektion entschied er sich für Eier, ein wenig Butter, Lachs aus dem Supermarkt und Schnittlauch, der noch in Ordnung war. Er schaltete den Herd an, verquirlte fünf Eier mit etwas Milch und salzte und pfefferte die Mischung. Die Eiermilch ließ er in der heißen Pfanne stocken, gab den Lachs in Streifen dazu und bestreute alles mit viel Schnittlauch. Danach röstete er ein paar Scheiben Toast, und fertig war der Mitternachtsimbiss.

Sie wirkte ganz gerührt, als sie aus dem Kinderzimmer kam. »Sie haben für mich gekocht? Also, das –«

»Gekocht kann man das ja nicht wirklich nennen. Eher improvisiert.« Er tat ihr auf und legte eine Gabel neben den Teller auf der Anrichte.

Sie probierte im Stehen und schloss die Augen. »Mmh …

köstlich! Genau richtig gewürzt.« Während sie mit ordentlichem Appetit aß, sagte sie mit vollem Mund: »Huber, Sie können sofort einziehen. Sie sind der erste Mann, der mir Rührei mit Lachs gemacht hat. Der mir überhaupt irgendetwas zu essen gemacht hat.« Sie hielt inne. »Ist das nicht traurig?« Sie biss in den knusprigen Toast. »Das ist doch verrückt. Sogar Ihr Toast schmeckt besser als meiner.«

Er zuckte mit den Schultern. »Ich habe mir erlaubt, das Waffeleisen zu nehmen. Darin wird der Toast schön goldbraun. Sie scheinen es übrigens nicht oft zu benutzen.«

Ihr schien gerade etwas einzufallen, denn sie blickte auf einmal so versonnen. »Armer Pater Pius. Dass er gern gegessen hat, ist ihm zum Verhängnis geworden. Völlerei und Trinksucht ... Wer denkt denn dabei an ein Mordmotiv? Apropos ... wollen Sie auch ein Bier? Ich hab noch zwei Bürgerbräu.« Sie wartete nicht auf eine Antwort, sondern holte zwei Flaschen aus dem Kühlschrank, öffnete sie und reichte ihm eine. Er stand unschlüssig da.

»Direkt aus der Flasche?«, fragte er.

Sie seufzte, nahm ein Glas aus einem Hängeschrank und goss sein Bier hinein. »Wohl bekomm's!« Sie stieß mit ihrer Flasche an sein Glas. »Im kulturlosen Hamburg sagt man: ›Nich lang schnacken, Kopp in'n Nacken!‹«

»Bitte wie? Soll das ein deutscher Satz sein?«

»Ich wollte doch nur etwas zwangloser sein, Mensch! Ein bisschen gemütlicher.«

Er schaute verständnislos. »Ach so. Na denn – Kopp in'n Nacken!« Er nippte an seinem Bier. Schaute sie an. »War das jetzt gemütlich?«

Wieder ein Seufzen von ihr.

»Haben Sie eigentlich außer Ihrem«, er räusperte sich, »altruistischen Nachbarn niemanden, der mal auf die Kinder aufpassen kann?«

»Ich bin schon froh, dass es Ivo gibt«, sagte sie. »Meine Familie lebt in Schleswig-Holstein, mein Ex-Mann fühlt sich weitgehend unzuständig für seine Kinder, und einen Babysitter bekommt man auf die Schnelle oft nicht. Wenn irgendwo Leichen rumliegen, etwa.«

Er schaute auf seine linke Armbanduhr. »Um die Zeit kann man bei ihr noch anrufen«, murmelte er. »Warten Sie mal.« Er zog sein Handy hervor und wählte eine Nummer.

»Sigionkel?«, meldete sich eine Stimme. »So spät noch?«

Mit »Sigionkel« konnte sie ihn zur Weißglut bringen. Aber diesmal ging er nicht drauf ein. »Liebe Elisa, wie du richtig bemerkst, spricht hier dein allergroßzügigster Patenonkel. Derjenige, der dir dein Studium in Salzburg so bequem gestaltet, wenn du etwa gerade das allerneueste Schnickschnack-Phone ganz dringend zum Lernen benötigst, was ich übrigens bezweifle.«

»Schau, das alte war wirklich kaputt. Und heutzutage muss man überall recherchieren können.« Das »heutzutage« hatte sie so provokant betont, als gehörte er schon zum alten Eisen.

»Meine hart arbeitende Studiosa ... Was ist das eigentlich für ein Krach da bei dir im Hintergrund?«

»Party, Sigi, Party.«

»Gut, mein Lisilein, dann gehen wir gleich mal in medias res. Unsere heutige Lektion: Geben gehört genauso zum Leben wie Nehmen.«

Elisa stöhnte. »Wen soll ich killen?«

Erziehung. Ihr fehlte ganz entschieden die Erziehung. »Du verbringst mir eindeutig zu viel Zeit mit diesen Motorradrockern, mein Kind. Bist du etwa wieder auf so einer Rockerparty?«

»Oh Mann, Sigmund, du bist so was von spießig.«

Den Vorwurf kannte er schon. Den hatte sie ihm bereits als Teenager gemacht. »Die Sache ist die – ich habe da eine nette Kollegin in Bayern, und ihre kleine Tochter lässt sie zurzeit kaum schlafen. Du würdest ihr und mir einen großen Gefallen tun, wenn du am Wochenende jeweils ein paar Stunden auf die Kleine und ihren Bruder achtgibst. Morgen und übermorgen am Nachmittag. Die Mutter muss ein wenig abschalten.«

»Ich soll babysitten? Na, meinetwegen. Was kriege ich dafür?«

Den Satz kannte er auch schon lange. »Sag mal – habe ich da im Hintergrund gerade etwas von ›Joint‹ und ›Tüte‹ gehört? Dabei fällt mir ein, dass ich schon lange nicht mehr mit der Sophie telefoniert habe …«

Sophie zog immer. Sie hatte ihre Tochter fast so gut im Griff wie ihn damals als kleinen Bruder. Nur war Sophie in Wien, weit weg. Wenn sie erfuhr, was ihre Tochter so im verlotterten Salzburg anstellte … nicht auszudenken!

Elisas Reaktion kam prompt. »Das ist Erpressung! Lass die Mama aus dem Spiel.«

Er grinste. »Aber natürlich, Elisa. Ich möchte dir nur ein Angebot machen, dass du unmöglich ablehnen kannst. Wir werden uns schon einigen. Bring nur bitte keinen deiner ledernen Freunde morgen mit. Ich schick dir noch eine WhatsApp mit den Details.«

Sie kapitulierte. »Alles klar. Ciao.«

Er legte auf und sah, dass Engel ihn anblickte.

»Ich bin also eine nette Kollegin?«, schmunzelte sie.

Mist. Er hätte einfach nur »Kollegin« sagen sollen. »Ich hoffe, ich konnte ein wenig helfen«, wich er aus.

»Das war wirklich sehr nett von Ihnen«, sagte sie langsam und betont.

»Ist ja auch kein Zustand mit diesem Pavor nocturnus. Sie müssen ja arbeitsfähig sein.« Er sah an ihrem Blick, dass er offenbar gerade wieder das Falsche gesagt hatte.

Sie straffte ihren Oberkörper. »Ja, natürlich, die Arbeit darf nicht leiden. Also, wo stehen wir? Bei der Arbeit, meine ich?«

Sie gingen zum Küchentisch, auf dem noch kleine Reste von Nutella und Marmelade klebten. Sie wischte die Platte sauber, und beide setzten sich.

Sein Bierglas war noch fast voll. Jetzt nippte er wieder. »Ich fürchte, wir haben es mit einem Mastermind zu tun. Der Täter hinterlässt keine Spuren. Die KTU hat jeden Fundort so gründlich abgesucht, wie sie nur konnte, und nie etwas gefunden. Und wir haben keine Anhaltspunkte.«

Sie trank ebenfalls. »Warum tötet er? Das war jetzt schon

das vierte Mal. Was sagt die Kriminalistik? Es gibt den hedonistischen Serienmörder, der aus Mordlust und Nervenkitzel tötet. So ein Typ genießt es, seinen Opfern bei ihrem qualvollen Tod zuzusehen. Ich glaube, den können wir ausschließen, weil unser Mörder die Opfer zuerst sediert. Dann gibt es den machtorientierten Serienmörder. Diesem Typus geht es darum, die Kontrolle über Leben und Tod in den Händen zu halten. Auch das trifft nicht auf unseren Täter zu. Ihm geht es um Bestrafung für Sünden.«

Er schürzte die Lippen. »Beeindruckend. Lernt man so etwas bei der Kripo Hamburg?«

»Das und noch viel mehr«, fuhr sie fort. »Ich hatte eine Weile überlegt, mich zur Profilerin weiterzubilden. Aber dann bin ich schwanger ... Na, ist ja auch egal. Jedenfalls gibt es noch zwei weitere Arten: den visionären und den missionsorientieren Serienmörder. Der visionäre ist in der Regel wahnhaft. Er tötet, weil Visionen oder Stimmen es ihm befehlen. Das lässt sich bei unserem Täter nicht völlig ausschließen. Ich meine, wenn jemand tötet, weil er die Aufforderung aus einem Apostelbrief oder einem mittelalterlichen Mahnschreiben ableitet, dann trägt sein Handeln zumindest wahnhafte Züge.«

Huber nickte. »Die Frage ist, wie erkennbar sein Wahn im Alltag ist. Funktioniert der Täter, oder ist er auch da auffällig? Ich vermute, dass er auf seine Mitmenschen erst einmal normal wirkt und seine Psychose oder was es auch immer ist vom Alltag trennen kann.«

Sie nickte. »Das heißt aber auch, dass wir keine Möglichkeit haben, seinen versteckten Wahn zu bemerken, selbst dann nicht, wenn wir ihm gegenüberstehen.«

Huber atmete angestrengt durch. »Wenn er erkennbar geistesgestört wäre, wäre er auch nicht das Mastermind, das uns vor ein solches Rätsel stellt.«

»Der letzte Typus des Serienmörders ist der missionsorientierte«, fuhr Engel in ihrem Referat wieder fort. »Er tötet seine Opfer, weil sie ein bestimmtes Profil erfüllen und daher in seinen Augen schlecht sind. Das trifft auf unseren Mann auf jeden Fall zu. Er meint, eine Aufgabe erledigen zu müssen, und wählt dabei Sünder nach spezifischen Kriterien aus.«

Huber legte einen Finger an die Lippe. »In gewisser Weise ist er sogar mitfühlend, weil er die Opfer vorher betäubt.«

Engel schien durch ihre Überlegungen wieder wach geworden zu sein. »Er hinterlässt Medaillons bei den Opfern. Dienen die allein der Markierung, oder will er sich mit uns auf einen perversen Wettstreit einlassen? Will er damit zeigen, dass er das nächste Opfer auf jeden Fall töten wird, egal, wie dicht wir ihm auf den Fersen sind? Oder will er, dass wir ihn stoppen? Will er am Ende gar entlarvt werden?«

Huber schüttelte den Kopf. »Letzteres glaube ich nicht. Er mordet in immer kürzeren zeitlichen Abständen. Sein Tempo nimmt zu. Natürlich kann es auch sein, dass er Geschmack an den Hinrichtungen gefunden hat. Oder er will irgendeinen obskuren Termin einhalten. Vielleicht hat er eine Deadline?« Er schaute hoch zur Küchenuhr. »Es ist schon nach elf. Sie sollten langsam daran denken, eine Mütze Schlaf zu bekommen.«

Engel winkte ab. »Gleich. Wirklich schlafen kann ich sowieso erst wieder, wenn wir ihn gefasst haben.«

Huber hob eine Braue. »Falls wir ihn fassen. Ich habe mittlerweile immer mehr Zweifel daran. Er scheint Katz und Maus mit uns zu spielen. Und dabei sind nicht wir die Katze. Er will uns vorführen.«

Sie beugte sich vor. »Sie meinen, wie in amerikanischen Krimifilmen? Er will zeigen, dass er besser ist als wir? Sollte er mit seiner Mission nicht genug zu tun haben?«

Er zuckte mit den Schultern. »Jedenfalls ist er verdammt schlau. Ich kann mir gut vorstellen, dass die Medaillons noch einen weiteren Zweck erfüllen sollen, als nur die Sünder zu markieren. Ich meine, was soll denn die schönste Mission, wenn keiner davon erfährt?«

Ihr Zeigefinger schoss hervor. »Und wenn die Medaillons zugleich etwas beschwören sollen? Wenn der Mann wirklich psychotisch ist? Zumindest versteckt?«

»Wir stochern im Nebel«, seufzte er. »Im Grunde wissen

wir gar nichts. Es ist deprimierend, aber die Wahrheit. Wir haben keinen blassen Schimmer, wo er seine Morde ausführt. Nicht einmal davon, ob es immer derselbe Ort ist oder ob er ihn wechselt. Wir wissen nur, dass er die Ermordeten von dort aus zu verschiedenen Stellen transportiert und dort ablegt.«

»Außerdem haben wir keine Ahnung, woher er die Opfer kennt«, sagte sie.

Er stand auf und zog sein Jackett an. »Ruhen Sie sich aus. Das Wochenende können wir beide wohl vergessen. Morgen geht es weiter.«

»Aber wo?«, rief sie und trat in einem plötzlichen Wutanfall mit dem Fuß gegen die Wand. »Wir haben nichts. Keinen Anhaltspunkt, keine Spur. Nichts. Nur, dass wir jemanden suchen, der sich zum Sittenwächter aufschwingt. Zum Richter über Gut und Böse. Aber damit kommen wir nicht weiter.«

Sie begleitete ihn zur Wohnungstür. Einen Moment lang standen sie sich unsicher gegenüber. Er hätte sie gern umarmt. Ihr gesagt, dass sie das alles schaffen würde, das mit den Kindern und ihrem Beruf. Dass sie eine verdammt gute Ermittlerin war. Dass sie den Mörder fangen würden … und sich dann für eine Weile nicht mehr wiedersähen.

»Morgen schauen wir weiter.« Er gab ihr die Hand und wünschte ihr eine gute Nacht.

Er war schon im Treppenhaus, als Engel noch einmal ihren Kopf aus der Tür steckte. »Sagen Sie, was ich mich lange schon frage … Ich weiß auch nicht, wie ich jetzt darauf komme … Ich meine, es ist ja auch eine wirklich doofe Frage …«

»Ja?«, fragte er interessiert.

»Wie … Also, wie koche ich unterschiedlich große Pellkartoffeln? Das klingt jetzt so verdammt merkwürdig, aber Sie waren gerade so geschickt mit dem Rührei, und –«

Er unterbrach sie und antwortete sachlich: »Legen Sie die Kartoffeln der Größe nach in den Topf: die großen nach unten, die kleinen nach oben. Dann füllen Sie den Topf bis zur Hälfte mit Wasser und kochen alles zugedeckt im Dampf. Richten Sie sich bei der Kochzeit nach den großen Kartoffeln. Es dürfte also zwanzig bis dreißig Minuten dauern, bis alle weich sind.« Garzeiten von Kartoffeln. Um die Uhrzeit … Allerdings, womit hatte er denn gerechnet?

Sie sah so aus, als hätte sie seine Erklärung nicht zufriedengestellt. Wartete eine Weile. Sagte aber nichts.

»War's das?«, fragte er schließlich.

»Äh, ja, natürlich. Das ist ja wirklich ganz einfach.«

»Gute Nacht, Frau Engel.«

»Gute Nacht, Herr Huber.«

Der sechste Tag – Samstag

Es war fast geschafft. Jetzt keine Fehler mehr machen. Ruhig Blut. Das Ziel lag zum Greifen nahe. Wie ging noch das Lied vom Joß Fritz, dem großen Bundschuh-Führer im Bauernkrieg? »Lasst nicht die roten Hähne flattern, ehe der Habicht schreit. / Lasst nicht die roten Hähne flattern vor der Zeit.«

Genauigkeit und Geduld – und der richtige Zeitpunkt: Das war jetzt entscheidend. Er durfte den Überblick nicht verlieren. Die straffe Organisation, sie war so wichtig wie eh und je. Er musste den Zeitplan einhalten, sich zügeln wie der Joß Fritz, durfte keine wilde Wut dulden. Nicht einfach, aber für den großen Moment hatte er gelebt. Darauf war er vorbereitet. Auf gar keinen Fall durfte er einen Fehler machen. Sie wussten, dass es ihn gab, die Frau Kommissarin, die besser zu Hause bei ihren Kindern bleiben sollte, und ihr überheblicher Kollege aus Österreich. Alle, die die Zeichen sahen, wussten von ihm. Aber niemand kannte ihn. Und niemand außer ihm kannte das große Ziel. Nur er allein. Er würde das Schicksal erfüllen, das Finale heraufbeschwören, das Zeitalter der Umkehr. Er war nicht mehr aufzuhalten.

Huber wälzte sich in der Nacht hin und her. Irgendetwas mussten sie übersehen haben. Etwas, das ihnen einen konkreten Hinweis geben könnte. Was war der Anknüpfungspunkt?

Hatte er auf Engels Frage mit den Kartoffeln zu abweisend reagiert? Aber er war enttäuscht gewesen. Am Anfang hatte sie so rumgedruckst, als wollte sie etwas ganz anderes sagen.

Aber wieder zurück zum Fall. Wo konnten sie zupacken? Sie konnten doch nicht einfach zusehen, wie der Mörder immer weitermachte. Der lachte sie garantiert aus. Legte den Toten sogar noch die Medaillons bei, und sie waren zu doof, der Fährte zu folgen.

Hätte er Lilly Engel umarmen sollen? Nein, das wäre viel zu

intim gewesen, so von einem Moment auf den anderen. Aber ein wenig Mut hätte er ihr ruhig machen können. Sie loben. Er nahm sich vor, das bei nächster Gelegenheit zu tun. Ihr etwas Nettes zu sagen.

Was dachte er jetzt überhaupt über Lilly Engel nach? Der Mörder hatte vier Buchstaben abgehakt, alle Konsonanten: K-R-L-S. Jetzt würde er mit den Vokalen weitermachen. Entweder A-O-U oder die drei Buchstaben im O zusammenfassen. Also noch ein oder drei Morde.

Und was dann? Falls er noch drei Menschen ermordete – hörte er anschließend einfach auf? Waren die Morde eine Art Beschwörung, um den Namen Karls des Großen in Blut zu schreiben?

Huber stand auf und setzte sich an seinen Computer. An Schlaf war nicht zu denken, da konnte er genauso gut im Internet recherchieren. Bei Google gab er »Karl der Große« und »Beschwörung« ein. Keine relevanten Treffer. Er versuchte es mit »Karlsmonogramm« und »Beschwörung« – auch nichts von Bedeutung.

Er lehnte sich zurück. Ein Gedicht von Eichendorff fiel ihm ein, »Wünschelrute«: »Schläft ein Lied in allen Dingen, / die da träumen fort und fort, / und die Welt hebt an zu singen, / triffst du nur das Zauberwort.«

Was war die Wünschelrute für Google? Was das Zauberwort, das er treffen musste? Eine fast zu poetische Analogie, natürlich, aber er war überzeugt davon, dass Google ihm die Lösung oder wenigstens ein hilfreiches Ergebnis ausspucken würde, sollte er nach den richtigen Wörtern suchen. Nur, nach welchen?

Er tippte »Karl der Große« und »Teufel« in die Suchmaske. Wieder kein Ergebnis, das weiterhalf. Einen Versuch gönnte er sich noch: »Karl der Große« und »Sünde«. Diesmal erschien zuerst ein Beitrag über Karls Frömmigkeit. Huber überflog die Zeilen, las etwas von erotischem und auch homoerotischem Treiben am Hof. Dass Karolus Magnus schöne Frauen geliebt und vier oder fünf Ehefrauen gehabt hatte. Außerdem noch

Konkubinen. Für sich selbst hatte der Kaiser den kirchlichen Moralkodex also nicht so streng ausgelegt.

Ob der Mörder das wohl weiß?, fragte sich Huber. Dass der große Kaiser zwar eine gestrenge »Admonitio generalis« erlassen hatte, selbst aber großzügig umging mit den christlichen Geboten?

Er überlegte weiter. Wenn man schon irgendeinen Namen brauchte, um nach dessen Buchstaben zu morden, weil man die Sünde der Menschen anprangern wollte … warum dann nicht zum Beispiel Alfred Jodocus Kwak? Die kleine gelbe Ente hatte im Gegensatz zu Karl bestimmt nie auch nur eine Sünde auf sich geladen.

Aber er wollte sich nicht lustig machen. Es ging um Mord. Er überflog den Artikel weiter. Der Kaiser hatte also sieben Töchter gehabt. Sie alle bekamen Kinder ohne Ehegatten. Das Leben am Hof in Aachen sei locker gewesen, stand da. Sogar Gerüchte über sexuelle Beziehungen zwischen Karolus und den Töchtern hatte es gegeben. Huber wunderte sich. Und so ein Mann erließ Regeln, um die Unzucht zu unterbinden?

Das Verhältnis zwischen Karl und seinem Filius, dem späteren Ludwig dem Frommen, war wohl »optimierbar« gewesen, so würde man sich heute ausdrücken. Ludwig degoutierte das lässige Treiben am Hof. Schien ja gewesen zu sein wie seinerzeit in der Kommune 1, achtundsechzig. Kein Wunder, dass das einem Mann des Glaubens missfallen hatte.

Als Ludwig dann Karl auf den Thron nachfolgte, befahl er, den Hof von der Sünde des Vaters zu reinigen. Der Papa erschien Ludwig befleckt und unwürdig. Ein sterbender Mönch namens Wetti berichtete, eine höllische Vision gehabt zu haben, die die Strafe Karls für sein ausschweifendes Sexualleben zeigte: Der Kaiser stand als armer Sünder am Berg der Läuterung. Dem Fegefeuer also. Das war ja wie bei Dante und seinen Kreisen der Hölle! Angeblich sei Wetti selbst noch einmal aus dem Totenreich zurückgekommen, um die Lebenden vor der Sünde zu warnen und ein sühnendes Bittgebet für Karl zu erflehen, dessen Qual allzu schrecklich sei: der tote Kaiser am Berg im ewigen Regen, der dessen Sünden nicht abwaschen könne. Karl, der immer wieder von einer wilden Bestie angefallen werde, die ihm sein Geschlecht zernage. Was für eine grausliche Vorstellung! In der Vision sei Karls Genital umgehend wieder nachgewachsen und gleich darauf erneut abgefressen worden. Und so weiter und so fort.

Und ihr Mörder spielte für diesen Kaiser also den perversen Moralapostel? Huber hätte ihn allzu gern gefragt, ob er das alles wusste, hatte aber dummerweise seine Telefonnummer nicht. Also war das Leben eines tausendzweihundert Jahre alten Kaisers zwar interessant und beflügelte auch Phantasie und Sensationsgier, war aber Huber für die Klärung des aktuellen Falls nicht hilfreich.

Er stand auf und ging im Zimmer umher. Er hatte das Zauberwort nicht gefunden. Welche Spur hatten sie noch nicht ausgeschlachtet? Wo versteckte sich eine weitere, vielleicht entscheidende Erkenntnis? Er betrachtete ein Fotoporträt Arthur Schnitzlers, das an der Wand hing. Manchmal half ihm das beim Denken. Der Schriftsteller sah mit wachen Augen geradeaus, eine Hand an die Stirn gelegt. Schnitzlers Augen waren von einer besonderen Intelligenz und Ruhe und hatten Huber schon des Öfteren auf neue Gedanken gebracht.

Der Obdachlose im Wehrturm. Kilian. Der war nicht koscher gewesen. Ganz entschieden nicht koscher. Woher hatte der die dreihundert Euro gehabt? Das mit dem Fund konnte er Teufels Großmutter erzählen. Das roch verdammt noch mal nach Bestechung. Aber wofür?

Huber schaute auf seine linke Armbanduhr, die er auch zum Schlafen nicht ablegte. Mittlerweile war es schon sieben Uhr durch. Zeit für eine Stippvisite auf dem Kapuzinerberg.

Wieder nahm er den Aufgang über den Stefan-Zweig-Weg und stieg zum Zweierturm. Die Luft war frisch und klar, und es war ruhig an diesem Morgen, der das Wochenende einläutete. Schon Hunderte Meter vor dem Wachturm sah er Kilian auf einer Mauer sitzen und auf Salzburg hinabsehen.

»Gott zum Gruße, Herr Wandersmann«, sagte dieser.

»Gehabt Euch wohl«, antwortete Huber. Er hockte sich neben den Mann auf die Mauer und blickte gemeinsam mit ihm auf die Stadt.

»Ist schön am Morgen hier«, sinnierte Kilian. »So friedlich. Man denkt gar nicht, dass es Lärm gibt da unten – und Menschen, die hektisch fürs Wochenende einkaufen und rumheizen in ihren Abgasschleudern und Unfälle bauen und schreien und pöbeln.«

Um sie herum waren nur ein paar Vögel und das Rascheln in den Zweigen zu hören.

»Man denkt auch nicht an Gewalt. Dass Menschen sich streiten und verletzen. Oder Schlimmeres«, sagte Huber. »Sie haben sich ein schönes Plätzchen ausgesucht. Hier oben ist die Welt noch in Ordnung.«

»Gewalt gibt's hier auch. Selten, aber auch. Was mit der Tina geschehen ist, das war schlimm. Ganz schlimm.« Kilian schwieg kurz. »Aber es ist ja nicht mehr rückgängig zu machen.«

Hubers Blick verweilte auf der Altstadt. Beide Männer schwiegen eine Weile.

»Wenn es rückgängig zu machen wäre«, sagte Huber nach einer Weile, »was wäre dann anders?«

»Na, dann wär die Tina wieder da. Sie war eine ganz Nette. Wir haben uns kaum gestritten. Praktisch gar nicht. Weil sie zwar ein wenig verrückt war, aber herzensgut. Die hat niemandem etwas getan.« Kilian knetete seine Hände.

»Solche Menschen sind wichtig«, sagte Huber. »Menschen, auf die man sich verlassen kann, die man mag und schätzt und die das Gleiche für einen empfinden.«

Der Obdachlose nickte. »Ich frag mich manchmal: dass ich in dieser Lage bin – ohne Wohnung, ohne Arbeit, ohne Dinge –, ob das einen Sinn hat. Ob mir das zeigen soll, was wichtig ist auf der Welt. Das Menschliche nämlich. Aber meist denke ich dann, dass da gar kein Sinn drin liegt. Dass ich einfach nur arm bin. Und dass ich gern auch so Dinge hätt. Und Geld.«

»Und das Menschliche?«, fragte Huber.

»Das würde trotzdem das Wichtigste bleiben. Aber wenn man keine guten Menschen um sich hätt, dann doch wenigstens Geld.«

Sie hatten sich beim Sprechen nicht angeschaut, sondern geradeaus geblickt. In einem ruhigen Ton unterhielten sie sich über die elementaren Fragen des Lebens. Das Gespräch hatte beinahe schon etwas von einer Beichte.

Kilian knetete seine Hände jetzt kräftiger. »Aber Geld kann so einen Menschen nie und nimmer ersetzen. Und dann ist da noch das Gewissen …«

»Obwohl nichts mehr rückgängig zu machen ist«, sagte Huber ganz weich und ruhig.

Der andere nestelte an seiner verdreckten Joppe und zupfte einen losen Faden ab. Eine Hand verschwand in der Tasche, dann zog er sie wieder heraus und rieb die sechs Fünfzig-Euro-Scheine darin mit seinen Fingern. »Der Judas hat ja dreißig Silberlinge bekommen für den Jesus. Aber glücklich hat ihn das Geld nicht gemacht. Im Gegenteil.«

Huber schwieg. Er war sich sicher: Der andere würde ihm noch mehr sagen, wenn er ihm Zeit ließ.

Und tatsächlich fuhr Kilian einige Zeit später fort: »Der Judas hat Jesus ja auch verraten. Darum hat er sich dann umgebracht. Nicht wegen dem Geld.« Immer wieder schloss sich seine Hand um die Geldscheine. »Aber wenn das mit der Tina wieder rückgängig zu machen wäre, dann wär das Geld auch nicht da.«

Es ist vollkommen sinnlos, meinen Sitznachbarn in die Mangel zu nehmen, dachte Huber. Womit könnte er ihm auch drohen? Mit Polizeigewahrsam? Einem Bett? Drei Mahlzeiten am Tag? Außerdem wollte Kilian sein Gewissen erleichtern, und Huber brauchte nur zu warten und zuzuhören.

Wieder saßen sie minutenlang stumm da.

Endlich brach Kilian das Schweigen. »Er hat Bayerisch gesprochen, der Mann. Der, wo die Tina mitgenommen hat. Und einen Hut hat er getragen, mit so einer langen Feder. Mehr hab ich von ihm nicht sehen können, weil es so dunkel war. Er hat der Tina irgendwas gegeben, das hat sie ganz schläfrig gemacht. Und dann hat er sie mit sich nach unten gezogen, runter zur Stadt.«

Huber sagte nichts.

»Und wie der Kerl mit der Feder mich gesehen hat, da hat er mir das Geldbündel hingeworfen«, fuhr Kilian fort. »Wie einem Hund. Und hat gemeint, dass er die Tina mitnimmt und ich mich schleichen soll und nix sagen. Die Tina hätte jetzt eine Aufgabe zu erfüllen.« Tränen liefen ihm über die Wangen. »Das hätt ich nicht gedacht, dass er die Tina …«

»Wie klang die Stimme des Mannes?«, fragte Huber.

»Angenehm unauffällig«, sagte Kilian. »Kein bisschen nach Meuchelmörder. Mittlere Stimmlage. Bariton. Und Bayerisch, wie gesagt. Das war kein Salzburger.«

»Statur?«

»Nicht klein, nicht groß. Nicht dick, nicht dünn. Er trug Schwarz. Und so einen Umhang. Wie Zorro. Und den Hut mit der Feder. Wie er im Gesicht ausgeschaut hat, das hab ich nicht gesehen.«

Huber drehte sich zu seinem Nachbarn. »Hat der Mann noch irgendetwas gesagt? Zur Tina oder zu Ihnen?«

Kilian schien aus einer Trance gerissen und wandte sich ebenfalls seinem Gesprächspartner zu. »Nix. Zu mir. Zur Tina hat er noch was von Bestimmung geflüstert und von Vorsehung. Bevor er sie mit sich gezogen hat. Runter.« Er blickte auf die Geldscheine in seiner Hand. »Das ist schmutziges Geld. Blutgeld. Ich mag's nicht haben.« Er riss die Scheine in kleine Fetzen und warf sie vor sich in den Wind. Sie flogen durch die Luft und schwebten dann zu Boden.

Sieht hübsch aus, fand Huber. Wie Konfetti. Sein Handy klingelte. »Hamburg, meine Perle«. Er meldete sich förmlich, als wüsste er nicht, dass Engel dran war: »Huber.«

»Sie müssen sofort kommen.«

»Mama. Duuu … Mama …«

Lilly kämpfte sich mühsam durch den Nebel der Müdigkeit.

»Mamaaa …« Sie fühlte Lauras Hand auf ihrer Schulter, dann berührten kalte kleine Füße ihre Oberschenkel.

»Mama, wach mal auf.«

Widerwillig öffnete sie die Augen. Draußen war es bereits hell. Und mehr als nur das: Der Himmel war strahlend blau, die Sonne schien auf die Häuserwand auf der anderen Seite der Straße. Es musste schon nach acht sein. Sie hatte durchgeschlafen. Was hieß, dass auch Laura durchgeschlafen hatte. Kein Nachtschreck, die Phase schien vorbei. Trotzdem fühlte sie sich fast noch zerschlagener als nach den halb durchwachten Nächten. Und sie hatte Kopfschmerzen. Wie so oft, wenn sie endlich wieder genug Schlaf bekam.

»Was ist mit der Leiche?«, fragte Laura und bohrte ihren Finger in Lillys Wange. »Wo ist die jetzt?«

»In der Pathologie«, murmelte Lilly.

»Was ist so was?«

»Was ist …? Ach, Laura. Quatsch. Die Leiche, die … Da ist ja gar keine Leiche gewesen.«

»Der Mann gestern Abend war lustig. Er hat mir gezeigt, was ein Macho-Affe macht.«

»Welcher Mann?«

»Der Sigmund.« Laura klang tadelnd, ihre Mutter begriff heute Morgen offenbar gar nichts. »Der aus Österreich.«

»Wieso Sigmund?« Lilly stützte den Kopf auf den Arm. »Ach, weißt du was, Mäuschen, ich mache mir jetzt erst mal einen Tee.« Sie schlug die Decke zurück. Es war saukalt in der Wohnung. Lilly hangelte nach einem Wollpulli, der über der Stuhllehne in ihrem Schlafzimmer hing, warf ihn sich über und ging in die Küche. Der Teller und das Bierglas von gestern Abend standen noch in der Spüle. Erinnerungen an »den Sigmund«.

Sie setzte Teewasser auf, zog sich den Stuhl und ihr Handy heran, das auf der anderen Seite des kleinen Küchentisches lag. Keine Anrufe.

»Komm her, meine Süße. Was ist denn mit dem Sigmund und deinem Affen?« Sie hob sich Laura auf den Schoß und spielte mit den Fingern in ihren blonden Locken.

»Doch nicht mit *meinem* Affen«, korrigierte Laura. Sie hatte in ihrem Zimmer einen Plüschaffen liegen. »Der Sigmund hat mir gezeigt, wie ein Macho-Affe macht.«

»Soso. Und wie macht ein Macho-Affe?«

Laura kratzte sich gleichzeitig am Kopf und am Bauch und quiekte dabei. Lilly bezweifelte zwar, dass Sigmund Huber ihrer Tochter das genau in dieser Art vorgemacht hatte, aber offenbar hatte er sich darum bemüht, Laura abzulenken. »Hattest du Angst gestern Abend?«

Laura schüttelte den Kopf. »Ich hab doch den Sigmund getroffen, und der hat gesagt, dass er alle bösen Männer fängt. Und dann noch, dass ich nur mit ihm ins Auto steigen darf, sonst nie mit jemandem. Und er wollte wissen, warum du immer so traurig bist.«

»Bin ich doch gar nicht.«

»Doch, Mama, bist du. Weil du nämlich keinen Mann mehr hast und weil der Papa dich auch nicht mehr will.«

Lilly schwante Gruseliges. »Hast du das auch deinem Sigmund gesagt?«

»Das ist doch gar nicht *mein* Sigmund. Das ist nur so *ein* Sigmund.«

»Und, hast du es ihm gesagt?«

Laura nickte eifrig.

Na super. Blieb nur zu hoffen, dass Huber klug genug war, zwischen der Wirklichkeit und der Wahrnehmung einer Vierjährigen zu unterscheiden.

Sie setzte Laura auf den Fußboden, goss den Tee auf und ging anschließend ins Kinderzimmer, um für ihre Tochter ein paar Kleidungsstücke aus dem Schrank zu holen. Nachher musste sie noch einkaufen, und am Nachmittag kam Tobi von seinem Freund zurück, aber sonst hatte sie an diesem Samstag nichts zu tun. Nichts, außer ein paar weitere luxuriöse Stunden zu schlafen, wenn Hubers Nichte kam und mit Laura und Tobi etwas unternahm. Es hätte ein schöner Samstag sein können, hätte sie nicht das Gefühl gehabt, tatenlos abwarten zu müssen, bis der unbekannte Rächer im Namen Karls des

Großen sein nächstes Opfer auswählte. Und endlich einen Fehler machte. Aber wer auch immer es war, er war schlau. Und wusste, wie man Morde beging, ohne Spuren zu hinterlassen.

Sie setzte sich mit dem Tee ins Wohnzimmer und zog die Beine unter sich. Macho-Huber hatte also gestern für sie gekocht. Wahrscheinlich, weil er Mitleid mit der traurigen Mama gehabt hatte, die keiner mehr wollte. Allerdings hatte er ihr nicht auch noch vorgeschlagen, die Nacht bei ihr zu verbringen. Wenn da sonst schon niemand war. So weit war seine Nächstenliebe dann doch nicht gegangen. Wie auch? Offenbar war sie nicht einmal dafür interessant genug. Sie zog eine Grimasse. Hätte sie abgelehnt, wenn …? Oder hatte sie vielleicht sogar darauf gehofft? So ein ganz, ganz kleines bisschen? Aber so sachlich, wie er auf ihre Frage nach den Kartoffeln geantwortet hatte … Es war aber auch eine selten dämliche Frage gewesen, und dann auch noch nachts um elf … Nun ja. Schlecht sah er nicht aus, der Macho-Affe. Sogar ziemlich annehmbar. Vorausgesetzt, er vergaß nicht, sich zu rasieren, so wie neulich. Und nett konnte er auch sein. Richtig nett. Betonung auf »konnte«. War er aber nicht oft. Andererseits … Wie wurde einer, der mit drei Schwestern aufwuchs? Musste der dauernd betonen, kein Frauenversteher zu sein?

»Kann ich ›Jim Knopf‹ gucken?« Laura stand vor ihr und hob die DVD mit der Aufnahme aus der Augsburger Puppenkiste hoch.

Fernsehen am Samstagvormittag war zwar nicht unbedingt das, was sich Lilly ursprünglich als Freizeitgestaltung für ihre Kinder vorgestellt hatte, doch die Maßstäbe änderten sich, wenn man auf einmal allein mit zwei Kindern dastand. »Aber nicht so laut«, sagte sie also und drückte auf den »Play«-Knopf der Fernbedienung. »Außerdem musst du gleich wieder aufhören, wenn wir frühstücken.« Laura nickte brav, aber Lilly wusste, wie viel dieses Nicken noch wert war, wenn sie ihre Tochter vom Fernseher wegrufen würde.

Sie ging zurück in die Küche, setzte Milch für Lauras Kakao

auf und deckte den Tisch. Gerade als die Milch warm genug war, um sie aufzugießen, klingelte ihr Telefon.

»Es tut mir leid, dass ich Sie am Samstag um neun Uhr stören muss, aber wir haben zwei Tote am Thumsee.« Es war Anton Lechner, der sie mit diesen Worten begrüßte. Er hatte an diesem Samstag Dienst. »Ein Spaziergänger mit seinem Hund hat die beiden entdeckt. Im Schilf im Naturschutzbereich.«

Zwei? »Gleich zwei? Wieder unser Sühnemörder?«, fragte Lilly.

»Sie meinen den, der im Namen Karls des Großen mordet?«

»Genau den«, bestätigte Lilly.

Lechner sagte, das wisse er nicht. Er habe gerade Brigitte Auberger angefunkt. Sie würde mit dem übrigen Team zum See fahren, er selbst könne die Dienststelle leider nicht verlassen.

Einen Besseren als Anton Lechner kann man sich für die Koordination gar nicht wünschen, dachte Lilly. Der Kollege bewahrte die Ruhe und schien außerdem den perfekten Überblick über die Einsatzkräfte zu haben.

»Ich mache mich sofort auf den Weg«, sagte sie. »Was ist mit Martin Obermüller? Haben Sie ihn schon informiert? Er muss unbedingt dazukommen.«

»Martin hat Fieber«, erwiderte Lechner. »Er nimmt jetzt eine Ibuprofen und schaut mal, wie es ihm damit geht. Sie wissen doch, sein Kreislauf …«

Stimmt. Lilly erinnerte sich, dass Martin schon bei leicht erhöhter Temperatur Kreislaufprobleme bekam. Hoffentlich wirkte das Mittel. Sie legte auf und rief dann Huber an, der sich entschuldigte, weil er gerade keine Zeit hatte, sich aber zurückmelden wollte.

Ihr blieb nichts anderes übrig, sie musste Ivo stören. Am Samstagmorgen, eigentlich ein No-Go. Aber David wollte sie nicht um Hilfe bitten, so wie er sich gestern wieder aufgeführt hatte. Außerdem hätte sie Laura dann erst nach Salzburg bringen müssen, und so lange konnte sie das Team vor Ort nicht warten lassen.

Ivo klang ausgesprochen ausgeruht. Klar, sagte er, in ein paar Minuten sei er bei ihr, er wolle sich nur noch kurz die Haare föhnen. Er sei joggen gewesen und komme gerade aus der Dusche.

Streber, dachte Lilly. Sie bestrich für Laura ein Weißbrot mit Nutella und stellte den Kakao daneben. Natürlich konnte die Kleine »Jim Knopf« jetzt auf gar keinen Fall unterbrechen. Was soll's, dachte Lilly, für ein ausgedehnteres Frühstück habe ich jetzt sowieso keine Zeit mehr. Sie war noch immer im Schlafanzug, und wenigstens die dunkelsten Augenringe sollte sie vorm Losfahren besser noch übermalen. Ivo hatte ohnehin gesagt, er brauche noch etwas. Also stellte sie Lauras Frühstück auf einem Tablett neben sie auf den Fußboden. »Aber schön überm Teller essen, ja?«

Laura nickte, ohne den Blick vom Fernseher zu wenden und, so vermutete Lilly, ihr überhaupt zugehört zu haben.

Sie zog sich eine Jeans an und dazu den Wollpulli, den sie bereits über dem Schlafanzug getragen hatte. Wieso zwei Tote? Musste er sich beeilen? Oder war das ein anderer Fall? Ein Eifersuchtsdrama oder sogar ein Unfall? Lechner hatte gesagt, die beiden lägen am Ufer im Schilf. Im Naturschutzbereich. Baden durfte man dort nicht, aber das tat um die Jahreszeit eh niemand mehr, das Wasser des Sees war bereits viel zu kalt.

Sie ging ins Bad, ließ aber die Tür offen, um Laura wenigstens hören zu können. Bitte heute keine Kakaoüberschwemmung auf dem Fußboden, betete sie.

Andererseits, wäre das nicht ein zu großer Zufall, eine Mordserie und dazu zwei weitere Tote, die damit nichts zu tun hatten? Hier, fast schon auf dem Land? In Hamburg wäre so etwas denkbar, aber das hier war eben Bad Reichenhall. Sie musste sich beeilen. Und hoffte, dass auch Huber so schnell wie möglich dort sein würde.

Verdammt, der Mörder führte sie doch an der Leine spazieren. *Seht mal, wie wenig ihr gegen mich ausrichten könnt.*

Zwei Minuten später begutachtete sie ihr Bild im Spiegel. Nun ja. Für einen bewundernden Ausruf von Huber würde es heute nicht reichen, aber immerhin sah sie nicht mehr ganz so sehr nach Gothic-Girl aus wie noch beim Aufstehen.

Ivo dagegen strahlte wie der Sonnenschein persönlich. Bis um vier habe er Zeit, erklärte er ihr und erkundigte sich dann nach dem Grund ihres Wochenendeinsatzes. Sie erklärte ihn ihm.

»Meine Güte, und das ist derselbe Mörder wie vor einer Woche?«

Lilly nickte und schüttelte dann den Kopf. »Vielleicht. Wahrscheinlich.«

»Dann rennt hier also einer rum und bringt der Reihe nach Leute um?«

»Hier und drüben in Salzburg«, bestätigte sie.

»Allein schon das Wissen.« Ivo schauderte. Dann machte er eine Geste, als wollte er Lilly verscheuchen. »Fahr los, ich bin ja jetzt da.«

Als sie auf die Staatsstraße 2101 eingebogen war, meldete sich Huber zurück.

»Ich bin in einer halben Stunde dort«, sagte er und entschuldigte sich, dass er es nicht schneller schaffte. Bei ihrem Anruf habe sie ihn oben auf dem Kapuzinerberg erreicht, da habe er nicht frei sprechen können.

»Aha«, sagte Lilly. »Hat unser netter Kilian denn etwas Neues beisteuern können?«

»Ein schlechtes Gewissen«, bestätigte Huber. »Sie hatten recht, die dreihundert Euro waren Schweigegeld. Unser Mann mit der Hahnenfeder hat ihm die Scheine gegeben.«

»Dann hat Kilian ihn gesehen?« Fast hätte sie die Abbiegung zum Thumsee verpasst. Vielleicht war das endlich der Durchbruch.

Huber seufzte: »Es war dunkel. Sehr, sehr dunkel. Aber ein paar Worte hat unser Unbekannter gesagt, und die hat Kilian als eindeutig bayerische Mundart erkannt.«

»Dann sollten wir uns mit den Ermittlungen auf Reichenhall und Umgebung konzentrieren.«

Wieder seufzte Huber. »Ein paar Bayern leben auch in Salzburg, selbst wenn bei Ihnen die Mieten günstiger sind.«
Lilly parkte ihr Auto am Straßenrand. »Ich bin jetzt da, bis gleich.«

Sie ging unter der Absperrung hindurch.
»Es sind ein Mann und eine Frau«, erklärte ihr einer der Kriminaltechniker. »Romana und Josef Lindbauer. Ihnen gehört eines der Nobelhotels. Der ›Weiße Schwan‹, am Listsee.«
Lilly kannte das Gebäude von außen. Nicht ihr Geschmack. Hier logiert Reichtum, schien die Fassade zu sagen. »Wann wurden sie gefunden?«
»Um acht Uhr hat ein Mann seine Morgenrunde mit dem Hund gedreht. Die Leute gehen gerne um den See, das schafft man in einer Dreiviertelstunde. Der Hund sei plötzlich wie elektrisiert nach unten ans Ufer gelaufen und überhaupt nicht mehr von der Stelle wegzubringen gewesen. Der Mann habe schließlich nachgeschaut und dann … Frau Maler von der Gerichtsmedizin ist auf dem Weg, aber sie braucht noch ein bisschen von Traunstein aus.«
Lilly bog ein paar Zweige auseinander und hielt nach dem besten Weg ans Wasser Ausschau.
»Passen Sie auf, wenn Sie runtersteigen«, hörte sie den Mitarbeiter der KTU sagen, »da vorne ist es ziemlich rutschig. Ach, und noch was. Die beiden … Mich würde es nicht wundern, wenn da jemand aus ihrem Nobelladen nachgeholfen hätte.«
Lilly drehte sich noch einmal zu dem Mann um. »Weil …?«
»Wenn Sie wissen wollen, was Ausbeutung ist, dann schauen Sie sich dort mal die Unterkünfte der Arbeitssklaven an. Die wohnen da zu fünft in einem Kellerloch ohne Fenster. Keine Sozialleistungen, versteht sich. Sind nur geringfügig beschäftigt und werden weit unter dem gesetzlichen Mindestlohn bezahlt. Illegale ohne Arbeitserlaubnis vermutlich, weil die nicht zu irgendwelchen Gerichten rennen können, um ihre Rechte durchzusetzen.«
Gut zu wissen, dachte Lilly und bedankte sich mit dem

freundlichsten Lächeln, das sie angesichts zweier Leichen ein paar Meter weiter zustande brachte.

Das Erste, was sie sah, waren die vier Grablichter. Auf Holzscheiben, die auf eine Art dicken Stiel geklebt zu sein schienen. Der Täter hatte sie mit dem Stiel in die Erde gesteckt, und oben auf den Scheiben standen die Kerzen. Die beiden Toten lagen nicht im Wasser, sondern in der Böschung. Ihr Anblick war schlimmer als jeder der anderen Toten in der vergangenen Woche. Was jedoch nicht daran lag, dass sie grauenvoller zugerichtet gewesen wären: Der Täter hatte sie so drapiert, dass sie wie ein Kreuz quer übereinanderlagen. Zudem hatte er von beiden die Arme und Beine abgespreizt. Wie eine Spinne, schoss es ihr durch den Kopf. Das Ganze sah auf eine unheimliche Art symmetrisch aus, fast schon wie ein Kunstwerk.

Sie wählte Hubers Nummer. »Er war es«, sagte sie. »Und dieses Mal … Er hat sie angeordnet, als wollte er uns etwas sagen.«

»Ich bin in zehn Minuten da. Es ging schneller, als ich dachte. Kein Stau an der Grenze.«

Lilly merkte, dass sie froh war, als sie Hubers Auto hörte. Nicht nur froh. Erleichtert. Sie wollte mit dem Werk dieses Wahnsinnigen und seinen Botschaften nicht allein sein. Sie brauchte Unterstützung.

»Gut, dass Sie da sind«, sagte sie.

Huber lächelte, stellte sich dem bayerischen Team kurz, höflich und ohne Majorstitel vor und trat dann zu den beiden Toten.

»Die Avaritia«, sagte er. »Der Geiz, die zweite Todsünde. Sie wird durch verschiedene Tiere symbolisiert, durch die Kröte oder Schlange. Oder eben eine Spinne. So wie bei unseren beiden hier.«

»Die Todsünden stimmen mit den Vergehen in der ›Admonitio‹ und im Galaterbrief überein«, sagte Lilly nachdenklich. »Der Täter folgt diesen Sündenkatalogen. Die sieben Todsünden und die sieben Buchstaben in ›Karolus‹ geben ihm die

Struktur.« Sie sinnierte. »Und der Pater? Die Gula? Der Abt und ein Mitbruder waren sich gestern Nacht einig, dass er kein Problem mit Alkohol hatte. Und für die Völlerei hätte sich unser Täter wirklich auch ganz andere Exemplare aussuchen können.«

»Möglich«, sagte Huber. »Aber diese beiden hier«, er deutete auf den Mann und die Frau vor sich am Boden, »hat er als Botschaft verwendet. Ihre Anordnung ist kein Zufall, das ist ein … Hinweis?« Er zuckte mit den Schultern. »Für uns?«

»Er spielt mit uns.« Lilly stieß mit dem Fuß so heftig gegen einen Stein, dass der die Böschung hinunter- und nur knapp an den beiden Toten vorbeirollte. »Der Scheißtyp veranstaltet eine Art Versteckspiel: Guckt mal, ihr kriegt mich nicht.«

»Vorsicht«, mahnte Huber überflüssigerweise, denn der Stein war längst ins Wasser geplatscht. »Sie verwischen noch alle Spuren.«

»Welche denn? Den Gefallen tut er uns ja nicht, dass er Spuren hinterlässt.«

»Doch«, sagte Huber, als wäre ihm die Erkenntnis gerade eben erst gekommen, was aber definitiv nicht der Fall war. »Er erhöht sogar den Einsatz. Erst waren es nur die Medaillons, dann kamen die Kerzen hinzu. Und jetzt arrangiert er seine Opfer auch noch nach Art der Todsünde.«

»Und? Was sagt uns das? Hier ist ein Verrückter am Werk, der nach irgendwelchen christlichen Moralkodizes mordet. Was übrigens nicht gerade der christlichen Botschaft entspricht. Die lautet meinem protestantisch-ketzerischen Verständnis nach nämlich: Nächstenliebe und Vergebung.«

»›Ich bin nicht gekommen, Frieden zu senden, sondern das Schwert‹«, zitierte Huber. »Matthäus 10,34. Nur um meine römisch-katholische Bibelkenntnis zu demonstrieren.«

»Gut«, gestand Lilly ihm zu. »Ihr Katholiken seid da noch ein bisschen fitter. Aber wenn diese Hinweise uns oder wem auch immer gelten, welche Botschaft steckt dann in ihnen, außer dass der Täter uns damit symbolisch die Zunge rausstreckt?«

»Vielleicht steigert sich gar nicht das Maß seiner Provokation, sondern nur sein Wahnsinn?«

»Hallo, ihr zwei!« Der Mitarbeiter der Kriminaltechnik, mit dem Lilly vorhin gesprochen hatte, war von hinten an sie herangetreten und hatte beiden gleichzeitig auf die Schulter getippt. »Das hier haben wir vorhin gefunden.« Er reichte ihnen einen Asservatenbeutel mit je einem Medaillon.

Huber warf einen Blick auf den Inhalt seiner Tüte. »Sieh an, schöne Grüße von Kaiser Karl«, sagte er lakonisch.

»Sonst ist da übrigens nichts«, meldete sich noch einmal der Mann von der KTU. »Zumindest bis jetzt. Nur Abdrücke von Gummistiefeln, Größe 43. Sieht aus, als wären die von Tchibo. Aber selbst wenn sie vom Täter stammen, ist die Spur für sich genommen nutzlos. Halb Reichenhall läuft mit denen herum, waren wohl gerade im Angebot.«

»Fingerabdrücke?« Eigentlich fragte Lilly nur der Form halber.

»Erst mal keine.« Der Techniker zuckte bedauernd mit den Schultern.

»Da werden S' auch keinen Erfolg haben«, meinte Huber. »Aber wer weiß, vielleicht seid ihr Bayern ja schlauer als meine Leute.« Um seine Worte zu entschärfen, grinste er.

Lilly nahm ihren Beutel mit dem Medaillon. »Jetzt ist er im Zentrum angekommen«, sagte sie und zeigte Huber das Motiv, auf dem nun direkt in der Mitte ein nach unten offenes rechtwinkliges Dreieck zu sehen war, dessen Spitze nach oben zeigte.

»Das A«, meinte er und deutete seinerseits auf das Medaillon in der zweiten Tüte. Das Dreieck darauf wurde auf der unteren Seite durch ein spiegelverkehrtes weiteres Dreieck ergänzt. Bei diesem Motiv fehlte der obere Schenkel.

»Das U«, stellte Lilly fest.

Huber nickte. »Fehlt uns nur noch das O.« Er atmete langsam und tief aus. »Und der Vollziehungsstrich.«

»Das Y in der Mitte der Raute?«

Huber nickte. »Weil Karl der Große nicht schreiben konnte,

ließ er sein Monogramm von einem Schreiber vorzeichnen und siegelte mit diesem Zeichen, das uns heute wie ein Y erscheint. Man nennt es das Vollziehungszeichen.«

»Das heißt entweder«, folgerte Lilly, während sich in ihr alles zusammenzog, »dass er nur noch ein Mal mordet oder dass er noch zwei Opfer geplant hat, bis sein Werk vollbracht ist.«

Wieder nickte Huber. »Es kann einem wirklich schlecht werden. Was WILL dieser Psychopath? Sieben Menschen umbringen? Und dann? Dann gar nichts? Oder geht er dann zum großen Massenschlachten über? Müssen wir demnächst mit einer Bombe in der Salzburger Altstadt rechnen? Oder in Reichenhall? Nur, weil die Welt und die Polizei zu deppert sind, um seine verdammte Botschaft zu entschlüsseln?« Für seine Verhältnisse war Huber fast schon laut geworden. Als wäre ihm das bewusst geworden, presste er die Lippen zusammen. »Das macht mich noch wahnsinnig«, sagte er. »Gestern Nacht, heute Morgen. Liegt irgendwo da draußen vielleicht schon der nächste Tote, und es hat ihn nur noch keiner entdeckt?«

Lilly blieb nichts anderes übrig, als ihn ratlos anzusehen.

»Wir fahren jetzt zu diesem Nobelhotel und hören uns dort um«, entschied sie dann. »Mehr können wir ja doch nicht tun. Aber das müssen wir.«

Huber nickte und folgte ihr zurück zur Straße.

Der »Weiße Schwan« war nur ein paar Kilometer vom Fundort der Leichen entfernt, am Listsee. Der See war tiefgrün und lag malerisch vor dem Nobelhotel, das weiß und sauber zwischen den Bäumen am Ufer emporragte.

»Das ist ja geradezu deprimierend idyllisch hier«, sagte Huber, als er und Engel die Autotüren zuschlugen. »Vor allem angesichts der Botschaft, die wir überbringen werden.«

»Der Listsee gehörte zum Ersten, was ich mir in Bad Reichenhall angesehen habe.« Engel legte sich eine Hand über die Augen und ließ ihren Blick über das Gewässer gleiten. Für Huber sah es so aus, als wollte sie den Hotelbesuch noch etwas hinauszögern. »Damals habe ich mich möglichst viel über meine neue Heimat informiert. Das Wasser ist fast immer so grün. Hier im Berchtesgadener Land und rund um den Untersberg gibt es viele Sagen und Mythen. Man erzählt sich, vor langer Zeit habe ein Senner nachts hier, wo jetzt der See ist, bei Vollmond eine Gruppe Riesen gesehen. Dieser Almhirt berichtete, je ein Riese und eine Riesin hätten sich bei den Händen gefasst und stampfend einen Rundtanz vollführt. Wo vorher eine Waldwiese war, flogen die Erdbrocken jetzt nur so. Der Senner versteckte sich vor Angst die ganze Nacht, während die Riesen ihre Ronde tanzten. Erst im Morgengrauen gingen sie heim, und als der Almhirt bei Tageslicht seine Deckung verließ, sah er, dass aus dem Tanzplatz ein großes Erdloch geworden war. Dieses Loch habe sich dann der Sage nach mit Wasser gefüllt und den Listsee gebildet. Er wird übrigens tatsächlich nur unterirdisch gespeist.«

Huber hatte sie noch nie so lange am Stück reden hören. Er merkte, wie gern er ihre Stimme mochte, einen warmen Mezzosopran mit leicht hanseatischer Sprachmelodie, und wie gern er ihr noch weiter zugehört hätte, wie sie Märchen über tanzende Riesen und Hirten erzählte. Aber es galt, einen Mörder zu stoppen. Daher sagte er nur: »Können wir dann?«

Sie schaute ein wenig verdutzt, so als hätte er sie aus der Betrachtung eines Gemäldes herausgerissen. Eine Art Doppeleffekt: Er war ins Träumen geraten, als er das Bildnis einer Frau betrachtete, die an einem Ufer stand und wiederum in den Anblick eines sagenhaften Sees versunken war. Beide Vorstellungen waren nun dahin. Die von den tanzenden Riesen und die der sinnierenden Schönheit. Wirklich waren nur noch die Morde.

»Natürlich«, sagte sie. »Machen wir unsere Arbeit.«

Sie betraten die Eingangshalle des Hotels. Ihre Schritte wurden durch weichen Teppichflor gedämpft. An der Decke hing ein beeindruckend großer Kristalllüster. Die Wände, der Treppenaufgang und die Rezeption waren aus Marmor. Am Empfang stand eine elegant gekleidete Dame, auf die die beiden jetzt zusteuerten.

»Grüß Gott«, sagte Engel und zückte ihren Dienstausweis,

»mein Name ist Engel, ich bin von der Kripo Traunstein. Das ist mein Kollege Huber aus Salzburg.«

Er deutete einen Diener an. Österreichische Manieren konnten bei den Piefkes nie schaden.

Die Dame beugte sich vor und inspizierte Engels Ausweis. »Die Kriminalpolizei, du liebe Güte ...«

Ihr Namensschild war nicht zu übersehen, sodass Engel sie direkt ansprach: »Frau Buchberger, richtig? Sie sind hier also die Rezeptionistin?«

»Concierge«, sagte Frau Buchberger mit stolzer Bescheidenheit.

»Concierge de grand hôtel«, entfuhr es Huber wie einem gebürtigen Franzosen, »alles hören, alles sehen, nichts verlauten lassen.«

Buchberger lächelte. Anscheinend fühlte sie sich von ihm verstanden. Sie war eine attraktive Frau – groß, schlank, brünett, hohe Wangenknochen. Durchaus sein Typ.

Engel schaute ihn mit einem Blick an, der wahlweise »Blödmann!« oder »Streber!« bedeuten konnte. Beides nicht schmeichelhaft.

Aber er konnte es ja nicht ändern – Concierge war nun einmal ein Begriff in der Luxushotellerie. Einmal hatte er das Vergnügen gehabt, in Berlin mit dem Concierge des »Adlon« zu parlieren, einem ganz feinen Herrn aus dem Tessin. Wie auch immer: Der »Weiße Schwan« leistete sich also eine Concierge und nicht nur eine Rezeptionistin. Da brauchte Engel gar nicht so angesäuert zu schauen.

»Frau Concierge Buchberger«, sagte die nun betont förmlich, »wir müssen Ihnen leider mitteilen, dass Frau Romana und Herr Josef Lindbauer heute Morgen ermordet aufgefunden wurden. Am Thumsee.«

Buchberger blickte ungläubig. »Aber das ist doch unmöglich! Die Chefin und der Chef? Ermordet?« Sie legte eine Hand auf den Mund, und Huber sah, dass sie einen Ehering trug.

»So leid es uns tut: Wir müssen die gesamte Belegschaft sprechen«, forderte Engel unbarmherzig.

Hatte sie irgendwelche Schwingungen zwischen der Buchbergerin und ihm empfangen, die er selbst nicht wahrgenommen hatte? Er konnte es sich natürlich einbilden, aber er meinte, eine Spur Stutenbissigkeit aus Engels Ton herauszuhören. Aber das hier war ihr Terrain. Ihre Kompetenz. Da wollte er nicht reinpfuschen.

Die Concierge schien bemüht, ihren professionellen Eindruck zu wahren. »Selbstverständlich. Darf ich fragen, wen aus der Belegschaft Sie vernehmen wollen?«

»Ich möchte die gesamte Belegschaft sehen. Hier in der Lobby. Subito.«

Mann, war Engel hart. Ein richtiger bad cop.

Buchberger verschwand mit einem »Ich werde sehen, was ich tun kann«.

Huber näherte sich Engels Ohr. »Wollen Sie hier die Agatha Christie geben, Frau Kollegin?«

Sie lächelte verschmitzt. »Aber nur, wenn Sie mein Poirot werden.«

Buchberger musste hektisch herumtelefoniert haben, denn erstaunlich schnell stellten sich eine ganze Reihe von Hotelmitarbeitern in der Lobby vor: ein Elektroniker, ein Gärtner, ein Animateur für Kinder (Sachen gibt's, dachte Huber), eine Einkaufsleiterin, ein Portier, eine Personalreferentin, eine Sicherheitsbeauftragte, eine Barmanagerin, ein Executive Housekeeper, ein Chef de Cuisine, ein Betriebsleiter, ein Maître, ein Sommelier, eine Controllerin, ein PR-Manager, eine Restaurantleiterin, eine Kosmetikerin, eine Direktionssekretärin, eine Pâtissière und ein Shopmanager. Von den zwanzig Angestellten schienen die meisten erschüttert über die Nachricht vom Tod der beiden Hoteliers.

Engel musterte sie ungerührt und stellte keine einzige Frage. Dann blickte sie zur Concierge. »Schön. Und jetzt würde ich gern noch den Rest sehen.«

Buchberger konnte ihre Verunsicherung nicht überspielen. »Den Rest?«

Engel sah sie kalt an. »Die Herrschaften hier sind natürlich sehr beeindruckend, aber jetzt möchte ich noch die Zimmermädchen, die Kellner und Hilfskellner, die Tellerwäscher und Küchenjungen, die anderen Gärtner und die Putzleute kennenlernen. Vielleicht haben Sie ja hier auch noch Personal, das Spucknäpfe reinigt. Das dann bitte auch.«

Huber war beeindruckt. Mann, Engel war wirklich tough! Aber was wollte sie? Er beugte sich zu ihr und raunte aus dem Mundwinkel: »Frau Kollegin, ist das wirklich notwendig?«

Sie flüsterte zurück: »Gleich haben Sie den Beweis für die Avaritia.«

Buchberger wirkte verlegen. »Es gibt natürlich noch eine ganze Reihe weiteres Personal, aber das hat oder hatte mit der Hotelleitung wenig Kontakt …«

»Frau Concierge Buchberger«, unterbrach Engel. »Lassen wir das Katz-und-Maus-Spiel und reden wir Tacheles: Die ermordeten Eheleute Lindbauer haben nicht nur vereinzelt Schwarzarbeiter beschäftigt. Hier arbeiten Leute in den unteren Chargen für einen Hungerlohn, ohne dass irgendwelche Sozialabgaben gezahlt werden, von Steuern ganz zu schweigen. Und viele von diesen ausgebeuteten Arbeitern schlafen zu fünft in irgendwelchen Abstellkammern in diesem ach so noblen Hotel. Oder liege ich damit falsch, Frau Concierge?«

Sie warf einen kurzen Seitenblick auf Huber, der ihn anerkennend erwiderte. Er hatte sich von dem Zinnober im Hotel blenden lassen. Engel hatte auch ihm eine Lektion erteilt. Unbewusst? Bestimmt. Schließlich war sie Profi. Ihr ging es sicher nur um das Mordmotiv. Wobei sie das auch diskreter hätte –

Buchberger holte ihn aus seinen Gedanken. »Wenn Sie das so auszudrücken wünschen.«

»Das wünsche ich«, sagte Engel unbarmherzig.

Die Concierge räusperte sich. »Die Eheleute Lindbauer haben in Bezug auf die unteren Tätigkeitsbereiche sehr preisbewusst gedacht.«

»Schwadronieren Sie nicht rum«, sagte Engel barsch. »Wird

in diesem Hotel in großem Stil Schwarzarbeit nicht nur geduldet, sondern begünstigt, ja oder nein?«

Buchberger wand sich: »Das kann man so nicht –«

Engel platzte der Kragen. »Es geht hier darum, ein Mordmotiv zu klären, verstehen Sie? Ihr Ausbeuterbetrieb ist mir als solcher völlig egal. Aber wenn ich jetzt von Ihnen keine eindeutige Stellungnahme bekomme, dann lasse ich den ganzen Laden auseinandernehmen. Mit einer Raz-zia – *comprenez-vous*?«

»Je comprends bien«, flüsterte die Concierge kleinlaut. »Sie haben recht. Es gibt eine ganze Reihe von Mitarbeitern in diesem Hotel, die in den Büchern nicht auftauchen.«

Engel trat nah an Buchberger heran. Eine Spur zu nah. »Könnten Sie sich vorstellen, dass ein Mensch mit gar nicht mal allzu strengen Moralvorstellungen diese Art der Beschäftigung als Aus-beu-tung versteht?«

Die Concierge presste die Lippen aufeinander und nickte.

Engel hatte sich in die Sache verbissen wie ein Pitbull in seine Beute. »Könnte es für einen Menschen mit einem … Gewissen auch so aussehen, als wäre dieses Hotel ein Pfuhl von Habgier und Geiz?«

Buchberger war völlig eingeschüchtert. »Ich kann nicht vollkommen ausschließen, dass jemand einen ebensolchen Eindruck gewinnen könnte.«

»Halten Sie unseren Mörder für einen Menschen mit einem Gewissen?«, fragte Huber, als sie wieder draußen waren und zu ihren Autos gingen.

»Vielleicht haben Sie die Pause bemerkt, bevor ich ›Gewissen‹ sagte«, antwortete sie. »Mir fiel auf die Schnelle nichts Besseres ein. Aber auch Sie können doch nicht bestreiten, dass der Mörder sich auf moralische Gründe beruft. Auf das Gewissen, *conscientia*. Und irgendwie hat er diesmal sogar recht. Natürlich nicht damit, zu morden, aber damit, dass das eine verdammte Sauerei ist, wie der Laden hier läuft. Oder vielmehr lief. Das Hotel wird noch heute dichtgemacht, dafür sorgen die Kollegen schon.«

Huber schwieg.

»Und jetzt?«, fragte Lilly.

Huber sah auf die rechte Armbanduhr. »Zwölf. Zum Mittagessen ist es fast noch zu früh, für einen Kaffee zu spät.«

»Den hätten die uns in dem Nobeldings ja eigentlich anbieten können.«

Huber grinste breit. »Nach Ihrem charmanten Auftritt?«

»Ich kann Frauen wie diese Buchberger nicht leiden«, erklärte sie. »Die verwechselt ihre noblen Dienstklamotten mit ihrem tatsächlichen Status. So wie ich auch was gegen Verkäufer habe, die meinen, sie könnten mich von oben herab behandeln, weil ich keine fünfhundert Euro für einen Pulli ausgebe. Die können das doch selber noch viel weniger als ich.«

»Oh, oh, spricht da der Sozialneid?«

Lilly spuckte Feuer. »Neidisch? Auf eine Pförtnerin mit edlem Aufputz?«

»Er hat ihr auf alle Fälle gut gestanden, der edle Aufputz.« Huber lächelte verschmitzt.

»Was ist, essen Sie jetzt mit mir zu Mittag oder nicht? Auch ohne Kostümchen und Steckfrisur?«

»Aber sicher doch, Frau Kommissarin.« Immer noch dasselbe Grinsen. »Mit Ihnen auch in Jeans und Strickpulli. Nur bitte keinen Jogginganzug.«

Nach dem netten Mittagessen machten sie noch einen Abstecher ins Café Bohne.

»Schön hier«, befand Huber. »Endlich einmal nicht dieser Kurortplüsch.«

»Plüsch und Touristenkitsch gibt's ja in Wien oder Salzburg auch gar nicht«, witzelte Lilly.

»Und das sagen *Sie*. Wo Sie mir den ›Dritten Mann‹ als Klingelton zugeordnet haben. Wenn das mal kein Klischee ist.«

»Das ist ein ganz großartiger Film«, widersprach Lilly. »Übrigens, Sie wissen schon, dass Holly Martins kein allzu begnadeter Ermittler ist?« So, jetzt war endlich sie an der Reihe, fies zu feixen.

»Ich bin ja schon dankbar, dass ich für Sie nicht Harry Lime verkörpere.«

»Orson Welles? Ach nein, das würde überhaupt nicht passen. Ich meine, der war ein unglaublich charismatischer Schauspieler.« Sicherheitshalber zerknüllte sie eine Papierserviette und warf sie in seine Richtung. Er fing sie geschickt auf.

»Und ich dachte tatsächlich, seine Figur Harry sei ein richtig abgebrühter Krimineller«, konterte er und hob die Hand mit dem Serviettenball. »Das ist jetzt konfisziert, als Tatwaffe. Läuft unter versuchter Körperverletzung.« Auch er lächelte wieder. »Apropos abgebrühter Krimineller, was tun wir denn jetzt mit *unserem* Kriminellen?«

Lilly wurde wieder ernst. »Wenn ich das nur wüsste. Er dreht sein Karussell immer schneller. Wann wird er sein Werk fortsetzen? Vielleicht gleich heute Nacht? Oder legt er erst mal eine Pause ein?«

Huber schüttelte den Kopf. »Er will es abschließen.« Er stützte die Arme auf den Tisch und vergrub das Gesicht in den Händen. »Zwei auf einmal«, murmelte er. »Werden es beim nächsten Mal drei?«

»Nein«, sagte Lilly. »Er ist jetzt schon bei Nummer sechs. Das Karlsmonogramm besteht nur noch aus einem weiteren Buchstaben.«

»Plus oder inklusive Vollziehungsstrich?« Huber hob den Kopf wieder. »Und wir können nichts tun, als essen zu gehen und Cappuccino zu trinken? Das darf's doch einfach nicht sein.«

Lilly sah auf die Uhr. »Ivo muss gleich weg. Und Ihre Nichte sollte auch bald vor der Tür stehen, wenn ich das richtig in Erinnerung behalten habe«, sagte sie. »Ich muss nach Hause.«

Huber erhob sich und zog seinen Mantel an. »Ich komme mit und stelle Ihnen die Elisa kurz vor. Schließlich habe ich die Ihnen auch eingebrockt.«

Elisa trug eine Hose, die mehr aus Rissen als aus Stoff bestand, und hatte mehrere Nasenpiercings. Laura beäugte sie kritisch, aber als das fremdartige Wesen auf Huber zuging und ihn mit einem »Grüß dich, Sigionkel« umarmte, legte sich ihre Skepsis etwas.

»Na, sicher keine Joints dabei?«, fragte Huber grinsend, und Lilly vermutete, dass das die Rache für den »Sigionkel« war. »Oder muss ich deiner Mutter doch noch Meldung machen?«

Die Nichte zog einen Schmollmund. »Bitte, bitte, ich brauche die ab und zu einfach für meine seelische Ausgeglichenheit.«

»Aber nicht hier und heute«, erklärte Huber freundlich.

Elisa drehte sich zu Lilly und verwandelte sich dabei von einer Sekunde zur anderen in eine wohlerzogene junge Frau. »Was soll ich denn mit der Kleinen machen? Nach draußen gehen? Sie brauchen Schlaf, hat der Sigi gestern gesagt.«

Lilly wehrte ab und versicherte, trotzdem heilfroh über die Hilfe zu sein. Sie werde in ihre Dienststelle gehen, es sei dringend nötig. »In zwei Stunden kommt Lauras Bruder nach Hause. Tobi.« Als sie Elisas skeptischen Blick sah, lächelte sie. »Tobi ist ganz unkompliziert. Außerdem ist er bestimmt ziemlich müde, er hat heute bei einem Freund übernachtet, und die beiden haben ganz sicher nicht brav um zehn im Bett gelegen.«

Elisa nickte wissend.

Sie besprachen Essen, Trinken und welche Spiele Laura am liebsten mochte, dann zog Lilly die Tür hinter sich zu, und ein völlig perplexer Sigmund Huber folgte ihr.

»Kommen Sie doch mit in meine Dienststelle«, schlug sie ihm vor. »Oder wollen Sie nach Hause fahren?«

»Und ich dachte, Sie bräuchten Schlaf, ganz, ganz dringend.«

»Im Büro? Was ich jetzt brauche, ist ein kluger Co-Ermittler, damit wir diesem Wahnsinn ein Ende bereiten, ehe der Mörder es tut. Sehe ich das übrigens richtig, dass Sie mir eine kiffende Babysitterin vermittelt haben?«

Huber winkte ab. »Das passt schon. Die Elisa ist eine ganz Artige. Das bisserl Rebellion gegen ihre Mama gibt sich schon wieder.«

»Ist Ihre Schwester so schlimm?«

Huber verzog das Gesicht, als hätte er Zahnschmerzen. »Ich will es mal so sagen: Gegen sie ist jeder preußische General ein Weichei.«

Lilly lachte.

»Aber nein, eigentlich lieben wir sie eh alle, die Sophie. Auch die Elisa. … Also, dann fahren wir jetzt in Ihre Inspektion. Sie haben ja recht, es eilt wirklich.«

In der Poststraße trafen sie auf Brigitte Auberger.

»Der Lechner Toni hat mich gebeten, für ihn einzuspringen. Fieber oder so was.«

»Hat der sich bei Martin angesteckt?«, argwöhnte Lilly.

»Geht schon wieder«, drang plötzlich Martins Stimme aus dem gemeinsamen Dienstzimmer, und kurz darauf kam der Kollege zu ihnen heraus auf den Gang. »Ich weiß nicht, was das heute Morgen war, jetzt ist es auf alle Fälle wieder weg. Ich hab mir noch mal deine Unterlagen vorgenommen, Lilly. Und da habe ich das hier entdeckt …«

Sie folgten Martin ins Büro, wo er die entsprechende Mappe nahm und auf eines der Gedächtnisprotokolle zeigte, die Lilly von ihren Gesprächen angefertigt hatte. Diese nachträglich notierten Mitschriften waren für sie zur Angewohnheit geworden, und sie hatten sich schon häufig als sehr hilfreich erwiesen.

»Schau mal, unsere merkwürdige Wahrsagerin hat bei deinem Besuch zum Schluss doch gesagt, wir sollten nach Verbindungen zum Wasser suchen.«

»Du hast recht.« Lilly ließ sich auf ihren Stuhl sinken. »Verdammt. Und dabei ist sie so eine Nette.«

»Auch Mörder können nett sein«, konterte Martin.

»Mary ist keine Mörderin.« Sie schwieg eine Weile. Dann fiel ihr etwas ein. »Für die Nacht, in der der Apotheker Moritz Winkler ermordet wurde, hat sie außerdem ein Alibi.« Sie merkte, wie erleichtert sie selbst war. »Sie hat mit ihrem Freund in Island geskypt und hat die Skype-Protokolle.«

»Hat sie sie wirklich, oder hat sie das nur behauptet?«, fragte Huber.

»Überprüft habe ich es nicht«, gab Lilly zu. »Aber das lässt sich doch auch jetzt noch erledigen. Außerdem hat sie vorher auch prophezeit, dass das Morden vorbei sei.«

»Nicht das schlechteste Ablenkungsmanöver«, gab Huber zu bedenken.

»Komm schon, Lilly, an den Hokuspokus glauben wir ja wohl alle nicht«, schaltete sich nun Martin wieder ein. »Ich habe sie gesehen, die hat ganz definitiv einen hier.« Er machte eine Wischgeste. »Oder sie macht sich wichtig. Was weiß denn ich, vielleicht läuft ihr Geschäft gerade nicht so gut.«

»Dann wäre sie gleich zum ›Reichenhaller Tagblatt‹ gegangen«, wandte Lilly ein und sah, dass Huber nickte.

Martin zuckte mit den Schultern. »Also doch nur eine unserer ganz normalen speziellen Kundinnen. Apropos: Deine Freundin Minna hat sich mal wieder gemeldet. Du sollst sie um-ge-hend zurückrufen.«

Lilly stöhnte auf. »Lass mich raten: Ihr Mann hat die Mafia gedungen?«

Martin schüttelte den Kopf. »Sie erweitert gerade ihren Radius. Im ›Bürgerbräu‹ sitzen fiese, finstere Gestalten, die haben böse, schlimme Dinge geredet. Und dabei haben sie ausgerechnet sie angeschaut. Ganz grantig und gefährlich.«

»Dann soll sie da eben nicht mehr hingehen.«

»Stichwort hingehen«, schaltete sich jetzt Huber ein. »Ich würde mir doch gerne Ihre Pythia von Reichenhall noch einmal etwas genauer vorknöpfen. Vorausgesetzt, ich darf in Ihrem Hoheitsgebiet wildern.«

Lilly machte eine einladende Handbewegung. »Viel Erfolg. Aber seien Sie bitte nett zu ihr.« Sie nahm einen Zettel und schrieb ihm die Privatadresse von Annemarie Mühlbauer auf.

Eine Dreiviertelstunde später war er wieder zurück. »Keine Hellseherin zu Hause«, erklärte er und legte eine Papiertüte vom Bäcker auf den Tisch. »Bleibt uns also wieder nur abzuwarten.«

»Den Tee dazu koche ich«, erbot sich Lilly.

Er kann echt nett sein, dachte sie, während sie in der Küche den Tee aufgoss. Richtig normal. Nein, mehr als das. Kollegial. Aber Vorsicht, mahnte sie sich gleich darauf, sie hatte schon einmal an Tauwetter geglaubt, und stattdessen hatte er sie nach allen Regeln der Kunst fertiggemacht. Das war noch keinen ganzen Tag her. Wobei ... so ganz unrecht hatte er ja nicht gehabt, rein inhaltlich. Nur die große Keule mit dem Jugendamt hätte er sich wirklich sparen können.

Als sie mit dem Tablett zurückkam, holte sie die Visitenkarte heraus, die Mary Mühlbauer ihr gegeben hatte, und wählte die Mobilnummer. »Sie geht auch nicht ans Handy.«

»Vielleicht ruft sie zurück, wenn sie sieht, dass ihre neue beste Freundin sie erreichen wollte«, frotzelte Martin.

Sie taten das Einzige, was sie derzeit tun konnten: Tee trinken und die Linzer Radl essen, die Sigmund Huber mitgebracht hatte. Und schweigen.

Im Abstand von einigen Minuten drückte Lilly die Wahlwiederholung auf ihrem Handy, aber die Wahrsagerin hob nicht ab.

Schließlich unterbrach Huber die frustrierende Stille: »Lassen Sie uns den heutigen Vormittag noch einmal genau durchgehen. Sie haben einen Anruf aus der Dienststelle bekommen?«

Lilly nickte.

»Und Ihr Diensthabender ... Wie heißt er doch gleich?«

»Lechner«, sagte Martin. »Anton Lechner, er geht in ein paar Jahren in Rente.«

»Stimmt, Lechner. Ein sympathischer Mann und sehr erfahren, wie mir vorkam«, meinte Huber. »Herr Lechner hat also angerufen und gesagt, dass unser Mörder im Namen des großen Karolus wieder zugeschlagen hat?«

»Tät mich wundern, wenn er das gesagt hätte«, meinte Martin. »Bei der Besprechung, zu der er dazugekommen ist, hatten wir das mit Karolus Magnus noch gar nicht rausgefunden. Oder hast du ihn auf den neusten Stand gebracht, Lilly?«

Sie dachte kurz nach, wusste es aber nicht genau. Sie wandte sich an Huber: »Er hat gesagt, er wisse nichts Genaues zu den Morden.«

In diesem Moment klingelte ihr Schreibtischtelefon. Als Lilly abnahm, hörte sie eine wohlbekannte Stimme: »Kindchen, du musst sofort dorthingehen!«

Ach du Scheiße. Sie hatte fest mit einem Rückruf von Mary gerechnet und war darum sofort rangegangen. »Hallo, Minna«, sagte sie, damit auch die anderen wussten, wer am anderen Ende der Leitung war.

»Kindchen, Madl, Lilly, die sind gefährlich. ›Treibts zua‹, haben die gesagt und mich dabei angeschaut. Ganz schrecklich. Große, starke Kerle. Ich sag's dir: Mein Mann hat die angeheuert. Du musst hingehen und die verhaften. Und nimm einen kräftigen Mann mit, den Martin, der kann doch auch so ... so asiatische Sachen. Kung-Fu oder wie das heißt.«

Für den Kinderkram hatte sie jetzt wirklich überhaupt keine Zeit. »Martin kann die ganz normalen Polizeitechniken«, sagte Lilly. »So wie ich auch. Und die Brigitte Auberger.«

»Nein, nicht die. Ich will, dass da jemand von der Kriminalpolizei hinfährt, die Kerle sind gefährlich, richtig gefährlich. Die ganze Zeit reden die so Sachen, schlimme Sachen, das sag ich dir, und ...«

»Gut, dann schau ich halt vorbei«, erklärte Lilly knapp. »Bist du noch dort?«

»Geh, was glaubst denn du? Heimgegangen bin ich, wie die so komisch angefangen haben. Dabei ist die Anita, die Kellnerin, doch meine beste Freundin. Bei der war ich, weil sie hat angerufen, dass grad nicht viel los ist und dass ich doch auf einen Kaffee –«

»Schon gut, Minna. Ich bin unterwegs.« Ehe die andere noch etwas sagen konnte, legte Lilly auf. »Das hab ich gerade noch gebraucht«, sagte sie mit einem Seufzen. »Ich bin gleich zurück.«

»Ich komme mit«, bot sich Huber an. »Falls doch ein kampferprobter Mann nötig sein sollte, der Sie vor den gefährlichen bayerischen Wirtshauskillern beschützt.«

Lilly nickte. Minna hatte dermaßen ins Telefon geschrien, dass die beiden anderen wohl jedes Wort verstanden hatten.

Martin schaltete seinen Computer an. »Beeilt euch«, sagte er. »Ich werde in der Zwischenzeit etwas recherchieren. Wenn es stimmt, was ich vermute, solltet ihr euch nicht vertrödeln.«

Sie gingen die paar Schritte bis ins »Bürgerbräu« zu Fuß. Der gemütliche Gasthof im Herzen der Stadt war bekannt für das Bier der gleichnamigen Brauerei. Als Engel und Huber die Gaststube betraten, war sofort die angeheiterte Stimmung zu spüren. Einen der Räume hatte eine bierselige, lautstarke Runde ganz für sich erobert. Die Männer trugen Tracht, schwenkten die Bierkrüge und waren offensichtlich bestens aufgelegt. Die beiden Beamten waren die Einzigen, die sonst noch in diesem abgetrennten Teil der Gaststube Platz nahmen. Von der geselligen Runde wurden sie gar nicht beachtet. Er bestellte eine Apfelsaftschorle, Engel einen Cappuccino.

»Wir trinken nur schnell aus und verschwinden gleich wieder«, sagte sie.

Da schwoll der Tumult am Nebentisch wieder an. Man grölte, schlug sich auf die Schenkel, hieb auf den Tisch und knuffte den Nachbarn in die Seite. Fast synchron hämmerte eine Reihe von Humpen auf die Tischplatte, und einer der Gäste rief: »Is des wahr?« Die anderen antworteten: »Ja! Wahr is!«, worauf Ersterer johlte: »Nachad treibts zua!«

»Davon hat Minna gesprochen«, sagte Engel. »Was das heißen soll, weiß ich auch nicht, aber die Runde sieht nicht gerade gefährlich aus.«

»Also dann, treibt zusammen«, übersetzte Huber.

Obwohl sie die Bedeutung jetzt kannte, stand Engel auf und ging auf den Nachbarstisch zu. Das Johlen nahm noch einmal an Lautstärke zu, als die Männer sie bemerkten. »Hey, Jungs!«, rief sie. »Mein Bekannter und ich, wir haben uns gerade gefragt, was das für lustige Sprüche sind, die ihr da aufgesagt habt.« Huber fiel auf, dass sie ihren hanseatischen Slang betonte.

Die Männer lachten dröhnend.

»He!«, rief einer. »Habts des g'hört? Machen wir's noch

einmal vor?« Und ohne die Antwort der anderen abzuwarten, begann er: »Is wahr?«

»Ja! Wahr is!«, grölten die anderen, hieben mit ihren Krügen auf den Tisch und schrien: »Nachad treibts zua!«

Der Erste schaute Engel belustigt an. »Weißt nicht, was des heißt? Du bist net von hier, hm? Kimmst ausm Norden?«

Engel lächelte nur. Sie hatte offenbar kein Bedürfnis nach weiterer Konversation mit den angetrunkenen Gästen.

Ein älterer Mann erhob sich und näherte sich ihr. »Aber Franz«, sagte er, »woher soll denn des Madel des wissen? Des müssen wir ihr doch in guader bayerischer Gastlichkeit erklären.« Er sprach in väterlichem Ton mit ihr: »Hast du schon einmal von den Haberern gehört?«

Engel überlegte in aller Schnelle. Haberer … »Ich kenne ein Lied von Konstantin Wecker, das heißt ›Haberfeldtreiben‹. Da singt er auch von Haberern.«

Der Mann verzog das Gesicht. »Ah geh, der Wecker. Bei dem geht's um was ganz anderes. Da sind die Haberer ein oberbayerischer Ku-Klux-Klan. So ein Schmarrn! Die Haberer, musst wissen, das waren anständige Leut. Solche mit einer Moral. Einer, die den Werten des Volkes entsprach. Und manchmal haben die sich getroffen zu so einem Haberfeldtreiben. Das konnte gegen die Obrigkeit gehen. Oder gegen Einzelne, die eine g'scheite Rüge brauchten. Mehr nicht. Gewalt gab's da keine.«

Der Mann war Engel näher gerückt. Er schien eine Fahne zu haben, denn sie trat schnell einen Schritt nach hinten. »Das hört sich wirklich gut bayerisch an«, sagte sie diplomatisch.

»Das will ich wohl sagen«, bestätigte der andere. »Du musst dir vorstellen, bei den Rügen, da gab es Rituale, traditionelle Verse, die nach jedem Durchlauf gesprochen wurden. Einer hat die Rügen vorgelesen und die anderen gefragt: ›Is des wahr?‹ Und die anderen haben geantwortet: ›Ja! Wahr is!‹ Dann hat der Vorleser geschlossen mit: »Nachad treibts zua!«, und es gab eine Mordsgaudi. Da haben s' ein Treiben veranstaltet mit Ratschen und Ketten und Kuhschellen und Peitschen. Ein Höllenlärm muss des gewesen sein. Ein ordentliches Charivari.«

Engel schien nur aus Höflichkeit nachzufragen: »Und ›Treibts zua!‹, das heißt genau was?«

»Schau«, sagte der Mann geduldig, »das waren also Treiber, die ein Treiben veranstaltet haben. Und mit jedem Vers bekamen sie die Erlaubnis fortzufahren.«

Engel setzte ein Grinsen auf. »Ah! Jetzt verstehe ich das! Und das war ja auch wirklich vollkommen gewaltfrei. Danke schön.«

Sie wandte sich zum Gehen, aber der Mann schien die Gelegenheit nutzen zu wollen, einer Fremden seine Heimat zu erklären.

»Des will ich meinen, dass des gewaltfrei war«, dröhnte er. »Die Haberer sind echtes Brauchtum – so etwas gibt's nur in Bayern. Die waren so traditionsbewusst damals, die haben sich sogar auf Karl den Großen im Untersberg berufen.«

Engel machte auf dem Absatz kehrt, und auch Huber sprang von seinem Stuhl auf und ging zu der Gruppe am Tisch hinüber.

»Ach, da ist ja auch der Herr Bekannte des Madels wieder!«, rief der gesprächige Bayer fröhlich.

Huber hielt sich nicht mit einer Vorstellung auf. »Haben Sie gerade gesagt: ›Karl den Großen im Untersberg‹?« Er holte nun seinerseits die Wiener Sprachmelodie hervor. Je ortsunkundiger sie wirkten, umso ausführlicher würde vermutlich die Antwort ausfallen.

»Eh klar, der schlaft doch da.«

Engel schien genauso aufgeregt, wie er es war. »Karl der Große schläft im Untersberg, so wie Barbarossa im Kyffhäuser?«

Der Mann lächelte mild. »Naaa, der schlaft auch im Untersberg, der Barbarossa. Wir haben halt zwei Kaiser hier in Bayern. Aber weil die am Harz auch einen haben wollten, haben sie uns den Barbarossa wegkopiert in den Kyffhäuser. In Wirklichkeit sitzt auch der Rotbart hier im Untersberg an einem Tisch und wartet, dass er gerufen wird. Sein Bart wächst und wächst und soll nach letzten Informationen inzwischen zweimal um den Tisch herumreichen. Bei dreimal wird's zappenduster. Dann beginnt nämlich das Ende der Welt.« Er schaute Engel an, die mittlerweile mit unverhohlener Ungeduld auf die Geschichte von Kaiser Karl wartete, und schien deren Miene für den Ausdruck von Furcht zu halten. »Da brauchst net so zu erschrecken, Madel. Des san doch nur Märchen. Des siehst doch daran, dass die Kopie vom Kyffhäuser bekannter ist als das Original vom Untersberg. Sogar die Raben ham s' uns geklaut. Wann die nimmer flieg'n, dann kommt der Barbarossa. Aber hierher und net dohin, in'n Harz.«

»Und der Kaiser Karl?«, riefen Huber und Engel im Chor, und er setzte noch nach: »Was ist mit dieser Sage?«

»Gemach, gemach«, sagte der Mann. »Ihr seids ja ganz aufgeregt. Also, der Kaiser Karl, der wohnt in einer anderen Abteilung vom Berg als der Rotbart.« Er grinste. »Der sitzt da ja auch schon ein bisschen länger und wartet auf seine Auferstehung. Bis dahin umsorgen ihn die Untersberger Mandln, des san Zwerge, die dem Karl treu ergeben sind. Und ja, meine lieben Fremden, wenn der Karl rauskommt aus seinem Berg, dann findet die letzte große Schlacht der Menschheit statt. Aber net so ein Möchtegernkampf, wie der Saddam Hussein einen angekündigt hat, sondern ein richtiger: die letzte Schlacht zwischen Gut und Böse.« Er lachte. »Mir in Bayern, mir san gründlich. Und zu dieser letzten Schlacht, so heißt es, wird der Kurfürst von Bayern seinen Wappenschild an einem Baum am Untersberg aufhängen. Wahrscheinlich macht das inzwischen an seiner statt der Herr Ministerpräsident.« Er lachte wieder.

»Und die Haberer haben sich auf diesen Kaiser Karl berufen, der im Untersberg schläft?«, fragte Engel.

»Na freilich, oder kennst einen anderen? Die Haberer haben die Decknamen der Treiber im Namen vom Kaiser Karl verlesen. Um klarzumachen, dass sie also quasi mit seiner moralischen Autorität die sittlichen Vergehen rügen.«

Jetzt haben wir den Schlüssel, dachte Huber. Zwar spät, aber mit diesen Informationen sollten wir den Mörder doch endlich stoppen können. »Und die Haberer gibt's heute noch?«, fragte er den Mann.

»Naaa, des san doch alte Geschichten. Schon mehr als hundert Jahre gibt's die nicht mehr. Bei Demonstrationen von bayerischen Bauern, da haben sie gegen Milchpreise protestiert und so ein bisschen vom Haberfeldtreiben wiederbelebt, das war's auch schon. Natürlich gibt's da noch das Brauchtum, so wie hier bei uns gerade, mit Haberern und Haberermeister. Aber des ist nur zur Unterhaltung.«

»Was hat denn der Haberermeister gemacht?«, fragte Engel.

»Das war der Anführer, meine Schöne«, sagte der Mann milde. »Einer beim Haberfeldtreiben hatte zwei weiße Gockelfedern an seinem Hut. Des war der, wo früher bei einem Treiben die Rügen mit den Untaten vorgetragen hat.«

Huber und Engel schauten sich an.

»Eine Hahnenfeder am Hut – das ist er. Der Teufel ist ein moderner Haberer«, sagte Huber.

Engel nickte.

»Wer?«, fragte der ältere Mann. »Ich hoff, ich hab jetzt niemanden in Schwierigkeiten gebracht?«

Huber zückte seinen Dienstausweis. »Meine Kollegin hat auch noch einen, der hier in Bayern gültig ist. Sie haben uns sehr geholfen, mehr, als Sie sich vorstellen können.«

Engel zeigte ebenso ihren Ausweis vor und sagte mit charmantem Lächeln: »Ihre Informationen sind wirklich eminent wichtig für uns. Dürfte ich mir kurz Ihren Namen notieren?«

»Filzhofer, Josef Filzhofer«, sagte der Mann perplex.

Engel verabschiedete sich auf ihre reizende Art von der Biergesellschaft, legte einen Schein auf ihren Tisch und ging mit Huber Richtung Ausgang.

»Einen Moment!«, rief sie kurz vor der Türschwelle. »Herr Filzhofer – Sie wissen nicht zufällig auch noch, wo diese letzte Schlacht der Menschheit zwischen Gut und Böse stattfinden soll?«

»Doch, freilich. Das ist aber heute nicht mehr auf bayerischem Gebiet, sondern auf dem Territorium Ihres Kollegen. Kennen S' das Walserfeld? Der Flughafen Salzburg ist davon nicht weit.«

»Das ist da, wo das Denkmal zur Schlacht am Walserfeld steht!«, rief Huber in Erinnerung an den Fundort der Leiche des Apothekers.

»Genau! Ganz genau«, bestätigte Filzhofer. »Gleich bei diesem Denkmal steht ein Birnbaum. Den haben s' erst 2015 oder 2016 gepflanzt, der frühere stand ein paar Meter daneben. Das machen die häufiger, die Bäume gehn ja immer wieder kaputt. Und dieser Walser Birnbaum, also, da ist's jetzt egal, ob der alte oder der neue, des is der, wo der Kurfürst von Bayern seinen Wappenschild aufhängen soll. Wobei er darauf heute wohl verzichten sollt, ist ja österreichisches Territorium. Die ultimative Schlacht soll dann auch an diesem Birnbaum auf dem Walserfeld stattfinden. Dorthin soll Karl der Große mit seinem Gefolge reiten, um das Böse zu vernichten und dem Guten zum Sieg zu verhelfen. Grauslich, gell?« Filzhofer nahm einen Schluck von seinem Bier und setzte dann noch nach: »Aber was noch grausiger ist – man erzählt sich, dass, wenn das Böse gewinnt, dann regnet's Feuer, und die Reiter der Hölle werden dem Boden entsteigen und die Seelen aller sammeln.« Er drehte sich zu seinen Freunden am Tisch: »Haberer, is wahr?«

»Ja! Wahr is«, grölten die Kumpanen. »Nachad treibts zua!«

»Das ist es«, sagte Huber, kaum dass die Tür des Gasthofs hinter ihnen zugefallen war.

»Ein bisschen wirr«, meinte Lilly. »Ich muss das Ganze erst noch ordnen.«

»Schauen wir mal«, erwiderte Huber und zog sein Handy heraus.

»Im Büro hätten wir einen großen Monitor«, merkte sie an, verstand aber seine Ungeduld.

»Aha! Mit dem richtigen Stichwort … Aber auf die Idee kommt man tatsächlich nicht ohne Stichwortgeber. Hier steht also …« Er las leise und murmelte dabei vor sich hin. Schließlich schien er an der richtigen Stelle zu sein. »Ich hab's. Also: Der Kaiser schläft so lange im Untersberg, bis des Reiches Not am größten ist. Dann, so die Legende, wird er erscheinen und mit seinem Gefolge zum Birnbaum auf dem Walserfeld reiten. Dort findet die letzte Schlacht zwischen Gut und Böse statt, und er wird unter dem Birnbaum Gericht halten. Alles so, wie der Filzhofer gesagt hat.«

»Und woher weiß unser Täter, wann die Not im Reich am größten ist?«, fragte Lilly.

»Hm«, machte Huber. »Eigentlich zeigen das die Raben an. Wenn die nicht mehr um den Untersberg fliegen, ist es so weit.«

»Raben?« Lilly wandte sich wieder zum Gehen. Sie wollte das alles lieber an ihrem Schreibtisch besprechen. Außerdem sollte Martin dabei sein.

Aber Huber hielt sie fest. »Dieser Birnbaum und sein Kaiser haben es sogar bis zu den Gebrüdern Grimm geschafft. Hören Sie einmal: ›Bei Salzburg auf dem Walserfeld soll dermaleinst eine schreckliche Schlacht geschehen, wo alles hinzulaufen und ein so furchtbares Blutbad sein wird, dass den Streitenden das Blut vom Fußboden in die Schuh rinnt. Da werden die guten von den bösen Menschen erschlagen werden.‹« Er überflog den Text weiter. »Aha, bei den Gebrüdern gibt's keine Raben, dafür muss der Birnbaum gerade blühen, aber das ist eigentlich nebensächlich.«

»Unser Täter will dem Zeitenende offensichtlich nachhelfen«, sagte Lilly und lenkte ihre Schritte zurück in die Poststraße.

»Weil anscheinend weder Raben noch Blüten das tun, was sie sollen.« Huber seufzte. »Wenn es nicht so tragisch wäre, könnte man über so viel Dummheit fast lachen.«

»Wenn …«, meinte Lilly.

Unter den Arkaden angekommen, öffnete sie die Tür zur Dienststelle und ging in den ersten Stock hinauf.

»Martin!«, rief sie, erhielt aber keine Antwort.

Im Zimmer sahen sie auf Martins Schreibtisch ein paar Ausdrucke liegen und einen gelben Textmarker daneben, mit dem er einige Stellen auf den Blättern hervorgehoben hatte. Der Kaffeebecher neben den Zetteln war noch halb voll. Offenbar hatte er seinen Arbeitsplatz nur kurz verlassen.

Lilly schaltete den Computer ein, aber Huber war mit seinem Handy schneller.

»Wahnsinn«, staunte er, »sogar Chamisso hat über diesen Baum eine Ballade geschrieben.«

»Adelbert von Chamisso?«, fragte Lilly.

Huber nickte. »Die Dichter der Romantik hatten doch fast alle ein Faible für alte Sagen.« Beinahe hätte sie ihn gefragt, woher er seine literarische Bildung habe, aber er bedeutete ihr, weiter zuzuhören. »Die erste Strophe überspringe ich mal. Aber hier: ›Das Walserfeld bei Salzburg, / Bezeichnet ist der Ort, / Dort steht ein alter Birnbaum verstümmelt und verdorrt, / Das ist die rechte Stätte, der Birnbaum ist das Mal, / Geschlagen und gewürget wird dort zum letzten Mal.‹ Und es geht noch weiter: ›Dort wird es ausgefochten, dort wird ein Blutbad sein, / Wie keinem noch die Sonne verliehen ihren Schein, / Da rinnen rote Ströme die Wiesenrain' entlang, / Da wird der Sieg den Guten, den Bösen Untergang.‹« Er schien das Gedicht weiter zu überfliegen. »Es folgt wieder die Geschichte von den Blüten. Aber hier!« Er machte eine kurze Pause, bevor er weiterlas. »›Ob voll das Maß der Sünde? ob reifet ihre Saat / Der Sichel schon entgegen? ob die Erfüllung naht? / Ich will es nicht berufen, doch dünkt mich eins wohl klar: / Es sind die Zeiten heuer gar ernst und sonderbar.‹«

»Chamisso hat im 19. Jahrhundert gelebt«, gab sie zu bedenken.

»Aber wir haben es bei dem Mörder nicht mit einem Menschen zu tun, der Texte historisch in ihre Zeit einordnet. Vielmehr hat er das Gedicht in sein eigenes, krankes Gedankengebilde integriert. Für ihn ist jetzt die Zeit reif!«

»Und keiner merkt es«, ergänzte Lilly. »Keiner außer ihm.«

»Sieben Tote«, resümierte Huber. »So viele, wie das Karlsmonogramm Buchstaben hat.« Er fuhr sich mit der Hand durch die Haare, sodass sie zum ersten Mal, seit Lilly ihn kannte, richtig unordentlich und nicht bloß ein bisschen vom Wind zerzaust aussahen. Hübsch.

»Und einer fehlt noch«, sagte sie.

Sie hatten es gewusst, beide, trotzdem hatte Lilly das Gefühl, als würde ihr die Tragweite dieses siebten angekündigten Mordes in diesem Moment noch einmal mit aller erschreckenden Klarheit bewusst.

»Und wo sollen wir suchen?« Erneut pflügte die Hand durch seinen Schopf. »Und immer wieder die Frage: Was kommt dann? Wenn dieser Verrückte merkt, dass es mit seiner letzten Schlacht nichts ist? Wird er dann seine Weckrufe in Form von Morden intensivieren?«

Sie hörten die Tür zum Stockwerk klappen, und wenige Sekunden später stand Martin im Zimmer.

»Tut mir leid«, sagte er zur Begrüßung. »Ich hatte meine Tabletten zu Hause vergessen, und das Fieber steigt wieder. Habt ihr euch das da schon angeschaut?« Er zeigte auf die Zettel.

Die beiden schüttelten stumm den Kopf.

»Ich weiß, wer unser letztes Opfer sein wird!«

Lilly und Huber starrten ihren Kollegen erwartungsvoll an.

»Ich habe mir eben noch einmal die Kopie dieses Send- und Mahnschreibens ausgedruckt, das du mir auf den Stick gezogen hattest«, sagte Martin und sah dabei Lilly an. »Hört euch den Sündenkatalog noch einmal an: Unzucht, Unlauterkeit, Ausschweifung, Feindseligkeit, Streit, Eifersucht, Groll, Zorn, Zank, Entzweiungen, Spaltungen, Neid, Totschlag, Trinksucht, Schwelgerei … und zum Schluss noch die Punkte: Götzendienst, Zauberei und Häresien.« Die letzten drei Begriffe hatte Martin besonders betont.

»Verdammt!«, rief Huber.

»Scheiße!«, rief Lilly.

»Ihre Wahrsagerin«, Huber deutete auf Lilly, »diese Annemarie oder Mary. Götzendienst, Zauberei, Häresie. Die Frau ist nicht die Täterin, wie ich eine Weile dachte, sondern das letzte Opfer.«

»Und sie geht seit Stunden nicht an ihr Telefon.« Lilly merkte, dass sie nur noch flüsterte.

»Los!« Huber war aufgesprungen.

»Ich fahre zu ihrem Studio!«, rief Martin. »Übernehmt ihr

die Privatwohnung. Wenn niemand aufmacht, verschaffen wir uns Zutritt.«

Sie klingelten zweimal an Mary Mühlbauers Tür, während Lilly ihre Nummer anrief. Niemand meldete sich.

»Ich mache auf«, sagte Huber.

Lilly bedeutete ihm mit einer Geste Richtung Tür, dass er ihren Segen hatte.

Er zog irgendein Werkzeug aus seiner Tasche und hatte die Tür in beeindruckender Schnelle geöffnet.

»Woher ...?«

»Ein guter Ermittler ist ein halber Krimineller«, erklärte Huber knapp, allerdings mit angedeutetem Lächeln. Beide hoben ihre Dienstwaffen und betraten die Wohnung. Sie sahen es sofort: das Chaos. Jacken und Schuhe auf dem Fußboden, ein kleines Tischchen umgekippt, daneben eine Schüssel, aus der mehrere bunte Steine herausgerollt waren.

»Fuck, fuck, fuck«, fluchte Lilly.

Huber ging die wenigen Räume der kleinen Wohnung der Reihe nach ab.

»Niemand mehr hier. Sie hatte sich offenbar gerade Tee gekocht, die Tasse ist noch halb voll, und in der Kanne ist auch noch recht viel«, sagte er. Dann sah er Lilly an. »Sie haben recht: Fuck!«

Lilly wählte Martins Nummer. Er meldete sich mit den Worten: »Hier war niemand.«

»Aber hier«, entgegnete Lilly. Martin erklärte, dass er sich sofort auf den Weg zu der Wohnung machen werde und sie dort bitte auf ihn warten mögen. Ehe sie noch etwas erwidern konnte, hatte er das Gespräch schon weggedrückt.

Lilly sah Huber an. »Wohin bringt er seine Opfer? Oder ermordet er sie gleich an Ort und Stelle?«

»Dann fiele das Rügeritual aus«, erwiderte er, »und das gehört auf jeden Fall dazu. Irgendwo ist er mit ihr hin, und lange kann das noch nicht her sein. Der Tee in der Kanne ist noch warm.«

»Das heißt, dass vielleicht …«

»Ja, vielleicht«, bestätigte Huber.

Ihr Handy klingelte. Es war noch einmal Martin.

»Ja?« Lilly machte den Lautsprecher an, sodass Huber dieses Mal mithören konnte.

»Lilly«, sagte Martin, »bist du dir sicher, dass du Lechner nichts von Kaiser Karl erzählt hast?«

»Was soll das denn jetzt?«, rief sie ungeduldig. »Ja, bin ich. Aber das ist doch im Moment wirklich egal.«

»Ist es nicht.« Martins Stimme klang scheppernd aus dem Lautsprecher. »Ich habe das nämlich auch mit keinem Wort erwähnt und bin ihm seit unserem Gespräch auch nur noch ein- oder zweimal begegnet, weil er gestern freihatte. Denk mal ganz scharf nach, Lilly: Hat er den Namen Karolus Magnus heute Morgen als Erster von euch beiden benutzt, als er dich angerufen hat? Noch bevor du ihn genannt hast?«

»Ja.« Lilly nickte. »Ich habe ihn gefragt, ob das wieder unser Sühnemörder war, und er hat zurückgefragt, ob ich den meinen würde, der im Namen Karls des Großen mordet.«

»Der Toni liebt die Sagen aus dem Alpenraum«, sagte Martin. »Er hat mir das mal erzählt, ich weiß nicht mehr genau, bei welchem Anlass. Aber er kennt die alle auswendig.«

»Lechner?« Lilly konnte sich das, was Martin da gerade andeutete, kaum vorstellen. »Du redest von unserem netten, bodenständigen Anton Lechner?«

»Es klingt plausibel«, warf Huber so laut ein, dass auch Martin ihn durchs Telefon hören konnte.

»Der Toni hat einen Bauernhof draußen am Land. Geerbt. Er wohnt da ganz alleine«, sagte Martin, und Lilly konnte seine Aufregung trotz der schlechten Tonqualität des Handys hören. Er nannte ihnen die Adresse. »Ihr solltet etwa eine Viertelstunde brauchen. Ich fahre auch los.«

Das Hexenweib war ruhig. Endlich. Saß da neben ihm auf dem Beifahrersitz und sah aus, als schliefe es. Vorhin, in ihrer Wohnung, da war die Frau alles andere als leise gewesen. Sie hatte sich nicht gefügt wie alle anderen davor, wollte nicht mit ihm gehen. Aber die Hexe wusste natürlich, dass sie einem höheren Zweck dienen sollte. Und wie sie ihn angeredet hatte, nicht gerade weihevoll. »Scheißbulle, Drecksack, gestörter Volltrottel.« Dann, als sie merkte, dass er solche Beschimpfungen zwar nicht mochte, sie ihn aber auch nicht aus der Fassung brachten, schwenkte sie um. »Herr Lechner«, sagte sie, denn natürlich kannte sie ihn, alle hier in der Gegend kannten ihn, »Herr Lechner, denken Sie doch einmal nach. Die sind Ihnen auf den Fersen, die Lilly Engel und ihr österreichischer Kollege. Und wenn sie Sie erst einmal haben, dann … Ich könnte mich für Sie einsetzen. Ich sehe doch, wie sehr Sie aus Ihrer Mitte geworfen sind, ich habe die Zeichen doch erkannt und sie richtig gedeutet.«

Aber es nützte ihr nichts. Er wusste, dass er ihren Hexenworten nicht länger zuhören durfte. Und so holte er seine Spritze heraus und schenkte ihr die Ruhe, die er schon vorher allen geschenkt hatte. Er war kein Unmensch. Er war der Retter. Der Befreier. Aber sie wehrte sich, diese Braut des Satans. Strampelte und schlug um sich. Dieses Mal dauerte es lange, bis er die Injektion setzen konnte. Doch dann wurde auch sie in seinen Armen immer friedlicher. Er strich ihr dabei über die Haare. Ganz sanft. »Kschsch …« So lange, bis er sie ruhig und ohne Widerstände zum Auto hatte führen können.

Denn sie schlief keineswegs, die Zauberin, sie konnte gehen, hätte auch sprechen können, aber sie wollte nicht mehr. Endlich.

Sie nahmen Hubers Wagen, überschritten sämtliche Tempolimits und wurden prompt geblitzt.

Anton Lechners Hof lag noch einsamer, als Lilly es sich vorgestellt hatte. Es war bereits fast dunkel, und eine Straßenlaterne gab es weit und breit nicht. Auch hinter den Fenstern war alles dunkel. Sie konnte ein Haupthaus erkennen, daneben etwas, das vermutlich einmal ein Stall gewesen war. Aber Tiere wurden dort mit Sicherheit heute keine mehr gehalten. Und dann ein drittes Gebäude, das eine Garage sein musste.

»Scheint niemand hier zu sein«, sagte Huber in dem Moment leise, als ein weiteres Auto auf den Platz vor dem Gehöft fuhr. Es war Martin.

Er hielt etwas in der Hand, das sich als eine riesige Taschenlampe herausstellte. Mit ihr leuchtete er die Gebäude entlang. »Ich nehme mir die Garage vor«, sagte er und zeigte auf den kleinen Bau links neben dem Wohnhaus.

Huber und Lilly sahen sich kurz an und gingen dann gemeinsam Richtung Stall.

Sie zogen an dem Tor, das sich mit einem scharrenden Geräusch öffnete. Ohne ein Wort zu wechseln, schalteten beide die Taschenlampen ihrer Handys an. An den Wänden lehnten ein paar Geräte, an der hinteren standen ein Rasenmäher, etwas, das aussah wie ein ausrangierter Kühlschrank, und etliche Holzkisten. Lilly richtete das Licht ihres Handys auf den Fußboden. Reifenspuren. »Anscheinend nutzt er den Stall als Garage«, sagte sie. Das erklärte auch, warum der Raum in der Mitte leer war. Huber wollte gerade zu den Kisten gehen, als sie vom Hof her Schritte hörten.

»Ihr müsst kommen!«, rief Martin leise. »Schnell!«

Sie folgten ihm durch die Dunkelheit über den Hof zu dem anderen Gebäude.

Dessen Innenraum wurde von einer Glühbirne an der Decke nur schwach erleuchtet. Aber das Licht reichte aus, um das zu sehen, worauf es ankam.

»Lieber Himmel«, stöhnte Lilly auf. »Das ist ja ein regelrechter Heiligenschrein.«

An der hinteren Wand, gegenüber der Eingangstür, stand auf einem hohen Sockel eine riesige Büste Karls des Großen. Darunter Kerzen in allen Varianten. Keine von ihnen brannte. Nur direkt unter der Karlsbüste zuckte die Flamme einer großen cremefarbenen Kerze. Huber berührte sie mit den Fingern. »LED«, meinte er. »Als ewiges Licht.« Seine Worte waren beides zugleich, Frage und Feststellung.

»Immerhin ist er vorsichtig und lässt nichts brennen, wenn er nicht zu Hause ist«, murmelte Martin.

Lilly ließ ihren Blick weiter durch den Raum schweifen und entdeckte auf der linken Seite Fackeln. Die meisten waren gut zur Hälfte heruntergebrannt. »Die wird er für sein Ritual gebraucht haben«, vermutete sie.

Huber und Martin murmelten zustimmend.

»Und hier hat er sie umgebracht.« Eine grauenhafte Vorstellung, fand Lilly. »War er alleine, oder hatte er dabei Verstärkung?«

»Der Anzahl der Fackeln nach würde ich auf Verstärkung tippen«, meinte Huber. »Hier draußen hatten sie freie Hand. Kein Mensch weit und breit.«

Martin bückte sich, hob den Deckel einer Kiste hoch und zog ein kleines Jutesäckchen heraus. Als er es schüttelte, prasselten Körner aneinander. Nicht laut, aber doch hörbar. »Das Ding da«, er deutete auf die Kiste, »ist voll von solchem Zeug.« Er schüttelte den Jutesack noch einmal, wie zu Demonstrationszwecken. »Das wären also die Ratschen fürs vorschriftsgemäße Protokoll.«

»Allzu viel Krach wollte er dann wohl doch nicht machen«, sagte Huber. »Die Dinger sind höchstens als symbolische Rasseln zu gebrauchen.«

»Zumindest dürfte die KTU hier jede Menge Beweismaterial finden«, sagte Lilly. »Es sieht so aus, als hätte er seine Opfer hierhergebracht, um den Rügebrauch zu vollziehen. Und dann?«

»Du hast es eben gesagt. Dann hat er sie umgebracht«, sagte Martin.

»Und die anderen?« Lilly versuchte, sich die Szenerie vorzustellen. »Die haben tatenlos dabei zugesehen?«

»Schaut so aus«, meinte Huber lakonisch.

»Aber wohin hat er Mary gebracht?«, fragte Lilly. »Hier war er mit ihr nicht, wie es scheint. Und wir können doch nicht herumstehen und warten, bis jemand sie morgen oder übermorgen findet.«

»Sie ist das letzte Opfer.« So wie Huber das sagte, klang es, als dächte er laut. »Vielleicht platziert er sie direkt beim Birnbaum. Als Symbol sozusagen.«

»Ihr Handy!«, rief Lilly und wählte die Nummer.

Martin und Huber sahen sie verständnislos an. Dann hörten sie das Tuten.

»Es ist immer noch eingeschaltet«, rief sie erleichtert. »In der Wohnung haben wir es nicht gefunden. Wenn wir Glück haben, hat sie es bei sich.«

»Geben Sie mir die Nummer«, forderte Huber sie auf und tippte gleichzeitig bereits in sein eigenes Handy. Lilly hielt ihm das Display hin, und er wies seine Mitarbeiter knapp und präzise an, das Handy zu orten. »Ich bleibe gleich dran …« Aber sein Gesprächspartner schien zu sagen, dass die Ortung eine Zeit lang dauern würde. Huber verzog das Gesicht und machte mit der Hand eine Geste, die »aber dalli!« ausdrücken sollte. »Gut«, sagte er schließlich und klang ungewöhnlich herrisch. »Ja, dann bitte sofort bei mir anrufen!« Er hatte das »sofort« betont. »Und wir fahren jetzt zum Walserfeld«, beschied er ihr und Martin knapp. »Eine andere Chance haben wir nicht.«

»Ihr zwei müsst ohne mich fahren«, sagte Martin. »Ich rufe jetzt die Leute von der KTU und warte hier auf sie.« Er scrollte sich durch das Adressbuch auf seinem Handy. »Die werden sich freuen, am Samstagabend.«

Er war fast am Ziel. Nur noch wenige Minuten, dann endlich würde der seinen Berg verlassen, auf den alle warteten.

Er sah auf die friedliche Frau neben sich. So ruhig, so harmlos. Aber genau das war sie nicht. Von allen, die er bisher ihrer Bestrafung zugeführt hatte, war sie die gefährlichste.

Wie sagte Kaiser Karl? Und zwar noch einmal ausdrücklich und gesondert aufgeführt, zusätzlich zur allgemeinen Aufzählung der Sünden? »Ihr sollt nicht wahrsagen! Deshalb verordnen wir, dass es weder Wahrsager noch Heil-, Wetter- oder Schutzzauberer geben darf, und wo immer sie sind, sollen sie gebessert oder verurteilt werden.« Bessern! Eine Hexe bessern. Er hatte es gar nicht erst versucht. Zu viele kamen zu ihr, er hatte sie beobachtet, vor ihrem Hexentempel. »Sternenkosme-

tik«, stand an ihrer Tür, und auch das gehörte zum Blendwerk der Zauberei. Viele schon hatte sie mit ihrem Hexenwerk in die Irre geführt. Es musste aufhören. Das alles musste aufhören. Er öffnete die Autotür auf der Beifahrerseite.

Es war so weit, jetzt wurde die Zeit vollendet.

Huber und Engel rasten schweigend über die Autobahn Richtung Salzburg.

»Es muss noch einen ähnlichen Raum geben«, unterbrach er schließlich die Stille. »Bei uns in oder nahe Salzburg. So dumm ist er nicht, dass er seine Opfer aus Salzburg betäubt und dann mit ihnen durch die Grenzkontrollen von Österreich nach Bayern fährt, nur weil er sie auf seinem Hof vor dem Altar für Kaiser Karl ermorden will. Im Gegenteil, er ist überhaupt nicht dumm. Nicht eine einzige Spur hat er uns hinterlassen. Kein noch so kleines Stoffstück aus der Kleidung seiner Opfer, nicht einmal eine Faser.«

Engel lachte hart auf und klang angespannt. »Er ist Polizist. – Andererseits hieße das aber, dass er jetzt gerade mit einem bayerischen Opfer nach Salzburg fährt.«

»Er braucht den Birnbaum«, erklärte Huber. »Vielleicht hat er die Frau ruhiggestellt.«

»Und wenn er angehalten wird«, spann Engel den Gedanken weiter, »ist sie müde, krank oder betrunken. Da fällt ihm schon was ein.«

Sein Handy meldete sich. »Wir haben das Telefon geortet«, sagte eine weibliche Stimme durch die Freisprechanlage. »Es bewegt sich auf der Innsbrucker Bundesstraße Richtung Wals-Siezenheim.«

»Danke«, gab er zurück.

»Können Sie die Richtung erkennen, in die es weiterfährt?«, fragte Engel. Dann schien ihr einzufallen, dass die Frau keine Vorstellung davon hatte, wer sie war. Sie stellte sich kurz vor. »Lilly Engel, Kripo Berchtesgadener Land. Ich sitze mit Major Huber im Auto, wir fahren zum Walserfeld.«

»Das Handy bewegt sich ebenfalls dorthin«, erwiderte die

Frau. »Es fährt jetzt auf der Walserberg-Bundesstraße und biegt nun in den Ederweg ein.«

»Da stehen das Denkmal und der Birnbaum. Er will sie dort umbringen. Er ist gleich da«, sagte Huber gepresst, »aber wir brauchen noch fünf Minuten. Wenn Annemarie Mühlbauer noch lebt ...«

»Können Sie nicht ein Einsatzfahrzeug schicken?«, fragte Engel.

»Die Kollegen wären auch nicht schneller als wir«, sagte er, obwohl er die Angst in ihren Augen sah.

Er hatte das Tempolimit für österreichische Autobahnen inzwischen längst überschritten. Zum Glück war die Straße nahezu frei.

»Die Bewegung hat aufgehört«, meldete sich die Stimme aus dem Lautsprecher wieder. »Das Handy ist jetzt auf dem Walserfeld.«

»Noch drei Minuten«, sagte er, »dann haben wir ihn.«

Er schaute auf seine linke Armbanduhr: einundzwanzig Uhr dreizehn. Sein Fuß senkte sich aufs Gaspedal, und er bog mit quietschenden Reifen in den Ederweg ab. Sie fuhren ein paar hundert Meter über das Walserfeld, den schmalen Weg zwischen Äckern entlang. Dann sahen sie hinter dem Denkmal zur Schlacht am Walserfeld den Birnbaum. Er war in das Licht zahlreicher Fackeln getaucht, deren Flammen zuckten. Hinter dem Baum zeichnete sich im Mondlicht der Untersberg ab, breit und erhaben mit seinem ausgeprägten Gipfelplateau. Der Dalai Lama hatte ihn einmal das »Herzchakra Europas« genannt. Das Bergmassiv ruhte lang gestreckt da, und man konnte in der Tat bei seinem Anblick auf den Gedanken kommen, es schlafe wie ein Riese oder berge einen schlafenden Kaiser. Das Ensemble aus Berg, Fackeln, Birnbaum und Denkmal gab eine imposant-gespenstische Kulisse ab, genau so, wie es Lechner vermutlich für seinen letzten Weckruf geplant hatte.

Je näher sie kamen, umso deutlicher waren die Umrisse mehrerer Menschen zu erkennen, die Fackeln trugen. Lebte die Wahrsagerin noch? Huber bremste scharf und stoppte den

Wagen kurz vor dem Denkmal. Die Lichtkegel des Hondas fielen auf sechs oder sieben Menschen unter dem Birnbaum. Weder er noch Engel sprachen ein Wort. Sie entsicherten ihre Dienstwaffen und stiegen aus dem Auto.

High noon, dachte er. Oder vielmehr: high night.

Sie waren zwei gegen sechs. Er erkannte Lechner. Neben ihm fünf weitere Männer und Annemarie Mühlbauer, die steif wie ein Holzscheit an dem Baum lehnte, vollkommen bewegungslos. Sie war vermutlich am Leben, aber stark sediert. Es war nicht zu erkennen, ob sie das Geschehen um sich herum noch wahrnahm. Um ihren Hals waren Tücher geschlungen. Die fünf unbekannten Männer hielten je eine Fackel in der Hand; Lechner trug als Einziger einen Hut mit zwei weißen Hahnenfedern.

»Guten Abend, Herr Lechner!«, rief Engel. »Was machen Sie denn bloß für Sachen? Wollen Sie mir die anderen Herren nicht vorstellen?«

Sie machte das absolut richtig, dachte Huber. Nett und freundlich Kontakt zum Täter herstellen. Lehrbuchmäßig.

Lechner war höflich wie immer. »Das sind die werten Treiber, Herr Schulmeister von Traunstein, Herr Landrichter von Tegernsee, Herr Pfarrer von Gmund, Herr Schuldirektor von Miesbach und Herr Wachtmeister von Ebersberg. Haberer, is wahr?«

»Wahr is!«, antworteten die anderen fünf wie aus einer Kehle.

»So gebieterisch kenne ich Sie ja gar nicht«, sagte Engel ohne eine Spur von Belustigung oder Ironie. Sie blieb locker in Bewegung und machte kleine Schritte, mal zur Seite, mal auf Lechner zu.

»Ihr kennt nur Lechner, den kleinen Dorfpolizisten, den Kaschperl!«, rief er mit Stolz in der Stimme. »Aber der, wo hier steht, das is ein anderer. Das is der Landarzt von Teisendorf.«

Lechner war also verrückt, dachte Huber. Ins Unreine gesprochen. Komplett irre. Und die anderen waren vermutlich ebenfalls einem Wahn verfallen. Gemeinsam hatten sie Annemarie Mühlbauer in ihrer Hand. In solchen Situationen sollte man »den Gesprächsfaden nicht abreißen lassen«, so die gestanzte Formulierung der Polizei. Hier und jetzt hieß das: reden. Viel reden. Ganz viel. Wer redete, der erdrosselte nicht so schnell bewusstlose Frauen. Und genau das tat Engel: Sie hielt das Gespräch in Gang. Sie redete, plauderte belangloses Zeug, als wäre das hier nichts weiter als ein Kaffeekränzchen, ein zufälliges Treffen auf der Wiese. Der Inhalt war völlig egal, Hauptsache, drauflosquargeln. Und genau das musste er jetzt auch tun.

»Herr Lechner – oder Herr Landarzt«, er sprach den Haberfeldmeister direkt an, »wir kennen uns ja schon von der Dienststelle in Bad Reichenhall. Mein Name ist Huber, erinnern Sie sich?«

Lechner machte eine wegwerfende Handbewegung. »A geh!«

»Dürfte ich fragen«, setzte Huber nach, »wie die anderen Herren mit bürgerlichen Namen heißen? Also, nicht als Haberer, sondern im Alltag?«

»Nein, das dürfen Sie nicht, Herr Major«, entgegnete Lechner scharf. »Das tut nichts zur Sache und ist auch vollkommen unerheblich. Weil nämlich die ganze bürgerliche Welt gleich in Scherben liegen wird.«

»Herr Landarzt von Teisendorf«, wahrscheinlich war es besser, Lechner nur mit seinem fingierten Namen als Haberfeldmeister anzusprechen, »ist die Dame da am Baum noch am Leben?«

»Freilich. Aber nimmer lang.«

In diesem Moment zog Lechner eine Garotte aus seinem Mantel, einen Metalldraht, der an den Enden mit Holzgriffen versehen war. Er schob Annemarie Mühlbauer ein Stück vom Stamm weg, trat hinter sie und legte den Draht um ihren Hals.

»Es geht ganz schnell«, sagte Lechner. »Sie können das nicht verstehen, weil Ihnen nicht mein Wissen zuteilgeworden ist, aber glauben Sie mir – ich habe keine andere Wahl.«

Huber und Engel rissen ihre Waffen hoch.

»Sofort zurück von der Frau!«, schrie Huber.

Lechner lachte. »Sonst was? Was wollen S' denn tun? Schießen? Machen Sie sich nicht lächerlich. Sie können mich doch gar nicht treffen.«

Lechner hatte recht. Er stand so, dass sein Körper komplett von dem der Wahrsagerin verdeckt wurde. Ihr bauschiger Rock und ihre wilden Locken machten es unmöglich, auf ihn zu schießen, ohne sie zu treffen. Und dann waren da noch die anderen fünf Männer, die in angespannter Haltung dastanden, als könnten sie sich jeden Moment auf Engel und Huber stürzen. Weiterreden. Zeit gewinnen.

»Sicher, Sie sind viel zu sehr Polizist, als dass wir Ihnen da etwas vorgaukeln könnten!«, rief Huber also abwiegelnd. »Natürlich können wir nicht schießen. Sie sind in der überlegenen Position. Sie haben gewonnen, Lechner. Aber erklären Sie mir kurz noch eins: Warum sollte Kaiser Karl ausgerechnet jetzt erscheinen? Nur weil Sie ihm die siebte Sünderin opfern? Ist jetzt die Zeit am schlimmsten? Hätte er nicht zuvor schon viele Gelegenheiten gehabt, um zur letzten Schlacht zu rufen? Während des Ersten Weltkriegs? Beim Holocaust? In den Gulags? Auf den Killing Fields?«

Aus den Augenwinkeln sah er, dass Engel sich langsam, ganz langsam zur Seite bewegte, und begriff, dass sie versuchte, sich Lechner aus einem anderen Winkel zu nähern. Umso wichtiger war es, dass er, Huber, die Aufmerksamkeit des Wahnsinnigen weiter auf sich lenkte.

»Lechner, wir leben in einer der besten und wohlhabendsten Demokratien der Welt, wir hier in Österreich genauso wie Sie in Deutschland, in der längsten Friedenszeit, die es in Europa je gegeben hat. Was wollen Sie? Warum jetzt?«

Schritt für Schritt näherte sich Engel von der rechten Seite. Er musste weitermachen, bis sie schießen konnte, ohne die betäubte Frau zu treffen.

»Politisch war es nie besser als heute, nie zuvor haben die Regierungen in Europa mehr auf Diplomatie gesetzt als auf Krieg. Unsere Zeit, Lechner, das ist nicht die für Kaiser Karls Rückkehr. Oder? Was sagen Sie dazu?«

»Sie sind ja ein ganz G'scheiter!«, spöttelte Lechner. »Ein richtiggehender Sophist. Aber darauf kommt's nicht an, auf die Anzahl der Toten in Diktaturen. Sondern auf den allgemeinen Verfall der Moral. Bei all unseren Mitmenschen. Sehen Sie das denn nicht? Haberer, is wahr?«

»Wahr is!«, dröhnten die anderen fünf in beängstigendem Gleichklang.

»Ich sehe nur, dass Sie einer wehrlosen, betäubten Frau eine Garotte um den Hals gelegt haben, um sie zu erdrosseln. Ist das für Sie moralisch?« Hubers Gedanken rasten. Engel fehlten noch wenige Meter. Was sollte er tun? Was um Gottes willen? Er musste weiter Zeit schinden. »Lassen Sie sie los«, bat er. »Dann können wir über alles reden.«

»Da gibt's nix zum Red'n!«, schrie Lechner. »Haberer?«

»Ja!«, riefen die anderen.

»Nachad treibts zua!«

Jeder der Treiber hatte ein Lärminstrument dabei. Ein schrecklicher Krach erhob sich von einer Kuhglocke, einer Hupe, einer Trommel, einer Ratsche und einer Trompete. Ein Höllenlärm. Ohrenbetäubend. Worte würden darin untergehen. Huber sah, wie Lechner den Draht straff zog. Und immer noch wurde er zur Gänze von der Wahrsagerin verdeckt. Huber konnte nichts tun. Absolut gar nichts.

Er schoss.

Annemarie Mühlbauer sackte getroffen in sich zusammen. Lechner hatte die Holzgriffe der Garotte losgelassen. Der Metalldraht lag wie eine betäubte Schlange am Boden. Der Oberkörper der Wahrsagerin fiel vornüber. Ihr Kopf sank auf die Erde. Das Charivari stoppte abrupt. Es war totenstill.

»Was haben Sie getan?«, schrie Engel.

Lechner hielt sich den Oberschenkel. Er blutete aus einer Wunde. »Ihr Toren!«, schrie er. »*Ich* muss das letzte Opfer richten, *ich*! Nicht ihr! Ihr habt alles zerstört.«

»Hände hoch und das Gesicht zum Baum!«, befahl Huber und zielte auf Lechner. Nun mit freiem Schussfeld.

Doch Lechner dachte gar nicht daran. »Haberer?«, rief er.

»Ja!«, schrien die anderen.

»Treibts zua!«, brüllte Lechner mit schmerzverzerrtem Gesicht.

Die fünf Männer umrundeten den Stamm des Birnbaumes, teilten sich zu je einer Seite und bildeten dann wieder eine geschlossene Reihe, eine Phalanx, die den Meister und die Sünderin verdeckte. Langsam kamen sie auf Huber und Engel zu.

»Stehen bleiben!«, schrie Engel und schoss in die Luft. Sie rannte zu Huber hinüber.

Aber die Männer reagierten nicht, sondern gingen unbeirrt weiter. Die Mauer kam schweigend und langsam näher. Sie war nur noch drei Meter von ihnen entfernt.

Wir beide haben noch Zeit für je einen Schuss ins Bein, dachte Huber, aber dann stürzen sich die verbliebenen drei Männer auf uns …

Da jaulten Sirenen. Die fünf Haberer blickten irritiert zum Ederweg. Die Autos näherten sich so schnell, dass Huber schon hinter seinem Rücken die Blaulichter über das Feld zucken sah. Die Kavallerie, dachte er erleichtert.

»Waffen weg! Auf den Boden und verschränken Sie die Hände hinter dem Kopf!«, tönte es aus einem Lautsprecher.

Die fünf Haberer legten sich bäuchlings hin. Lechner lehnte am Baumstamm und hielt sich sein Bein. Er schien die Polizeiwagen nicht mehr wahrzunehmen. Die Wahrsagerin lag reglos mit dem Gesicht auf dem Boden.

Huber sah auf die Waffe in seiner Hand. Er sollte sich in der Dunkelheit wohl besser auch von der Aufforderung angesprochen fühlen. So wie Engel. Als er Blickkontakt zu ihr aufnahm, schaute sie ihn geradezu hasserfüllt an. Dann legten beide ihre Dienstwaffe auf die Erde und gingen zu Boden wie gefordert.

»Ihrer Mary geht's gut«, raunte er Engel zu. »Ich habe nur durch ihr Bein geschossen.«

»Durch das Bein einer Geisel?«, zischte sie zurück. »Sind Sie irre?«

»Es war die einzige Möglichkeit. Ich habe durch ihr Bein in

Lechners Oberschenkel geschossen. Sonst hätte er sie erdrosselt.«

»Haben Sie nicht gesehen, was ich vorhatte?«, flüsterte sie zurück.

»Doch. Und ich wollte ihn auch ablenken, aber dann ging alles so schnell. Lechner wollte die Schlinge zuziehen. Ich musste auf die Frau schießen, um sie vor dem Sühnemord zu retten.«

»Störe ich eine private Konversation? Was gibt's da zu tuscheln?«, tönte es von oben.

»Greifen S' mir mal in meine linke Gesäßtasche«, sagte Huber. »Dort steckt mein Dienstausweis. Wir sind Kollegen. Nehme ich an. Die Herren von der Salzburger Cobra?«

Eine Hand drückte seine Schulter zu Boden, eine andere fuhr in die Hosentasche und zog den Ausweis heraus. »Major Sigmund Huber«, las die Stimme vor.

»Jawohl«, sagte Huber und richtete sich auf. »Und die Dame neben mir ist Kommissarin Engel von der Bayerischen Polizei. Wenn Sie sie bitte ebenfalls loslassen würden«, sagte er zu einem weiteren Cobra-Polizisten.

»Sagen Sie mal, was geht hier eigentlich vor?«, schnauzte ihn der erste Mann an. Er trug einen für das Einsatzkommando Cobra typischen anthrazitfarbenen Overall, Lederhandschuhe und Stiefel. »Wir kriegen einen Anruf von der Einsatzzentrale, von einer für meinen Begriff reichlich unprofessionellen und aufgeregten Kollegin, die eine Handy-Ortung durchgeführt hat, und die erzählt uns etwas von Cobra-Zuständigkeit, hohem Gefährdungsgrad und wahrscheinlich Geiselnahme mit bewaffneten Gewalttätern. Das ganz große Besteck wollte sie haben.«

»Der Kollegin bringe ich demnächst einen Strauß Blumen vorbei«, sagte Huber lakonisch.

In diesem Moment klingelte sein Handy. Er sah auf das Display und entschuldigte sich bei dem Kollegen von der Cobra. »Terminkoordination, Sie verstehen?« Dann nahm er das Gespräch an.

»Sag einmal, Sigionkel, du hast gesagt, das mit dem Babysitten ist nur für den Nachmittag! Jetzt ist es zehn vorbei, meine Saturday night kann ich mir langsam abschminken, und hier ist es so was von fad –«

»Ach, Lisi, du bist's. Tut mir leid, aber es passt grad nicht so gut«, sagte er und drückte Elisa weg.

Während die Cobra-Kollegen Lechner und die fünf anderen Haberer abführten, lief Engel zu Annemarie Mühlbauer, die von einem Arzt und zwei Sanitätern versorgt wurde.

»Wie geht's ihr?«, fragte sie, und Huber konnte die Besorgnis in ihrer Stimme hören.

»So weit gut«, sagte der Arzt. »Sie ist stark sediert, aber das gibt sich bald. Der Geiselnehmer muss ihr ins Bein geschossen haben, zum Glück ein glatter Durchschuss. Wir bringen sie jetzt ins Unfallkrankenhaus, und in ein paar Tagen ist sie praktisch wieder wie neu.«

Huber überlegte, ob er die Sache mit dem Schuss gleich richtigstellen sollte, als schon wieder sein Handy läutete. »Sag einmal, bist deppert, Sigionkel? So einfach aufzulegen? Du, dafür will ich ein extragroßes Dankeschön von dir. Heut Abend hätte mich der Luis auf seinem Bike mitgenommen, und der Luis ist voll süß und …«

»Passt schon, das mit dem Luis«, sagte er. »Uns ist nur etwas dazwischengekommen. Wir sind gleich da.«

Der siebte Tag – Sonntag

Es war Sonntagmorgen. Huber schaltete den Rekorder an. »Heute ist der siebte Oktober 2018, es ist acht Uhr fünfzehn. Anwesend sind Kriminalkommissarin Lilly Engel von der Kriminalpolizei Berchtesgadener Land und Major Sigmund Huber, Kriminalpolizei Salzburg. Zur Vernehmung erschienen ist Polizeiobermeister Anton Lechner, wohnhaft in Bad Reichenhall, Bundesrepublik Deutschland.«

Sie saßen im Verhörraum der Polizeiinspektion Salzburg. Das Zimmer war karg; nur ein länglicher Tisch mit drei Stühlen auf jeder Seite stand in der Mitte, darauf eine Flasche Wasser und drei Gläser. Die beiden Fenster im Rücken Lechners waren vergittert.

»Das können wir uns gleich sparen«, sagte Lechner. »Ich hab nichts zu verheimlichen.«

Huber hob sachte die Hand. »Schön der Reihe nach. Herr Lechner, Ihnen wird zur Last gelegt, sechs Menschen getötet zu haben. Weiterhin werden Sie beschuldigt, versucht zu haben, einen siebten Menschen zu töten. Und das räumen Sie alles mal eben ein?«

»Freilich«, entgegnete Lechner.

Engel beugte sich leicht vor. »Wollen Sie nicht vielleicht einen Anwalt? Oder erst einmal einen … Psychologen sprechen?«

Der Vernommene brauste auf: »Ich brauch keinen Rechtsverdreher und Winkeladvokaten! Und einen Irrenarzt erst recht nicht!«

»Wie geht es denn Ihrem Bein?«, fragte Engel, tatsächlich mit einer Spur Fürsorge in der Stimme.

»A geh. Ist nur a Streifschuss. So was hab ich schon oft im Beruf abbekommen. Meist von dem asozialen Gesindel«, wiegelte Lechner ab.

»Das ist auch gleich das Stichwort«, hakte Huber ein, »›asoziales Gesindel‹. Könnte man diesen Begriff als Ihren allgemeinen Beweggrund dafür verstehen, dass Sie all diese Menschen umgebracht haben?«

Lechner lehnte sich zurück und verschränkte die Arme vor der Brust. »Sie haben des noch nicht richtig verstanden. Hier geht's net um meinen Beweggrund, sondern um was viel Höheres.«

»Schon klar«, nickte Huber. »Um den Kaiser Karl und seine Auferstehung aus dem Untersberg.«

Der Vernommene blickte trotzig.

»Fangen wir mit der Gruppe Menschen an, die sich Ihnen angeschlossen hat«, stieg Engel ein, »den Haberern. Wie ist es überhaupt zur Bildung dieser Zelle gekommen? Also, zu dieser Haberer-Gemeinschaft?«

Lechner blickte stolz. »Über die anderen sag ich nix. Gar nix. Als Haberfeldmeister war ich für alles verantwortlich, die anderen haben mir nur aufs Wort gehorcht, sie waren mein Gefolge.«

Huber hob eine Braue. »Möchten Sie uns nicht wenigstens verraten, ob die Herren, die sich Ihnen angeschlossen haben, ebenso wie Sie die Wiederkehr des Kaisers herbeiführen woll–«

Sein Gegenüber wurde laut. »Was glauben S' eigentlich, wozu wir des alles gemacht haben, hä? Zum Spaß, oder was?«

»Ruhig, Herr Lechner, ruhig«, beschwichtigte Engel. »Beginnen wir einfach mit der Obdachlosen Martina Meierhofer.«

»Des war die Erste!« Lechner war erregt. »Die hat mich angesprochen auf dem Kapuzinerberg, wie ich dort spazieren gegangen bin. Die mich! Ob ich nicht Lust auf ein wenig Spaß hätte. Sie könnte mich richtig verwöhnen, für ganz wenig Geld. Und weil ich einen schwachen Moment hatte, da hab ich das auch zugelassen. Später bin ich dann wiedergekommen. Mehrmals. Und zum Schluss war's dann aus mit der Sünderin. Aber sie hat keinen Schmerz gespürt, dafür hab ich gesorgt.«

»Durch die Barbiturate?«, fragte Engel.

»Richtig. Ich bin ja kein Mörder.«

Huber lief ein Schauer über den Rücken. »Sondern?«

»Ich erlöse die Menschen. Ich bin ein Weckrufer.«

Engel nickte nur kurz. »Darüber sprechen wir ein andermal.«

Huber wagte einen Seitenblick auf die Kollegin. Sie verhielt sich wirklich smart. Sicher hatte sie solche Verhöre schon des Öfteren geführt. Und gut sah sie dabei auch noch aus. Adrett. Attraktiv.

»Und Frau Meierhofers Schwangerschaftsabbrüche?«, fuhr Engel fort. »Wussten Sie davon? War das ein weiteres Vergehen, für das Sie sie bestraft haben?«

Lechner sah erst sie an, dann Huber. Sichtlich verwirrt schüttelte er den Kopf.

»Sie müssten bitte mit einem Nein antworten«, erklärte Engel geduldig, »das Gespräch wird aufgenommen.«

»Gut, dann: Nein«, sagte Lechner widerwillig.

Engel machte das wirklich routiniert. Huber betrachtete sie noch einmal. Hübsch war sie, du liebe Güte, war diese Frau hübsch. Aber hier ging es nicht um Engels Reize. Er räusperte sich. »Das heißt, Sie sind bei der Auswahl Ihrer Opfer nicht systematisch vorgegangen? Die Obdachlose war eher Zufall?«

»Nicht systematisch? Zufall?« Lechner war empört. »Nix ist Zufall im großen Plan. Dieser Plan hat mich auserwählt und dann zur ersten Sünderin geführt.«

»Hm«, brummte Huber. »Und was hat der große Plan über Janero Burhan gesagt, den jungen Bettler?«

»Der war der Inbegriff der Unzucht und der Unlauterkeit, so wie es in Kaiser Karls Send- und Mahnschreiben steht. Getarnt als armer Bettlerjunge hat er noch andere rechtschaffene Männer zur Unzucht verführt. Zur widernatürlichen Unzucht. Bei mir hat er's auch versucht, so bin ich ihm ja draufgekommen. Ekelhaft! Und gleichzeitig hat dieser Mensch gegen das sektorale Bettelverbot in Salzburg verstoßen. Die Ordnung der Gemeinschaft gestört!«

Es fiel Huber schwer, bei diesem rechten Quatsch und dem homophoben und heuchlerischen Gerede ruhig zu bleiben.

»Wie sind Sie eigentlich auf die ›Admonitio generalis‹ gestoßen, auf das ›Send- und Mahnschreiben‹, wie Sie es nennen?«, fragte er, um das Gespräch erst einmal auf ein etwas weniger emotionsgeladenes Thema zu bringen. Sonst verlor er am Ende doch noch selbst die Nerven.

Wie sich zeigte, war der Themenwechsel Lechner nur recht. Er war in seinem Element. »Das ergab sich ganz natürlich aus den alten Überlieferungen und Verkündigungen. Von der Wiederkehr des Friedenskaisers. So bin ich zum kaiserlichen Kapitular gekommen. Der Proklamation der Wahrheit. Jeder denkende Mensch muss doch sehen, dass das moralische Chaos in der Welt nicht mehr größer werden kann. Dass es eine ordnende Hand braucht. Die des Kaisers Karl. Der klar niedergeschrieben hat, was Sünde und was zu strafen ist.«

Engel schien fassungslos über ihren früher so geschätzten Mitarbeiter: »Und Sie persönlich wollten Richter und Henker gleichzeitig sein? Vollstrecker einer mittelalterlichen Anordnung? Ist Ihnen eigentlich klar, dass der Text in seinem Ursprung ein rein machtpolitisches Dokument war? Mit Moral hatte Kaiser Karl nichts zu tun. Er hat sich nur auf die Bibel berufen, um seine Autorität zu untermauern.«

Lechner sah sie ruhig an, als hätte er ihren Einwand nicht gehört. »Ich bin auserwählt. Das ist mein Schicksal.«

»Und Sie sind ganz sicher, dass Sie keinen Arzt konsultieren möchten?«, warf Huber ein. Mist, hoffentlich würde man die Ironie auf dem Mitschnitt nicht hören.

Aber Lechner ignorierte auch diese Bemerkung.

Ein weiteres Mal versuchte Huber, das Gespräch in sachliche Bahnen zu lenken. »Warum haben Sie den Bettler auf österreichischem Gebiet abgelegt? Am Dürrnberg, Wildmoos, kurz vor der Grenze zu Bayern? Haben Sie auch auf Salzburger Seite einen Schuppen, in dem Sie Ihre Opfer getötet haben?«

Lechner blickte stolz. »Freilich. Wir sind über die Grenze hinweg organisiert. Einige von uns Haberern kommen aus dem Salzburger Land, andere aus dem Berchtesgadener. Allen gemein ist, dass wir ein Zeichen für die alte Verbundenheit dieses Landstrichs setzen wollen. Deshalb auch der Apotheker, dieser Hundsfott. Nicht umsonst habe ich den am Denkmal zur Schlacht am Walserfeld positioniert. Der Walser Birnbaum galt nämlich nach der napoleonischen Schlacht als politisches Symbol, als pro-bayerisches. Und Salzburg gehört rein historisch zu Bayern.«

»Und den Leichnam von Martina Meierhofer haben Sie …« Huber ließ die Frage unvollendet.

Lechner nickte bestätigend. »Genau. Außerdem hat sie mir erzählt, dass sie früher einmal in Reichenhall an der Autobahn gearbeitet hat.« Er schnaubte. »Können S' sich das vorstellen? Sie hat tatsächlich ›gearbeitet‹ gesagt … *dazu*!«

»Sie haben sie ja auch für sich arbeiten lassen«, warf Lilly ein.

Huber schaltete sich wieder ein, ehe die Unterredung noch in einen Grundsatzkrieg über die Ehrbarkeit der Prostitution ausarten konnte: »Um noch einmal auf Ihre Mittäter zurückzukommen: Haben Sie die Getöteten alleine an den jeweiligen Orten abgelegt?«

Lechner nickte und sagte dann mit Blick auf das Tonband: »Ja.« Und ergänzte nach einem kurzen Schweigen: »Zu viele Menschen hätten bloß Spuren hinterlassen. Die kennen sich nicht aus. Aber ich, ich weiß ja, wie man das macht, ganz ohne Spuren.«

»Und beim Haberer-Ritual, dem eigentlichen Femegericht? Wie viele waren sie da?«

»Da waren sie mir alle zu Diensten! Wie viele, das sage ich nicht.«

Keine Reue, kein Bedauern. Nur ein ungebrochenes Sendungsbewusstsein.

Engel versuchte es erneut im fürsorglichen Tonfall. »Ihnen ist klar, dass Sie für Ihre Taten sehr lange ins Gefängnis gehen werden? Eventuell auch in den Maßregelvollzug? Das wird das Gericht aufgrund des psychiatrischen Gutachtens entscheiden.«

»Des is mir wurscht. Hier sitze ich, ich konnte nicht anders, wie euer protestantischer Luther gesagt hätte.« Lechner verschränkte erneut trotzig die Arme vor der Brust. »Dem wär des vollkommen gleichgültig gewesen, was irgendwelche Gerichte und Instanzen sagen, weil der nur sein Gewissen kannte. Die Haberer, die stehen für das gesunde Volksempfinden. Wir sagen, was die Leute denken, was sie wirklich fühlen. Bevor ihnen die da oben mit ihren Zeitungen und dem Fernsehen lauter Lügen erzählen und ihnen den Blick vernebeln. Für die einfachen Wahrheiten, wie schon Kaiser Karl sie niedergeschrieben hat, dafür stehen wir.«

Engel wirkte entsetzt. Huber sah Lechner stoisch in die Augen. »Ihr ›gesundes Volksempfinden‹ ist ein Begriff der Nazizeit. Er steht für die Barbarei des Rechts.«

Der Vernommene schwieg.

»Warum musste Pater Pius sterben?«, fragte Engel schließlich.

»Das war ein weiterer Wink des Schicksals«, antwortete Lechner ganz ruhig. »Bei der Besprechung in der Reichenhaller Dienststelle haben Sie doch erzählt, dass der Pater Geld für den Zigeuner und die Hure verwahrt hat. Damit hat er ihre Fehltritte auch noch unterstützt. Regelrecht gefördert hat er das Unrecht in der Welt.«

»Wir haben Ihnen mit unserer Information den Grund für einen Mord gegeben?« Engel schien fassungslos. »Wir haben den armen Pater Pius ans Messer geliefert?«

»Sie haben ihn nur seiner Bestimmung zugeführt«, erwiderte Lechner trocken. »Aber falls es Sie beruhigt – seine Zuhälterei war nicht der einzige Grund für seine Opferung. Er war auch der Inbegriff von Völlerei.«

»Und das Hoteliers-Ehepaar?«, flüsterte sie.

»Die beiden sind von ihren Sünden erlöst. Ihre Seelen können nun Frieden finden«, sagte Lechner weich.

Sie hatten vorerst ihre Fragen gestellt, standen draußen vor dem Verhörraum und tranken ein Cola. Engel hatte die Erkenntnis erkennbar zugesetzt, dass sie den Tod des freundlichen Paters unwissentlich mitverschuldet hatten. Als Huber bemerkt hatte, wie sie immer wieder Tränen wegblinzelte, hatte er die Vernehmung allein abgeschlossen.

»Das war nur der erste Durchgang«, sagte er jetzt und fuhr sich durch die Haare. »Was für ein kranker Unsinn!«

»Ganz zu schweigen davon, dass auch die anderen vier Männer noch auf uns warten«, fügte Engel hinzu.

»Aber wir haben den Fall gelöst.« Er machte eine Pause. »Madame Champollion.« Er lächelte.

»Meinen Sie nicht auch, wir können uns jetzt langsam duzen? Ihr Österreicher seid doch sonst damit so fix. Ich bin Lilly.«

»Ich weiß.« Er lächelte immer noch.

Und sie schaute ihn an, schweigend. Offenbar wartete sie auf irgendetwas. Schien langsam sogar ein bisschen ungeduldig zu werden.

Ach ja, natürlich! »Ja … ja, sicher, passt. Ich bin der Sigmund.« Er streckte ihr die Hand entgegen.

Sie schaute darauf, inzwischen deutlich genervt. »Jetzt komm schon, Sigmund, ein Bussi muss schon drin sein.« Sie fasste ihn an den Schultern, zog ihn zu sich heran und gab ihm ein Küsschen auf die Wange. Sie musste sich ziemlich strecken, weil er erst mit einiger Zeitverzögerung darauf kam, dass er sich ja zu ihr hinunterbeugen könnte.

Er war verlegen. Erwiderte hastig ihr Küsschen. »Ich muss jetzt dann wieder mal in mein Büro. Wir sehen uns bestimmt noch. Lilly. Wegen des Falls, meine ich.«

»Klar. Wegen des Falls. Tschüs, Sigmund.«

»Servus, Lilly.«